KB117964

소설 클럽

이 지 은 평 론 집

소셜 클럽

문학동네

책머리에

이 책은 2015년부터 2023년까지 쓴 평론 가운데, 2010년대 한국문학이 뜨겁게 질문했던 지금-여기의 삶의 조건들, 그에 대한 나름의 응답이자 개입을 시도한 글을 가려 묶은 것이다. 여기 실린 글이 쓰인 시기는 정확히 내가 박사과정을 수료하여 졸업하기까지의 시간이기도 하다. 「일본군 '위안부' 서사 연구」라는 논문으로 박사학위를 받았으니, 나는 한편으로는 지극히 역사적인 주제와 씨름하고 있었고, 다른 한편으로는 동시대 소설의 가장 빠른 독자가 되려고 부단히 노력했다. 무척 벌어진 두 개의 주제이지만, 그 가운데쯤에 내 욕망이 있었던 듯하다. 나는 재현 텍스트 몇 편으로 역사적 사건을 짐작하거나, 도덕적 당위에 억눌려 그 시기 사람들의 삶을 피해로 점철된 것으로 이해하고 싶지 않았다. 역사를 모르는 문학 연구자가 되고 싶진 않았지만, 문학 연구자만이 발견할 수 있는 진실을 찾아내고 싶었다. 반면, 동시대 문학을 경유하여 평론을 쓰면서 나는 내가 쓰는 글이 문학 영역에만 국한되지 않기를 바랐다. 문학이 포착하는 삶의 조건을 드러내어 그 조건 속에서 살아가는 사람들과 함께 고민을 나누고 싶었다. 한쪽에는 역사가, 한쪽에는 동시대 사회가 버티고 있었지만, 나에게는 둘 모두 문학의 영역 안에 있는 것이었다. 여기서 말하는 문학은 구체적으로 세계와 자아의 갈등을 다루는 소설을 의미하는 것이니, 결국 '삶'을 중심에 두고 역사와 사회를 오갔다고 할 수 있겠다. 아니, 삶을 가운데 두었으니 그 둘은 사실 벌어진 게 아니었던 셈이다.

*

정쟁화된 주제인 일본군 '위안부' 문제를 공부하면서 의외로 문학 또는 삶의 진실이라는 것에 대해 생각하게 되었다. '위안부' 문제는 역사적 사실을 제대로 알지 못하거나 불순한 정치적 의도로 소모적인 논쟁의 대상이 되고 있다. 버마 전선의 랑군(미얀마 양곤)으로 동원되었던 '위안부' 피해자 문옥주는 알고 지내던 군의관에게 부탁하여 귀국 허가를 어렵게 받아낸다. 그러나 사이공에서 귀국선을 타기 전날 밤 죽은 아버지가 꿈에 나타나 귀국선을 타지 말라고 한다. 이에 문옥주는 귀국을 포기하고 다시 랑군의 위안소로 돌아간다. 문옥주는 위안소에서 나와서 다시 돌아가기 전까지, 사이공 거리를 활보했던 짧은 시간을 아름답게 기억하고 있다. "나는 악어가죽 핸드백에 하이힐을 신고 녹색 레인코트를 입은 멋진 차림으로 사이공의 거리를 활보했다. 아마 누가 보더라도 내가 위안부로 보이진 않았을 것이다.

지금도 그날의 기억을 떠올리면 아주 그립고 그때의 자신만만함이 되살아나는 기분이 든다."[1] 위안소로 다시 돌아간 문옥주의 행동은 역사부정론자들이 피해자를 공격하는 데 자주 활용되는 대목이다. 그러나 나는 '위안부'가 위안소로 되돌아갔으니 위안소가 살 만한 곳이라 주장하는 것은 역사적 지식의 부족만도 불순한 정치적 의도만도 아니라고 생각한다. 그것은 삶에 대한 이해가 부족한 탓이다. 사람들은 때로 폭력이 기다리고 있는 줄 알면서도 있던 곳으로 되돌아가길 선택할 때가 있다. 그것은 폭력보다 더 두려운 무엇이 있기 때문일 것이다. 죽은 '아버지'가 나타나 귀국을 만류하는 꿈에서 '위안부'가 된 젊은 여성의 두려움을 왜 읽지 못할까. 녹색 레인코트를 입고 거리를 활보한 그때를 인생의 아름다운 시간으로 기억하는 이에게 왜 피해자성을 박탈하려 할까. 오히려 위안소 생활과 위안소 생활 사이 그 짧은 시간이 인생의 눈부신 장면이라는 데서 비극적인 모순을 느껴야 하는 게 아닐까. 이런 물음들은 나에게 문학과 삶의 연결고리가 되어주었고, 구체적인 삶을 재현하는 오직 문학의 언어만이 포착할 수 있는 삶의 진실에 대해 골몰하게 만들었다. 그리하여 삶을 모순덩어리로 만들어내는 권력의 구조, 그리고 그 속에서 느끼는 감정들. 그것을 해명하는 데 많은 글을 쓰게 되었다.

---

1) 모리카와 마치코, 『버마전선 일본군 '위안부' 문옥주』, 김정성 옮김, 아름다운사람들, 133쪽.

*

　나에게 평론은 소설이 포착한 삶의 구체적인 지점을 확대하고, 각자가 매몰되어 있던 삶을 상대화하여, 삶의 모순을 반성적 사유의 대상으로 삼을 수 있게 하는 도구가 되었다. 더욱이 2010년대는 한국사회의 권력구조에 대한 전방위적인 비판이 제기된 시기이기도 하고, 동시에 한국문학이 사회적 문제의식에 적극적으로 응답했던 때이기도 하다. 2010년대에 평론 활동을 시작한 나는 우리가 처한 세계의 조건과 그 속에서 부침을 겪는 삶에 관해 소설을 통해 말을 건넬 수 있는 문학평론집을 기획해보는 일도 좋을 것이라 생각하게 되었다. 그러니까 한국문학 평론장의 현재가 궁금하여 펼쳐 드는 책이라기보다, 삶이 왜 이 모양이 되었는지, 이 모순적인 감정이 어디에서 비롯되었는지 궁금하여 소설책을 펼쳐 들 때, 그때 옆에서 맞장구도 쳐주고 싫은 소리도 할 수 있는 책이었으면 했다. 거꾸로 이럴 땐 이런 소설을 읽어보라고 참견하는 오지랖을 부리고도 싶었다. 문학을 잘 몰라도, 평론의 언어에 익숙하지 않아도, 삶에 대한 의심으로 시작할 수 있는 문학평론집도 있었으면 좋겠다고 생각했다.
　이러한 의도로 평론집에 '소셜 클럽'이라는 이름을 붙였다. '소셜'은 문학 장르인 '소설小說'과 '사회적인'이라는 뜻의 'social'을 중의적으로 표현한 것이다. 말 그대로 소설을 매개로 하여 세계와 불화하는 각자의 삶을 사회적인 것으로 이야기해보자는 의도가 담겨 있다. 그런데 소설과 소셜이 포개지기 위해서는 반드시 자기 자신 외에 다른 사람(들)이 필요하다. 그래서 소

8

설/소설 뒤에 '클럽'이라는 말을 붙였다. 제목을 이렇게 정하고 나니 저절로 세상의 수많은 소셜 클럽을 그려보게 되었다. 이 책이 곳곳의 소셜 클럽에서 눈치 없이 떠들어대는 '투 머치 토커'로, 언제나 구석을 지키고 있는 '고인물'로 활약하는 행복한 상상을 해본다. 무엇보다 개인 독서 시대의 '나 홀로 독자'도 클럽을 오픈할 수 있게 해주는 대화 상대가 된다면 좋겠다.

수록된 글들을 큰 주제로 다시 묶기보다 각 평론의 독립된 문제의식이 주요 의제를 공유하면서도 강조점이 달라질 수 있도록 순차적으로 배치하였다. 읽기의 순서는 정해져 있지 않지만, 차례로 읽을 때 하나의 의제가 다각적으로 드러날 수 있도록, 그러면서 주요 주제들이 느슨한 연관성을 가지고 자연스럽게 이행할 수 있도록 배치하려 애썼다. 팔 년 동안 쓴 글들을 추린 것이라 시차가 다소 벌어져 있는 글도 있고, 비교적 최근에 발표한 글도 있다. 어느 쪽이라도 평론에서 말하고자 하는 바가 현재에도 여전히 유효하거나, 혹은 당시 문학장 안팎의 현장성을 담고 있는 글만을 추리려 했다. 주제론만 모아놓고 보니 2010년대 우리가 무엇에 골몰했었는지, 무엇 때문에 고통스러웠는지, 무엇과 싸워왔는지 살펴볼 수 있었다. 그러나 다른 한편, 그 치열함 속에서 문학은 무엇이었는지, 문학평론은 무엇이어야 했는지 반성적으로 돌아볼 수밖에 없었다. 하여 소설과 영화 두 편의 '파묘' 텍스트에 기대어 2010년대 비평의 의의와 한계를 되짚어본 미발표 원고를 마지막에 수록하였다. 이 글에서 나는 문학의 윤리의 향방에 대해 질문했다. 지난 십 년간 한국문학이 '캐낸 것들', 그것들이 너무 흉하여 문학의 윤리는 사법적이고 세속적 층위에 붙들려 있었다. 2010년대 문학의 고투를 탈역사화하거나 함부로 평가절하하는 것을 경계하면서, 문학의 윤리를 존재론적 지평에서 모색해보려고 했다. 아직 성근 문제의식이지만, 그것은 이 책의 마지막 페이지이자 새롭게 시작할 글쓰기의 첫 페이지가 될 것이다.

*

책의 제목이 '소셜 클럽'인 만큼 공적/사적으로 문학과 삶에 대해 고민을 나누어준 내 인생의 '클러버'들께 고마움을 표하고 싶다. 우선 '원조' 소셜 클럽 멤버들께 감사의 인사를 전한다. 2019년 여름 서대문 근처 독립 서점에서 '소셜 클럽'이라는 이름으로 한 달간 소설 읽기 세미나를 진행한 적이 있다. 나이도 하는 일도 각기 다른 사람들이 모여서 소설을 읽었는데, 그때 배우고 깨달은 게 많다. 문학평론이 문학장 안에서만 통용되는 언어를 구사하며 자족적인 글이 되는 것에 대해 경각심을 가지게 되었고, 동시에 문학평론이 꼭 문학 독자만을 전제할 필요가 없다는 해방감을 느낄 수 있었다. 그 외에 여러 지역의 도서관에서, 독립 서점에서, 대학에서 문학을 매개로 만났던 분들께 두루 안부 인사를 전한다.

여기에 실린 글들은 나 혼자 쓴 것이 아니다. 학교 안팎에서 훌륭한 선생님들과 동료들을 만났기에 가능했다. 방민호 선생님께 특별한 감사의 인사를 올린다. 오직 꾸준하고 성실한 모습으로 보답하고 싶다. 학교 밖에서 만난 동료들은 문학 바깥의 세계를 넓혀주고, 공부와 삶의 거리를 좁혀주었다. 여러 주제를 횡단하며 함께 공부해온 멤버들—큰콩쥐, 노도치, 도라킴, 수, 현, 경, 슬—에게 깊은 신뢰와 우정을 보낸다. 주제를 가다듬으면서, 생각을 개진하면서 뻐꾸기와 많은 이야기를 나누었다. 뻐꾸기의 거시적 안목에 작은 질투를, 해방적 상상력에 무한한 경의를 표한다. 식구들과 밤을 새워가며 떠들썩하게 나눈 이야기들도 이 책 어딘가에 녹아 있을 것이다. 문학도 제대로 모르면서 삶을 운운하는 머리말을 썼다. 여기에 실린 글들이 삶을 이해하는 데 조금이라도 도움이 된다면, 그것은 모두 이들이 내게 가르쳐준 것에서 비롯되었다.

책을 완성하는 데 함께해주신 모든 분, 특히 김봉곤 선생님께 감사드린다. 김봉곤 선생님이 아니었더라면 『소셜 클럽』의 소박한 기획 의도를 끝까지 가져가지 못했을 것이다. 과분한 추천사를 써주신 천희란 작가님과 문학동네에 감사 인사를 전한다.

2024년 여름의 초입
이지은

광장廣場과 책-장冊-場
—황정은의 'dd' 연작과 2010년대의 아카이빙

2010년대—당신의 자리

십 년을 단위로 과거를 돌아보는 일은 실패로 돌아갈 수밖에 없다. 역사의 수레바퀴가 십진법으로 굴러갈 리는 없으니까 말이다. 세월호 참사(2014), 헬조선 개막(2015), 강남역 페미사이드(2016), 박근혜 대통령 탄핵 인용(2017), 낙태죄 폐지 시위(2019) 등 시대를 가르는 분기점은 각자의 자리에 따라 달라질 수밖에 없다. 이렇게 나열해보니 2010년대의 공간으로 '광장'을 꼽을 수도 있을 것 같다. 그렇다면 2010년대 당신의 광장은 어디였나? 팽목항, 광화문, 혜화역, 서울역, 서초역, 국회의사당, 서울시청, 강남역…… 시위, 투쟁, 저항, 혁명과 같은 단어가 흘러다녔던 2010년대라는 시간 속에서 어떤 광장을 특정하느냐는 당신의 자리를 드러내준다. 누군가에겐 '명절-제사상 앞'이 투쟁의 광장이었고, 다른 누군가에겐 SNS와 위키피디아가 광장이었을 것이다. 한국문학이 그려낸 2010년대의 광장은 어디였을

까. 황정은의 'dd' 연작을 통해 2010년대 '광장'을 돌아본다.[1]

2010—옥탑방

'dd' 연작은 2010년 「디디의 우산」으로 시작된다. '디디'와 '도도'는 가난하고 행복하다. 디디가 빌려온 책에는 "소득과 직업으로 따져본 수명에 관한 통계"(174쪽)가 있는데, 안타깝게도 디디와 도도의 삶은 이 통계의 하위 값을 충실하게 따라가고 있다. 그럼에도 「디디의 우산」의 세계는 절망에 잠식되어 있지는 않다. 그것은 디디와 도도의 소박하고 충만한 사랑 때문이기도 하지만 '혁명'이라는 단어가 주는 모호한 설렘 때문이기도 하다. 디디의 옥탑방에는 놀러온 친구들이 술에 취해 잠들어 있고, 홀로 깬 디디는 빗소리를 들으며 친구들의 우산을 걱정한다. 디디의 세계는 가난하지만 집으로 돌아가는 것을 의심하지는 않는다.

2014, 가을—반지하방

어느 날 디디는 돌아오지 못한다. 버스 사고로 디디가 세계 바깥으로 튕겨나갈 때 도도는 디디가 아니라 자신의 가방을 붙들

---

1) 이 글에서 다루는 작품은 다음과 같다. 인용은 단행본에 수록된 판본으로 했으나 최초 게재본의 서지 사항도 밝혀둔다. 「디디의 우산」, 『한국문학』 2010년 여름호(「디디의 우산」, 『파씨의 입문』, 창비, 2012); 「웃는 남자」, 『문학과사회』 2014년 가을호(「웃는 남자」, 『아무도 아닌』, 문학동네, 2016); 중편 「웃는 남자」, 『창작과비평』 2016년 겨울호(「d」, 『디디의 우산』, 창비, 2019); 「아무것도 말할 필요가 없다」, 문학3 웹, 2017년 10~12월(「아무것도 말할 필요가 없다」, 『디디의 우산』, 창비, 2019). 이하 인용시 본문에 작품명과 쪽수만 밝힌다.

었다. 「디디의 우산」과 「웃는 남자」 사이에는 2014년 4월 16일이 놓여 있고, 이 시간을 통과하며 '집으로 돌아오는 일'은 더 이상 심상한 일상으로 감각되지 않는다. 두번째 연작 「웃는 남자」는 남은 자를 서술자로 하여 디디의 죽음에 대해 끊임없이 '생각하게' 한다.

'나'는 디디의 죽음을 생각할 때마다 쓰러진 노인을 떠올린다. 어느 오후 버스 정류장에서 알지 못하는 노인이 쓰러졌고, 그와 동시에 기다리던 버스가 왔다. 매정해서가 아니라, 귀찮아서가 아니라, 그런 것들을 생각할 겨를도 없이 '나'는 버스에 올랐다. '나'는 그때 노인을 도왔더라면 디디가 죽지 않았을지 반복적으로 생각한다. 이 질문이 맴도는 건 인과응보에 대한 순진한 믿음 때문이 아니다. 흔히 순식간에 일어난 행동은 판단과 선택의 결과가 아니라고 생각하지만, '나'는 오랜 생각 끝에 결론을 뒤집는다. 반복적으로 이루어지는 행동들은 하나의 패턴을 이루고, 사람은 결정적인 순간에 그 패턴에 따라 행동하게 된다. 그러니까 연인 대신 소유물을 붙잡았던 순간적인 선택과 노인을 두고 버스에 올랐던 무의식적인 행동은 타인의 위험보다 자신의 이익을 우선적으로 여기는 동일한 메커니즘의 행동 패턴이다. 행동이 패턴이 되는 것은 반복되는 동안 성찰이 없었기 때문이다.[2] '잘못이 있었을지도 모른다는 생각'의 부재. 그것은 툭하면 '(니가 뭘) 알아?'라며 자신을 방어하는 아버지의 것이기도 하

---

[2] 차미령은 한나 아렌트의 '무사유성(thoughtlessness)'을 참조하여 패턴화된 행위의 문제를 지적한 바 있다. 차미령, 「2010년대 소설의 사회적 성찰—황정은 소설에 주목하여」, 『문학동네』 2015년 봄호.

고, 거슬러올라가면 할아버지의 것이기도 할 터이다. '무성찰의 행동 패턴'은 유구한 역사를 가지고 있으며, 그것은 축적되고 합쳐져서 거대한 구조를 이룬다. 이를테면, '하던 대로' 과적하고, '하던 대로' 무사안일로 대처하며, '하던 대로' 상관에 복종하고, '하던 대로' 자신의 생명을 우선하는 패턴들…… 이러한 개별 패턴들이 모여서 사회의 거대한 패턴이 된다.

> 잘못이 있었는지도 모른다는 것을 진지하게 생각하기 시작하면 그도 나처럼 틀어박혀야 할 것이다.(169쪽)

2015. 04. 16.—세종대로 사거리

중편 「d」는 도도가 "죽음의 선실〔歲-越〕"[3]과 같은 지하방에서 디디의 죽음을 골똘히 생각하는 데서 다시 시작한다. 살아남은 자는 더이상 "순진함이 그대로 남아 있는 이름" '도도'로 불릴 수는 없어 'd'라 지칭된다.[4] 세번째 연작은 세운상가에서 택배 상차 업무를 하게 된 d의 이야기다. d는 dd의 유품 중에서 책 한 권을 발견한다. 제목은 'REVOLUTION'. 이는 「디디의 우산」에서 이미 등장한 바 있는데, 디디가 거리에서 장사를 하던 친구에게 빌려온 책이다. d는 이 책을 본래 주인 '박조배'에게 돌려주기 위해 명동으로 간다. d와 박조배가 만난 날

---

3) 양윤의, 「'없음'과 함께 살아가기」, 『문학과사회』 2019년 여름호, 273쪽.

4) 황정은·정용준 대담, 「낙담하는 인간 분투하는 작가」, 『악스트』 2017년 9/10월호, 37쪽 중 황정은의 발언.

은 2015년 4월 16일, 곧 세월호 1주기 추모 행사가 있던 날이다. d는 광화문 분향소에 간다는 박조배와 함께 소공로를 걷는다. 서울광장에 이르자 배 한 척이 설치된 추모 무대가 보였고 d와 박조배는 추모 행사에서 빠져나온 사람들과 합류한다. 그런데 청계광장에 이르렀을 때 사람들의 흐름이 정체된다. 광화문광장으로 가는 길이 차벽으로 막혀 있었기 때문이다. d와 박조배는 종로로 우회할 작정으로 청계천로를 따라 걷는다. 모전교-광통교-장통교를 차례로 지나는 동안 종로로 향하는 우정국로, 종로8길, 종로10길, 종로12길이 모두 경찰에 의해 막혀 있었고, 수표교 부근에서 샛길을 통해 겨우 종로3가역에 이른다. d와 박조배는 종로를 따라 청계광장 차벽의 건너편인 세종대로 사거리에 도착하지만, "그곳에 당도해서야 그들은 그들이 청계광장 쪽에서 목격한 차벽 뒤로 몇겹의 벽이 더 있었음"(132쪽)을 깨닫는다.

세종대로 사거리는 두개의 긴 벽을 사이에 둔 공간(空間)이 되어 있었다. 고요하게 정지되어 있어 진공이나 다름없었다. 사십여분 전에 박조배와 d가 머물고 있던 청계광장 쪽에서 함성이 들려왔다. 이제 어떻게 할까. d는 경찰버스 너머로 솟은 이순신 장군 동상을 바라보았다. 저 소리는 이 간격을, 이 진공을 도저히 통과하지 못할 것이라고 생각했다. 조배야 이것이 혁명이로구나. d는 생각했다. 우리는 우회한 것이 아니고 저 차벽이 만들어낸 흐름을 충실하게 따라 찌꺼기처럼 여기 도착했구나.(「d」, 132~133쪽)

d와 박조배가 청계광장에서 출발하여 세종대로 사거리에 이르는 장면은 매우 중요한데, 세월호 1주기 당시 경찰의 통제와 시민들의 이동 경로,[5] 그리고 '청계천로-종로3가-종로2가-보신각'으로 이어지며 변화하는 당일의 거리 분위기를 문학적 기록으로 남겨두고 있기 때문이다. 더욱 중요한 대목은 이들이 도착한 세종대로 사거리가 광화문으로 가는 길목이 아니라 청계광장과 광화문광장 양방향으로 막힌 일종의 '진공眞空'과도 같은 공간이었다는 것이다. 이곳에 도착해서야 d는 자신이 '우회'한 것이 아니라, "차벽이 만들어낸 흐름을 충실하게 따라" 떠내려왔다는 걸 깨닫는다. d는 차벽으로 막힌 세종대로 사거리에서 청계광장 사람들의 소리를 들으며 저 소리는 이곳을 통과하지 못할 것이라 낙담한다.

그러나 소설은 낙담한 d를 방기한 채 끝나지 않는다. 이후 d는 '여소녀'의 세운상가 작업실에서 '진공관'을 보며 세종대로 사거리를 떠올린다. "위태로워 보일 정도로 얇은 유리 껍질 속 진공"(144쪽)이 "산만하게 흩어진 것을 한 방향으로 흐르게" 하고 "신호의 진폭을 늘리는"(142쪽) 기능을 한다는 설명을 듣고, d는 세종대로 사거리 차벽 사이에 막힌 공간 또한 빈 공간이 아니라 "흐르는 빛과 신호로 채워"(144쪽)진 곳이었음을 깨닫는다. 덧붙이자면, 진공관은 두 극 사이의 전위차에 의해 전류를

<hr />

5) 2015년 4월 16일 1주기 추모제 당일 경찰은 "경찰 병력 130여 개 중대, 1만여 명"을 투입했다. 또, "참가자들이 행진하는 청계천로 옆에 경찰버스 20여 대, 광화문~종로2가 도로에는 경찰버스 30여 대 등을 이용해 광화문 곳곳에 차벽을 만들었다". 유성애·유성호·손지은·권우성, 「경찰에 막힌 세월호 1주기…"이 나라에서 애 낳지 마라"」, 오마이뉴스, 2015. 4. 17.

흐르게 하는 전기장치다. 가열된 음극에서 전자가 방출될 때, 양극의 전위가 음극보다 높으면 전자가 양극으로 이동한다. 그렇다면 청계광장에 운집한 사람들이 가열된 한쪽 극일 테고, 그 반대편, 그러니까 "그 너머, 거기 머물고 있는 사람들"(같은 쪽)은 세월호 유가족일 테다. 앞서 「디디의 우산」에서 디디가 빌려온 '그 책'이 디디와 도도에게 '직업에 따른 수명 통계' 페이지를 보여주고, 이제 「d」에서 그 책이 'REVOLUTION'이라 명명되면서 d에게 "힘의 범람"(90쪽)이라는 문구를 보여주는 장면은 의미심장하다. 그러나 d가 차벽 사이의 공간을 '정류와 증폭'의 공간으로 전복할 수 있는 가능성을 발견했다 하더라도 그것이 소설 속에서 곧바로 실현되지는 않는다. 소설 「d」에서 d와 박조배는 광화문광장에 도달하지 못한다.

2015. 04. 16.―광화문광장

「d」에서 중단된 시간을 「아무것도 말할 필요가 없다」(이하 「아무것도」)를 통해 이어가보도록 하자. 「아무것도」는 대통령 파면이 결정된 2017년 3월 10일 오후를 시간적 배경으로, 가족이 모두 잠든 가운데 소설가 '나'만이 홀로 깨어 있는 상황을 바탕으로 한다. 소설은 '나'의 회상 속에서 개인적이고 역사적인 사건들이 얼개를 이루며 진행되는데, 여기에는 d와 박조배가 멈춰 섰던 세종대로 사거리가 다시 등장한다. 레즈비언 커플인 '나'와 '서수경'은 2015년 4월 16일 d의 동선과 유사하게 종로로 우회하여 세종대로 사거리에 도착한다. 역시 이들을 막아선 건 차벽이었다. 그러나 「d」에서와는 달리 「아무것도」에는 "더 가볼까?"

라는 문장이 끼어들고,[6] 이들은 d와 박조배가 멈춘 지점에서 서대문 방향으로 조금 더 나아가 세종문화회관 뒷길을 통과해 다시 세종대로로 돌아온다. 그리하여 마침내 광화문 분향소에 도착한다. 「d」가 멈춘 지점에서 「아무것도」가 더 나아갈 수 있었던 것은 소설이 발표되던 시점의 정세가 크게 작용한 듯하다. 「d」(당시 제목은 '웃는 남자')가 발표되었던 2016년 12월은 탄핵 촛불집회가 한창이던 때였다. 집필 시점이 탄핵소추안이 가결(2016. 12. 9.)되기 전이었음을 감안하면 '차벽'으로 표상되는 공권력의 시민 통제를 '정류와 증폭'의 공간으로 전유하는 것이 최대치였는지도 모른다.

2016. 04. 16.—집

그런데 서사가 진행되면서 「아무것도」는 '우리'라는 혁명 주체의 균열을 드러내 보인다. 2주기 추모식을 마치고 광장에서 돌아온 '나'가 집회 참가의 무력감에 대해서 토로하고 있을 때 동생 '김소리'는 이렇게 말한다. "언니 이제 그만하면 안 될까."(297쪽) 이 말을 시작으로 '나'와 김소리는 말다툼을 하게 된다. 아이를 키우는 김소리는 생활의 모든 흔적에서 아이를 잃어버렸을 부모의 고통을 느끼고, 아이의 안전에 대한 공포를 느낀다고 토로한다. 언쟁을 하는 동안 '나'는 김소리가 느끼는 공포를 타인의 비극 앞에서 자기 상처에 급급하는 비열한 감정으로 치부한다. 그러나 세월호 참사의 일련의 사건 추이는 김소리

---

6) 강지희, 「세상의 모든 존재들에게, 우산을」, 『디디의 우산』 해설, 창비, 2019, 328쪽.

의 삶을 매우 구체적으로 위협하는 것이었고, 그에게 슬픔은 '공감' 이상의 직접적인 고통이었다. 김소리의 '그만하라'는 말은 진실 규명의 포기나 애도의 중지가 아니라 동일한 방식으로 애도할 수 없음에 대한 호소였다. '나'는 김소리의 뜻을 시간이 꽤 흐른 뒤에야 이해하게 된다. 소설은 이 대화를 통해 세월호 참사를 자신의 삶의 일부로 끌어안는 방식이 같을 수 없음을 조심스럽게 보여준다.

2016. 11. 26.—광화문광장

균열은 광장에서도 일어난다. 2016년 11월 26일은 탄핵 촉구 5차 집회가 있던 날이었고, 특히 '퇴진 운동'이 '탄핵 요구'로 전환될 것으로 예측되던 중요한 집회였다.[7] 소설에는 '나'가 광장에서 보고 들은 여러 사람들의 목소리가 끼어든다. 그러던 중 '나'는 "惡女 OUT"이라는 피켓을 든 시위 참가자를 마주하는데, 그의 피켓에는 '계집 녀女' 글자가 빨갛게 칠해져 있었다. 그 순간 '나'는 빨갛게 칠한 '계집'이라는 글자가 "청와대 깊숙이 숨은 대통령이 아니고 그 팻말 앞에 선 나"(306쪽)에게로 향함을 느낀다. 사실 박근혜 대통령에 대한 비판은 공적 잘못이 아닌 유독 그의 여성성을 비하하고 조롱하는 언어로 표현되었고, 실제 5차 집회 당일에는 한 대중 가수의 세태 풍자 노래 가사에 여성혐오가 담겨 있어 공연이 취소되기도 했다.[8] 그러나 소설의

---

7) 신지후, 「탄핵으로 옮겨가는 민심… 5차 촛불집회가 전환점」, 한국일보, 2016. 11. 24.

8) 민경원, 「[현장에서] DJ DOC '수취인분명' 여성혐오 vs 표현자유 논란」, 중

'나'는 피켓을 들고 있던 그에게 '이렇게 하지 말라고' 말하지 못한다.

> 말할까 말하지 말까를 계속 망설였는데 왜냐하면 지금 우리가 우리니까…… (306쪽)

이후 '거대한 하나'라는 것은 그야말로 '착각'일 뿐이라는 생각이 '나'를 쫓아다닌다. 대통령 비판을 위해 '계집 녀女'라는 글자를 쓸 수 있는 사람과 그 말로 지칭되어버리는 사람이 '우리'가 될 수 있을까? 동성애자에 대한 혐오를 감추지 않았던 서수경의 지인과 '여자를 늙힌다'는 말을 농담인 양 떠들어대던 'T'가 비-남성이자 비-이성애자인 '나'와 '우리'가 될 수 있을까? 뿐만 아니라 '나'와 서수경이 경험한 광장은 "매번 빰과 가슴과 배와 등과 엉덩이와 종아리와…… 발뒤꿈치까지 낯선 사람들과 밀착"(302쪽)되는 불쾌한 장소이다. 이는 d와 박조배의 경험에서는 발견되지 않던 광장의 감각으로, 그렇다면 같은 집회에서 같은 구호를 외친다고 해서 같은 경험을 공유한다고 할 수 없는 게 아닐까. 거대하고 단일한 '우리'라는 정치적 주체는 성립할 수 없는 게 아닐까.

이러한 감각의 변화를 설명하기 위해서는 **'2016년 5월 17일-강남역'**이라는 시공간을 기록해야 한다. 이 사건은 명명에서부터 많은 논란이 있었으나,[9] 범인이 남성 여섯 명을 그냥 보내

양일보, 2016. 11. 28.

9) 손희정, 「도대체, 왜, 그토록 '여혐' 사건이 아니어야 하나」, 오마이뉴스,

고 여성을 특정하여 범죄를 저질렀고, 또 "여자들의 무시"를 살인의 이유로 꼽았다는 점에서 여성들은 이 사건을 여성혐오 범죄로 규정했다. 여성인 이상 누구라도 페미사이드에서 안전할 수 없다는 자각이 일기 시작한 것이다.[10] 또, 2016년 10월부터 트위터에는 '#문단_내_성폭력' 해시태그 운동이 일어났고,[11] 이는 미투로 이어지며 문학계 안팎에서 성폭력 범죄에 대한 폭로가 분출했다. 그간 권력관계하에서 은폐되어왔던 성폭력 범죄가 드러났으며, 일상적인 문화와 관습으로 여겨지던 것이 실은 성폭력과 젠더 불평등을 지탱·강화하는 기제라는 자각이 분명하게 생겨났다. 2016년 10월 29일 대통령 퇴진 요구 첫번째 집회가 있기 전 보신각에서는 낙태죄 폐지를 위한 시위가 먼저 열렸으며, 촛불집회 현장에는 '페미존'이 생기나 "집회 현장에서 여성이 겪는 성희롱, 성추행, 차별적인 발언 등"에 대한 문제제기와 "여성 혐오, 장애인 혐오, 성소수자 혐오는 민주주의와 함께 갈 수 없다"는 페미니스트들의 시국 선언이 있었다.[12]

2016년 11월 26일의 광화문광장은 '페미니즘 리부트'라 불리는 여성주의에 대한 강렬한 공감과 호응 위에 있었다. 그곳은 시

2016. 6. 7.

10) 경향신문 사회부 사건팀, 「[강남역 10번 출구 포스트잇] 경향신문이 1004건을 모두 기록했습니다」, 경향신문, 2016. 5. 23.

11) 이에 관해서는 페미위키의 '문단 내 성폭력' 항목 참조. https://femiwiki.com/w/%EB%AC%B8%EB%8B%A8_%EB%82%B4_%EC%84%B1%ED%8F%AD%EB%A0%A5

12) 나영·복코 인터뷰, 「촛불집회 '페미존' 활동가를 만나다」, HUFFPOST, 2017. 10. 27.

위 참가자들의 정치적 요구가 한층 높아진 현장이기도 했지만, 덮어놓고 '우리'를 강요하는 막무가내식의 연대도 더이상 가능하지 않은 공간이었다. 「아무것도」의 '나'는 "惡女 OUT"이라는 피켓을 들고 있던 남자에게 끝내 아무 말도 못하고 돌아섰지만, 이를 계기로 "우리가 무조건 하나라는 거대하고도 괴로운 착각에 대해"(306쪽) 생각하게 된다. 「d」에서 「아무것도」로 이어지는 연작은 2014, 2015, 2016년으로 이어지는 광장의 균열을 감지하면서, 그 균열이 대문자 정치의 의제 속에서 완전히 봉합되지 않는 순간을 포착한다.

2017. 03. 10.—집

2016년 12월 9일 대통령 탄핵소추안 가결, 2017년 3월 10일 헌법재판소의 파면 선고에 이르기까지 소설은 현실의 시간과 궤를 같이하며 나아간다. 앞서 지적했듯, 「아무것도」는 대통령 파면이 결정된 그날 오후를 시간적 배경으로 설정하고 있다. 인물들은 '나'의 집에 모여 헌법재판소 선고 방송을 함께 시청한 뒤, 모두 잠들었다. 홀로 잠들지 않은 '나'는 글쓰기 테이블에 앉아 스스로에게 질문한다. "오늘은 어떻게 기억될까."(162쪽) 이 질문은 오랜 시간을 기다려야 답할 수 있는 일이겠으나, 과거가 어떻게 기억되고 있는지 참조함으로써 미래의 답안을 가늠해볼 수도 있겠다. 먼저 '나'는 소위 '연세대 사태'라 일컬어지는 1996년 제6차 8·15통일대축전을 떠올린다. '나'에게 그때는 구체적이고 물리적인 감각으로 상기된다. 이를테면 최루액 냄새, 굶주림과 목마름, 공포, 더위, 습기, 세수와 양치에 대한 끔찍한 갈망 같은 것들. 그리고 다음과 같은 성폭력의 기억—"보지는 어떻게 씻었냐 드러운 년들"(173쪽). 소설에 삽입된 이 문장은 여학생들이 연행 과정에서 당한 성폭력의 한 예로, 그 사건을 회고하는 신문 기사에서 인용한 것이다.[13) 공권력에 의해 자행된 성폭력은 당시에 어떻게 받아들여졌을까. 1996년의 국정감사를 보도한 MBC 뉴스의 한 대목을 살펴보자.

> 추미애 의원(국민회의): 시국 사건 피의자를 성추행해야 한다든가, 인권유린을 해도 된다는 지침이나 관행이 있습니까? 청장님!
> 김학원 의원(신한국당): 이 한총련의 이적성, 용공성, 여성들에 대한 성폭력 사태로 인해서 그것이 희석되거나 상쇄되어선 안 된다는 것입니다.
> 기자: 박일룡 경찰청장은 아직까지 성추행 사례가 밝혀지지 않고 있지만 피해 사실이 드러나면 법에 따라 조치하겠다고 답변했습니다.[14)

---

13) 소설에도 인용되어 있는 이 기사는 당시 인권운동을 했던 기자가 한총련 여대생 성폭력 피해를 신고받고, 이를 공론화하기까지의 과정을 회고적으로 다루고 있다. 기자는 성폭력이 자행되었다는 사실을 알게 되었으나 증언을 받기 어려웠고, 어렵게 조사를 해서 기자회견을 했지만 대부분의 언론이 외면했다고 토로한다. 고심 끝에 국정감사에서 폭로하기로 결정했고 그때 만나게 된 의원이 추미애라고 한다. 고상만, 「'초선' 추미애가 국감장서 쌍욕 읊은 이유」, 오마이뉴스, 2016. 8. 29.

14) 윤영옥, 「경찰청 국정감사, 경찰의 성추행 여부 집중추궁」, MBC뉴스, 1996. 10. 15. https://imnews.imbc.com/replay/1996/nwdesk/article/2010885_30711.html

김학원의 발언은 낯설지 않은데, 이적성·용공성·좌빨······
혹은 민주·통일·자주·독립·계급해방······ 어느 쪽이든 정치
적이고 역사적인 문제가 여성 문제로 "희석되거나 상쇄되어선
안 된다"는 논리, 그것과 "惡女 OUT"이라는 팻말 앞에서 '나'
가 이렇게 하지 말라고 말하지 못했던 이유는 얼마나 다를까?
다르지 않다면 지금 연세대 사태를 기억하는 방식과 2016년의
촛불집회가 미래에 기억될 방식이 다르리라고 기대할 수 있을
까? 기대하기 어렵다면 광장은 무엇이었을까? 아니, 혁명은 어
디에 있을까?

0000. 00. 00.─

> 정오가 지났다. 모두 잠들었다. 지난밤 잠을 설쳤기 때문에 어
> 쩔 수 없을 것이다. 그렇다고는 해도 신비한 오후다.(150쪽)

「아무것도」는 1987년, 1996년을 거쳐 2015, 2016, 2017년의
광장을 비추는데, '혁명의 완수'라고 할 법한 대통령 탄핵 선고
장면은 의도적으로 누락하고 있다. 그런데 좀더 따져보면 이 소
설의 시간 설정이 매우 흥미롭다는 것을 알 수 있다. 이날 "오전
열한시부터 시작된 선고는 11시 21분에 끝"(314쪽)이 났으니,
현재 '정오가 지난' 시점인 서술자는 탄핵 결과를 본 뒤에 소설
을 쓴 셈이다. 그런데 왜 서술자는 파면 선고의 순간이나 직후
의 기쁨을 그리지 않았을까? 오히려 소설에는 "이제 모두를 깨

울 시간이다"(315쪽)라는 문장이 변형·반복됨으로써 혁명이 '임박'했다는 긴장감을 발생시킨다. '정오'는 태양의 열기가 가장 높은 혁명의 시간이다. 소설 속에 자주 등장했던 니체에 기대서 말해보자면 정오는 신이라는 인간의 그림자가 사라지는 위버멘슈Übermensch의 시간이다. 그런데 소설은 왜 정오가 지나간 시간, 그리고 사람들이 잠들어 있는 시간을 '현재'로 설정하고 있는 것일까? 혁명은 '이미' 지나가버린 것인가 아니면 '아직' 오지 않은 것일까?

차라투스트라는 '이미'와 '아직'이 공존하는 상황, 신은 죽었지만 그 소식은 아직 전달되지 않은 상황에 놓여 있었다. 신의 죽음을 경험한 자인 차라투스트라에게 과거인 시간이 그 소식을 접하지 않은 자들에겐 미래로 나타나고 있다.[15]

차라투스트라는 십 년의 수양을 마치고 돌아와 이렇게 말했다. "대지에 충실하라. 그대들에게 하늘나라의 희망을 말하는 자들의 말을 믿지 마라!"[16] 그러나 차라투스트라가 말을 마치고 군중을 바라보았을 때, 그들은 우두커니 서서 웃고 있을 뿐이었다. 신의 죽음과 인간의 자기 극복이 니체의 혁명이라면, 니체에게 그것은 '이미' 도래한 일이지만 사람들에게는 '아직' 일어나지

---

15) 고병권, 『니체의 위험한 책, 차라투스트라는 이렇게 말했다』, 그린비, 2003, 210~211쪽.
16) 프리드리히 니체, 『차라투스트라는 이렇게 말했다』, 홍성광 옮김, 펭귄클래식코리아, 2015, 17쪽, 강조는 원문.

않은 일이다. 다시 「아무것도」로 돌아가 말하자면, 소설가 '나'가 홀로 깨어 '이미' 겪은 정오는 잠들어 있는 자에게 '아직' 경험하지 못한 일이다. 탄핵 선고 장면이 누락되어 있는 것으로 보아 그것은 '나'가 '이미' 겪은 혁명의 본질이 아닐 것이다. 그럼 무엇이 소설가 '나'의 혁명일까.

내게는 단편이 되다 만 열한개의 원고와 장편이 되다 만 한개의 원고가 있다. 어느 것도 완성하지 못했다. 나는 내 데스크톱에 폴더를 만들고 거기에 그 원고들을 담아두었다. 열두개의 원고. 모두 미완이므로 종합 열두번의 시도, 그 흔적들이라고 말하는 것이 정확할지도 모르겠다. 나는 매번 그 이야기를 하려고 노력했다. 단 한가지 이야기.

누구도 죽지 않는 이야기를.

완주(完走)라는 제목으로 이야기 한편을 쓸 수 있을까.(151쪽)

소설가는 이미 열두 번이나 이야기를 완성하는 데 실패했다. 그냥 이야기가 아니라 아무도 죽지 않는 이야기. '나'는 정오가 막 지난 시간에 홀로 테이블에 앉아 다시 시작한다. '완주'라는 제목을 달 수 있을 '아무도 죽지 않는' 이야기를. 이제 '이야기'를 '혁명'으로 바꾸어 다시 읽어보자. 소설가는 이미 열두 번이나 혁명을 완성하는 데 실패했다. 그냥 혁명이 아니라 아무도 죽지 않는 혁명. '나'는 정오가 막 지난 시간에 홀로 테이블에 앉아 다시 시작한다. '완수'라는 제목을 달 수 있을 '아무도 죽지 않는' 혁명을.

「아무것도」가 되짚는 지난날의 혁명은 누군가는 죽고 배제되었던 혁명이며, 그래서 완수되지 못한 혁명이다. 1987년의 항쟁은 고등학생이었던 김소리에게 '대학생들의 투쟁'이었고, 1996년 '한총련 여대생 성폭력 사건'을 무마하는 논리는 고유명사만 바뀌면서 아직까지도 반복되고 있다. "惡女 OUT"이라는 피켓으로 참가자의 반을 배제했던 촛불집회 또한 미완의 혁명일 수밖에 없다. 민주주의라는 이상 아래 여성에 대한 성폭력, 성소수자에 대한 혐오, 불합리한 근로조건에 대한 묵인, 죽음의 외주화, 비국민에 대한 심각한 차별…… 이 모든 것이 묵인된다면 누구도 죽지 않는 혁명은 결코 완수될 수 없다. 그렇다면 소설가 '나'가 목격한 정오는 무엇이었을까. 이야기/혁명은 어떻게 완주/완수될 수 있는가.

어떤 책을 남기고, 어떤 책을 버릴 것인가. 기준은 한가지다. 두번 읽고 싶은가? 간단한 질문이지만 대답에 이르는 과정은 그다지 간단하지 않다. 쌔라 워터스의 『핑거스미스Fingersmith』와 마거릿 애트우드의 『그레이스Alias Grace』는 둘 다 내게 풍성한 독서경험을 안겼지만 전자는 한번으로 족하고 후자는 두번도 부족하다. 이 차이는 어디에서 올까? 나도 실은 제대로 짐작할 수 없는 이 막연한 과정을 거쳐 어느 해엔 살아남은 책이 이듬해 미련 없이 버려지는 일도 매년 있다. 가와바따 야스나리는 거의 매번 남았으나 작년에 전부 밀려 나갔고 존 윌리엄스의 『스토너Stoner』는 작년에 간신히 살아남았지만 올해엔 버티지 못했다. 사

혁명과 이야기가 등가로 놓일 때, 책(의 광)장을 솎아내고 재배치하는 장면은 의미심장하게 읽힌다. 「아무것도」에는 기존의 황정은 소설과 달리 수많은 책들이 언급되거나 직접적으로 인용되어 있다. 이는 각주라는 지성적 형식을 통해 그간 감정에 밀착된 형태로 나타났던 여성 재현과 충돌하는 것, 그리하여 "광장에서 누락된 목소리들의 존재감"을 드러내는 장치라고 볼 수 있다.[17] 나아가 소설에 삽입되어 있는 책들, 그것이 이루는 '지知의 네트워크', 그 자체는 이 소설에서 내내 강조하는 '툴tool'이다. '나'에 따르자면, 울라브 하우게의 시는 '신선한 종이'에 육필로 쓰였을 것이며, 니체의 경쾌한 정신의 도약은 타자기를 만나면서부터일 것이다. "그렇지. 툴을 쥔 인간은 툴의 방식으로 말하고 생각한다."(189쪽) 그렇다면 책장을 솎아내는 것, 즉 지식의 위계와 미적 감수성aesthetics을 재배치하는 것은 툴의 교체이자 갱신이다.

'순일純─한 미美'를 창출하기 위해 남성 시선에 포착된 여성 인물을 재현하는 가와바타 야스나리의 『설국』이나 남성의 성장 서사인 존 윌리엄스의 『스토너』는 (지금까지의 툴에 익숙한 우리에게) 여전히 아름답고 감동적이지만 그것이 여성을 대상화하고 주변화한 결과로 빚어진 세계라면 더이상 '나'의 툴이 될 수 없다. "주인의 도구로는 결코 주인의 집을 무너뜨릴 수 없

---

17) 강지희, 「광장에서 폭발하는 지성과 명랑」, 『현대문학』, 2018년 4월호, 345쪽.

다."[18] 따라서 우리를 옭아매고 있는 유구하고 강고한 지의 세계, 즉 말하고 생각하고 세계를 인식하는 방식인 '툴', 그것이 네트워크를 이루고 있는 책장冊—場이야말로 투쟁의 장소가 된다. 책을 솎아내는 것은 툴을 바꾸는 일이고, 이 새로운 툴로써 지의 네트워크를 재구축하는 것이 바로 혁명이다. "여자아이와 여자아이는 결혼할 수 없다고, 상식적으로 결혼은 남자와 하는 거라고"(252쪽) 말하는 세계의 '상식'에 도전하는 것이 혁명이고, 동성 애인의 법적 반려자가 될 수 있는 것이 혁명이다. 혁명은 세계를 인식하는 툴, 그것의 오래되고 강고한 네트워크인 상식·역사·지식·법률·관습·문화를 해체하고 갱신하는 데 있다.

소설 속의 '나'는 점점 시력을 잃어가고 있다. '나'는 혹여 책을 읽지 못할지도 모른다는 불안에 점자點字에 대해 생각한다. 그리고 그제서야 비-맹인이 읽는 활자를 묵자墨字라고 부른다는 것을 알게 된다. "묵자란 볼 수 있는 사람들의 언어/도구이며"(273쪽), 세계는 '볼 수 있다'는 것을 기본 전제로 하기 때문에 '묵자'라는 단어를 들어보지 못했던 것이다. 기본 전제였던 것, 다시 말해 보통 사람들이 기본적으로 가졌다고 생각하는 능력이나 특징, 의심의 여지 없이 당연하다고 여겨지는 것들은 상실되기 전까지는 감지되지 않는다. 안과 의사는 '나'에게 생활에는 큰 불편이 없을 것이라 말한다. 보이지 않는 영역은 보이지 않기 때문이다. 그러나 '나'는 불편을 토로한다. 의사는 반문한다.

---

18) 오드리 로드, 『시스터 아웃사이더』, 주해연·박미선 옮김, 후마니타스, 2018, 174쪽.

소설 속의 '나'는 보이지 않는 영역을 보인다고 하고, 그렇게 함으로써 보이는 것과 보이지 않는 것의 체계를 흔든다. 이 장면에서 랑시에르의 익숙한 수사를 떠올릴 수밖에 없는데, 그에 따르면 보이지 않는 것을 보게 하는 것이 문학이고 그것이 곧 정치다.[19] 「아무것도」는 묵자墨字의 세계를 드러냄으로써 세계의 전제를 의심하고, 1987, 1996, 2015, 2016, 2017의 광장을 불러와 억압된 존재들을 가시화함으로써 기존의 인식에 균열을 낸다. 그리고 책장을 정리하고, 언어를 바꾸고, 인식 체계를 고치며, 새로운 지의 네트워크를 문학으로/문학에 기입한다. 틀을 바꾸는 일, 그것이 곧 혁명이라면, 2010년대의 혁명을 아카이빙하며 황정은의 소설이 도달한 광장은 지식의 위계와 가치 체계의 광장, 곧 책장이다.

(2020)

---

19) 문학은 "공동세계를 구획하는 말의 양태들 간의 관계 속에 개입"함으로써 기존의 말과 소음, 가시적인 것과 비가시적인 것 등을 배분하고 재배분함으로써 새로운 대상들과 주체들을 공동 무대 위에 오르게 한다. 자크 랑시에르,『문학의 정치』, 유재홍 옮김, 인간사랑, 2011, 11쪽.

착한 당신에게 말을 건넵니다.
—최근 소설들의 '선한' 물음에 답하며

당신은 낯이 익습니다

2016년 2월 3일 제1216차 수요집회가 열렸다. 서울은 추웠다. 경찰들이 소녀상과 일본 대사관 건물 사이 차도에 폴리스 라인을 설치했다. 많은 사람이 모였지만 폴리스 라인은 후퇴하지 않았다. 사람들은 비좁은 공간을 좌우로 넓혀가며 밭게 섰다. 이번 수요집회에는 세월호 유가족과 시민으로 구성된 4·16합창단이 참여했다. 합창단은 마지막 곡으로 〈잊지 않을게〉를 불렀다. 옆 사람이 노래를 따라 불렀다. 조용한 흐느낌이 간간히 섞였다. 폴리스 라인 너머로 행인들이 지나다녔고 이따금 이쪽을 돌아봤다. 선량한 얼굴들이었다. 나는 여러 번 시선을 주었지만 우리의 눈빛은 한 번도 교환되지 않았다. 2주기를 앞둔 겨울, 세월호 진실규명운동은 한국사회 내 장기 운동들의 지형도 속에서 (재)의미화되는 것처럼 보였다. 어느새 세월호는 팽목항을 떠나 연대의 길 위에 있고, 우리는 각각 폴리스 라인 이편 혹은 저편에 있다.

세월호 '사건' 이후 많은 말들이 쏟아졌다. 초기 말들은 배의 침몰 원인과 사고 수습 과정에서 드러난 국가의 무능 및 무책임의 문제를 다루는 데 주력했다. 그러나 시간이 지나면서 세월호 사태의 공적·구조적 의미를 외면하는 이들의 목소리가 높아졌다. 애도의 정치화를 둘러싸고 펼쳐진 적대의 전선이 중요한 쟁점으로 부각된 것이다.[1] '두 국민'의 분열은 극에 달해서 급기야 유가족의 단식 농성장 옆에서 '폭식 투쟁'을 하는 사람들마저 나타났다. 미디어는 이 갈등들을 아주 외설적으로 보도했다. 그러나 수요일 아침 내가 건너다본 사람들은 모두 선량한 얼굴이었다. 많은 사람은 여전히 '선의'를 가지고 있다. 선량한 사람들의 걱정은 진심이다. "일어난 일은 일어난 일이니까, 산 사람은 살아야지, 언제까지 이렇게 살 수는 없지 않겠어." 우리는 착한 사람들이다.

착한 사람들이 시간에 마모되고, '세월호'라는 사건에 피로해질수록 그 선의는 조금씩 의심스러워진다. "산 사람은 살아야한다"는 걱정스러운 제스처로 아직 진실 규명도 되지 못한 사건을 서둘러 덮으려 한다. 혹은 가족 잃은 슬픔이야 공감하지만 "일어난 일은 일어난 일이니까", 충분한 보상으로 갈음하고자 한다. 세월호 진실 규명 투쟁이 장기화되어감에 따라, 착한 사람들은 온정의 한계를 드러낸다. 피해자들의 요구가 온정의 최대치를 넘어선다고 느낄 때, 선의는 곧바로 혐오나 증오로 전환되

---

1) 강경석·오혜진·정용택·윤여일(사회), 「좌담—세월호 참사, 지난 일 년 그리고 이후를 묻다」, 『말과활』 2015년 5/6월호, 29쪽.

기도 한다.[2] TV 앞에서, 팽목항에서, 광화문 분향소에서 우리는 함께 울었다. 그러나 2주기를 맞는 지금, 낯이 익은 당신은 선 밖의 저쪽에 있다. 착한 당신은 치안 질서가 마련한 당신의 자리로 기꺼이 돌아갔다. 산 사람은 살아야 하니까. 4월은 정말로 잔인해졌다. 나는 낯이 익은 당신에게 말을 건넨다.

우린 다 착한 사람들이에요

당신처럼 착한 사람들이 모여 사는 작은 동네 이야기를 해보자. 어느 날 동네에 낯선 남자가 나타난다. 남자는 허름한 아파트 앞에서 '김석만'씨에게 칠백만원을 돌려달라고 요구하는 대자보 판을 놓고 노숙을 시작했다. 남자의 시위는 여름에 시작해 초겨울까지 지속된다. 남자의 사정은 이렇다. 남자의 어머니는 생활고로 인해 사채를 썼고, 이자는 금세 불어났다. 그녀는 전 재산을 털어 돈을 갚고 자살로 추정되는 죽음을 맞는다. 안타까운 것은 남자도 사채업자에게 돈을 갚았다는 것이다. 그러니까 지금 남자는 두 번 입금된 칠백만원을 돌려달라고 시위하는 중이다. 그런데 일은 조금 더 복잡하게 꼬여서 착한 사람들을 당황하게 만든다. 사채업자 김석만이 산다는 집에는 할머니 혼자 살뿐, 김석만은 주소만 노모의 집으로 얹어놓고 사 년간 코빼기도 보이지 않는다는 것이다. 낯선 남자의 이름은 '권순찬'이다. 나는 지금 이기호의 「권순찬과 착한 사람들」(『문학동네』 2015년 봄호)을 이야기하는 중이다.

---

2) 진은영, 「우리의 연민은 정오의 그림자처럼 짧고, 우리의 수치심은 자정의 그림자처럼 길다」, 『문학동네』 2014년 가을호, 423~424쪽 참조.

착한 사람들은 권순찬을 모르는 척하지 않는다. 할머니의 사정을 전해주고, 날도 추운데 길에서 자면 큰일난다고 걱정도 해주고, 김석만이 돌아오면 알려주겠다고 약속도 해준다. 그러니 착한 사람들을 믿고 집으로 돌아가 있으라고 말한다. 그러나 착한 사람들의 호의에도 권순찬의 노숙은 계속되고, 급기야 사람들은 성금을 모은다. 권순찬이 사람들의 진심어린 선의를 거절하면서 불화는 시작된다. "저는 김석만씨를 만나러 온 거예요. 그 사람을 직접 만나서 일을 해결하려고요……"(217쪽) 선의를 무시당한 사람들은 화를 낸다. '나'는 권순찬의 멱살을 잡고 애꿎은 사람 좀 그만 괴롭히라고 했다. "아파트엔 그가 칠백만원에 대한 이자를 받으려 한다는 소문이 돌기 시작했다."(218쪽) 입주민 대표는 '나'를 찾아가 말한다: "우리가 뭘 잘못한 걸까요?"(같은 쪽)

소설가이자 교수인 '나'는 소설의 말미에 권순찬의 이야기를 쓰게 된 경위를 붙여놓았다. '나'는 권순찬이 노숙인 쉼터로 보내진 후, 외제 차를 탄 사채업자와 우연히 마주친다. 그러니까 '나'가 권순찬의 이야기를 써야겠다고 마음먹은 것은 실은 권순찬 때문은 아니고, "쿠페형 외제 차"(222쪽) 때문만도 아니고, 돈을 떼먹은 김석만은 고급 외제 차를 타고 버젓이 잘 살고 있는데 돈을 떼인 권순찬은 여름부터 겨울까지 길 위에서 종이 박스니 스티로폼이니 깔고 잤기 때문이다. '나'는 김석만의 등장을 통해 우리가 정작 화를 내야 할 사람은 따로 있음을 눈으로 보았고, 그래서 "우리는 왜 애꿎은 사람들에게 화를 내는지"(223쪽) 되묻게 되었으며, 되물은 결과 "애꿎은 사람"은 동네 사람들이 아니라 권순찬이었음을 깨닫게 된 것이다. 그리하여 소설은 여기에 있고, 질문은 되돌아온다. 우리는 왜 애꿎은 사람에게 화를 내는 건가?

> 권순찬씨 때문에 우리가 불편한 건 전혀 없어요. 권순찬씨가 우리에게 피해를 입히는 건 아무것도 없으니까요. 이건 진짜 순수하게 권순찬씨 개인을 위해서 드리는 말이에요. (……) 여기 사는 사람들이 다 형편이 뻔하고 어려운데…… 그래도 다 착한 사람들이에요.(211쪽)

착한 사람들의 최초의 착각은 여기다. 착한 사람들은 "불편한 건 전혀 없"다고, 권순찬씨가 "피해를 입히는 건 아무것도 없"다고 하지만 실은 그렇지 않다. '나'는 "더운 국을 먹을 때나 따뜻한 물로 샤워를 할 때, 그러지 않으려고 하는데도 저절로 남자 생각이 났다"(214쪽). 그래서 '나'는 주민들이 만원씩 성금 모금을 할 때, 십만원을 냈다. 성금을 걷어가는 반장이 "실은 자기도 오만원을 냈다고 콧잔등을 찡긋"(215쪽)했다. 콧잔등을 찡긋하며 그들이 공유하는 것은 무엇일까. 그것은 겨울이 다가오는데 한 사람을 길 위에 방치하고 있다는 모종의 가책이고, 그 가책은 그들을 착한 사람들이 될 수 없게 한다. 권순찬씨의 행동은 그들을 불편하게 한다.

착한 사람들의 자선은 이타심을 내세워 권순찬이 직면한 문제의 핵심을 피해 간다. 결국 그들은 문제의 원인을 그대로 남겨두고서는 자신들의 선의가 한 사람을 구제했다고 착각하는 것이다. 김석만이 뻔뻔하게 잘 사는 것은 개인의 비도덕성에 기인하기도 하지만, 꼭 그만큼 문제를 회피하고 봉합해버리는 공동체 구성원에게서도 비롯한다. 착한 사람들의 선의는 공동의 문제를 봉합해버리면서도, 봉합되어버렸다는 사실마저 감추는 기능을 한다.[3] 세월호 유가족에 대한 우리의 선의는 어떤가. '산 사람은 살아야 한다'는 '선량함'은 실은 우리의 불편함을 제거하기 위한 기만이다. 유가족이 광화문광장 찬 바닥에서 시위를 하고 있으니, 밥을 굶으며 절규하고 있으니, 우리는 "더운 국을 먹을 때나 따뜻한 물로 샤워를 할 때"마다 불편한 것이다. 이제 최초의 질문에 답을 할 수 있겠다. "우리는 왜 애꿎은 사람들에게 화를 내는 것일까?" 그것은 애꿎은 사람이 우리를 '착한 사람'에 머물지 못하게 하기 때문이다.

그러나 선한 마음엔 힘이 없다고……

당신은 선의에 대해 항변하고 싶을 것이다. 그렇지 않다고, 우리는 같은 세계에 연루된 자로서 공동체에 대한 죄책감과 부

---

3) '선의'를 거절한 권순찬의 모습은 일본군 '위안부' 피해자들의 요구와 겹쳐 읽히기도 한다. 1991년 일본군 '위안부' 문제가 공론화된 이래, 일본 정부는 '국민 기금'의 형식으로(여성을 위한 아시아 평화 국민 기금女性のためのアジア平和国民基金, 1995), 또는 피해자를 제외한 국가 간 합의의 방식으로(한일 일본군 '위안부' 합의, 2015) 피해자에 '보상'하려 하였으나, 피해자들이 원하는 것은 '공식 사과'와 '법적 배상'이다. 특히 '여성을 위한 아시아 평화 국민 기금'에는 일본 시민들의 '선의'의 마음이 포함되어 있었다. 그러나 소설이 보여주듯, 그 선의가 향해야 할 곳은 피해자에 대한 연민이 아니라, 국가와 군대가 대규모 전시성 폭력 제도를 고안·운영하였다는 것에 대한 자각, 이에 대한 법적 책임을 지지 않았다는 것에 대한 공분, 그리고 재발 방지를 위한 노력이어야 한다.

채 의식을 가지고 살아가고 있다고.「양들의 역사」(김경욱,『악스트』 2015년 7/8월호)에 나오는 택시 기사처럼 말이다. '나'를 일본인으로 오인한 택시 기사는 행선지까지 가는 내내 일본어로 '나'에게 말을 건다. 그런데 택시 기사의 파란만장한 인생담은 어딘가 석연치 않은 구석이 있다. 한국전쟁 때 흥남 철수부터, 삼풍백화점, 성수대교 붕괴 사고까지 그는 무수한 참사 현장에 존재했고, 매번 아주 우연히 살아남았다. 이쯤 되면 택시 기사의 이야기는 누군가를 속이기 위한 거짓말은 아닌 듯하다. 오히려 중요한 점은 그가 자신의 삶을 "죽은 사람들 몫"(161쪽)으로 인식하면서 살아가고 있다는 것이다. 이것이 바로 공동세계를 살아가는 자로서의 죄책감과 부채감일 것이다.

그렇다면 이야기를 조금 더 밀고 나가보자. 선한 사람들의 선한 마음이 세계의 비극을 멈추게 할 힘이 있는지에 대해서 말이다. 상황은 이렇다. 아이들이 죽는 사고가 났다. 아이 엄마는 뉴스로 사건을 보고 가슴 아파한다. 그런데 이 년 후에 그 사고와 거의 흡사한 대형 참사가 또 발생하는데, 이번엔 그녀의 아이가 희생된다. 보통의 이야기는 여기까지다. 실제로 우리는 "그저 운이 나빴을 뿐이라고, 아니 그런 일은 계속 발생하는데 사회 구성원으로서 방관한 자신의 죄라고, 오류를 바로잡지 못한 윗세대의 죄라고"(「이웃의 선한 사람」, 163쪽) 자책해왔다. 고통스럽지만 납득할 수 있는 결론이다. 그러나 아이 엄마는 울면서 다음과 같이 절규한다.

2년 전에, 그 사고를 보며 저, 생각했어요. 저 사람들에게만 저런 일이 생긴 게 너무 미안하다고요. 이건 제 일이고 제 문제라고, 저한테 저런 일이 생기지 않은 걸 다행으로 여겨서는 절대로 안 된다고. 그럼 저는 정말 천하에 나쁜 인간이라고, 앞으로 저런 일을 당한 사람들의 마음으로 살겠다고, 그렇게 생각했다고요…… 제가 바로, 저 사람들이라고요. 누구한테 말을 한 것도 아니고, 그냥 생각을 했을 뿐이에요. 생각만 했을 뿐이에요. 그런데 왜 이래요? 제가 그 생각을 한 게 잘못된 거예요? 그렇죠? 그게 잘못이죠?(162~163쪽)

윤이형의 「이웃의 선한 사람」(『21세기문학』 2015년 겨울호)의 한 대목이다. 아이 엄마는 미래가 보인다는 이상한 사내의 딸이고, 이야기는 사내가 보는 미래의 일이다. 사내의 이야기를 듣던 '나'는 끝내 화를 내고 만다. "선한 사람들이 선하게 살았기 때문에, 선한 마음을 품었기 때문에 그런 일이 일어난다"(163쪽)니까. "선한 마음에는 힘이 없"(165쪽)다니까. '나'는 사내에게 마구 화를 냈지만 사내 이야기가 남긴 찝찝함을 씻어내지 못한다. '나'는 정체 모를 감정이 자신의 행복 때문이고, 행복의 뒷면에는 "우리를 제외한 세상 전체의 희생으로 이루어진 것 같은 부채감"(167쪽)이 붙어 있기 때문이라 여긴다. 그럼에도 '나'는 "그냥 그 부채감을 기억"(같은 쪽)하면 된다고 생각한다. "그것을 선한 마음으로 바꾸어 다른 이웃들에게 되돌려주면 된다"(같은 쪽)고 스스로 설득한다. 정말 그럴까.

최근 소설들에서 선의에 대한 의심은 자주 발견된다. 「눈 한 송이가 녹는 동안」(한강, 『창작과비평』 2015년 여름호)의 '나'는 지금 죽은 '임선배'와 있다. '나'와 선배, 그리고 '경주 언니'는 십여 년 전 같은 직장에서 일했지만, 지금 살아 있는 사람은 '나' 밖에 없다. 죽기 전 선배는 시사지 편집부에서 일했는데, 대기업 비판 기사가 무단 삭제되자 이에 항의해 파업 시위를 시작했다. 장기 농성 끝에 선배와 동료들은 결국 새로운 잡지를 꾸렸지만, 임선배는 암에 걸려 죽었다. 경주 언니는 기혼 여직원의 퇴사가 당연시되는 회사를 상대로 싸웠다. 함께 싸워야 할 동료들로부터 외면당했지만 그녀는 나쁜 선례를 남기지 않으려고 최선을 다했다. 겨우 자리를 잡았을 때, 그녀는 고속도로에서 사고 차량을 도우려다 교통사고로 죽었다. 임선배가 생전에 했다는 마지막 한마디가 눈을 찌른다: "이제 너무 착하게 살지 말아야겠어. 착한 사람은 일찍 죽는 것 같아."(312쪽)

임선배의 마지막 고백은 선한 마음에는 아무런 힘이 없다는 「이웃의 선한 사람」의 사내의 말과 그리 다르지 않아 보인다. 그러고 보면 미래를 보는 사내의 이야기에도 미친 망상으로 치부할 수 없는 진실이 엿보인다. 사내는 과거는 어렴풋하게밖에 기억하지 못하면서, 아니 과거를 불확정적인 것으로 느끼면서, 반대로 미래는 선명하게 '기억'한다. 그에게 과거와 미래에 대한 기억은 보통의 사람과 뒤바뀌어 있는 셈이다. 그런데 과연 사내의 시간에 대한 관념이 지금 여기의 우리들과 정말 다를까? '나'는 사내에게 끝내 "나는 미친놈입니다"(165쪽)라는 자백을 얻어내고 말지만, 정작 '나' 또한 과거를 '흐릿하게', 미래를 '자명하게' 감각한다.

나는 아이가 힘겨움인 줄도 모른 채 겪고 있는 힘겨움에서 나
의 과거와 아이의 미래를 보았다. 과거는 희미해서, 나도 어릴 때
저랬을까? 저랬단 말인가? 정도의 의문만 메아리쳐 돌아왔다.
반면 미래는 좀더 또렷하고 구체적이었으나 나는 그것을 똑바로
보고 싶지 않았다. 관계 맺기, 소속되기, 인정투쟁, 호객행위, 자
기PR, 뭐라 이름붙이든 아이는 잔뜩 얽힌 가시덩굴 같은 저 무
관심을 풀고 자르고 자기편으로 만들기 위해 평생 씨름하게 될
것이었다.(138쪽)

　그렇다. 이 세계에 사는 우리에게 미래는 자명한 것이다. 과
거는 희미하지만, "반면 미래는 좀더 또렷하고 구체적"이다. 다
만 우리는 "그것을 똑바로 보고 싶지 않"을 뿐이다. 작가가 정확
하게 써놓았듯, 미래는 그리 '될' 것이'었'다. 미래형이자 과거형
인 것이다. 그러면 혹시 '헬조선'을 말하는 것이냐고, 미래가 보
이지 않는다는 그런 말이냐고 물을지도 모르겠다. 안타깝게도
자명한 미래는 지옥 이후의 지옥이다. '미래가 보이지 않는다는
것'은 최후의 희망이었고, 자명한 미래가 있다는 것은 명백한 지
옥이며, 지옥 이후의 지옥문은 과거의 상실로부터 열린다. 왜냐
하면 과거의 상실은 똑같은 지옥을 반복하게 만들기 때문이다.
지옥의 끝없는 반복인 것이다.
　소설 속의 참사는 세월호 사건을 떠올리게 한다. 세월호가
반복되는 미래야말로 지옥의 영원회귀다. 그리고 사내의 말처
럼 자명한 지옥은 과거의 상실로부터 온다. 사내의 말을 증명하
기 위해서는 한 문장이면 충분하다: 우리가 알고 있는 세월호의

'과거'는 무엇인가. 지난해 12월 14일부터 사흘간, 세월호 참사 초기 해경을 비롯한 정부의 구조 대응이 적절했는지를 따지는 청문회가 열렸다. 청문회에서 가장 많이 들렸던 말은 "모르겠다"와 "기억이 나지 않는다"였다. 이것이 바로 알 수 없는 과거이며 자명한 미래의 비극이다. 그러니까 사내의 이야기는 미친 망상이 아니다. "우리를 제외한 세상 전체의 희생으로 이루어진 것 같은 부채감"을 어렴풋이 느끼면서도 "그냥 그 부채감을 기억"하면 된다고, "그것을 선한 마음으로 바꾸어 다른 이웃들에게 되돌려주면 된다"고 스스로 설득하고 사는 '나'의 믿음이 되레 거짓에 가깝다.

우리가 뭘 잘못한 걸까요

이제 미루었던 질문에 답할 시간이다. 착한 사람들은 무엇을 잘못한 것일까. 착한 사람들이 권순찬에게 보인 '연민'이라는 감정은 타인의 고통에 대한 거리감을 전제로 발생한다. 연민은 자신이 무고하다는 인식을 바탕으로 고통에 연루되지 않는 한에서 발생하는 정서적 반응이다.[4] 착한 사람들은 권순찬의 처지에 대해 연민할 것이 아니라 김석만의 비도덕적 행위에 대해 분노했어야 했다. 나아가 생활고로 사채를 써야 하고, 원금의 몇 배가 되는 돈을 갚아야 하며, 돈과 목숨을 바꿀 수밖에 없는 우리 사회에 문제를 제기했어야 했다. 착한 사람들은 직접 피해자는 아니지만 공동세계를 살아가는 한 언제든 동일한 문제의 당사자가

---

4) 수전 손택, 『타인의 고통』, 이재원 옮김, 이후, 2004, 154쪽.

될 가능성을 내포하고 있다. 착한 사람들은 권순찬의 문제에 '간접 당사자' 곧 '공적 주체'로서 접근해야 했다.[5]

연루된 자로서의 삶의 태도를 선명하게 보여주는 이가 「양들의 역사」의 택시 기사다. 그는 자신의 삶이 이 세계의 모든 장소, 모든 비극으로부터 우연히 비껴간 것이라 여긴다. 택시 기사의 이야기는 허풍 섞인 무용담이 아니라 우리가 삶에 새겨야만 하는 빚이다. 빚이란 다시 말해 공동세계의 일원으로서 참사의 원인에 연루되어 있다는 죄의식, 그래서 사라져간 이들의 몫을 대신 누리고 있다는 부채감이다. 택시 기사의 삶의 태도는 능청스럽게 외부인인 척 연기하는 '나'를 얼어붙게 만든다. 연루된 자로서 살아야 한다는 택시 기사의 고백은 세계 바깥에 머무르며, 세계 바깥의 언어를 구사하던 '나'를 급격히 공동의 세계 속으로 끌어들인다. "나는 그 자리에 얼어붙은 듯 서 있었다. (……) 이번에는 한국말이었다."(173쪽) 그렇다면 우리는 공동세계를 어떻게 자명한 미래로부터 지킬 수 있을까.

이렇게 오래 살아가는 것들 아래 있으면 더 그런 생각이 들어. 우리가 해치지만 않으면, 어쩌다 불이 나거나 벼락만 맞지 않으면 수백년도 살 수 있는 것들 아래에서, 이렇게 짧게 꼬물꼬물 살아가는 우리가 어떤 존재인지…… 다음달, 다음해, 아니, 오분 뒤 일조차 우린 알지 못하잖아. 그렇게 시간에 갇혀서 서로 찌르고 찔리면서 꿈틀거리잖아. 그걸 내려다보고 있는 존재가 어

---

5) '공공성'과 '공적 주체'에 관해서는 홍철기, 「세월호 참사로부터 무엇을 보고 들을 것인가?」, 『문학동네』 2014년 가을호 참조.

던가 있다 해도, 그가 우릴 사랑할 것 같지 않아. 우리가 상처 난 벌레를 보듯 혐오하지 않을까? 무관심하지 않을까? 기껏해야 동정하지 않을까?(「눈 한송이가 녹는 동안」, 314쪽)

「눈 한송이가 녹는 동안」의 경주 언니는 영구적으로 존재하는 세계 앞에서 인간의 나약함을 본다. 시간에 갇혀 사는 인간은 흡사 벌레 같다. 한 치 앞을 알 수 없는 우리는 서로를 찌르고 서로에 찔리며 꿈틀거린다. '나'의 희곡 속 인물들이 부처가 되지 못하는 이유다. 본디 『삼국유사』의 '달달박박'은 낯선 소녀에게 자비를 베풀고 부처가 된다. 찾아온 소녀가 실은 관음보살이었기 때문이다. '나'는 달달박박의 이야기를 차용하면서도 결론을 맺을 수 없다. 벌레처럼 살아가는 세상에서 모두 부처가 되는 평화로운 결말은 불가능한 것, 아니 그래서는 안 되는 것이기 때문이다. '나'의 이야기에서도 소녀는 달달박박을 찾아간다. 승려는 유혹될까 두려워 거절하지만 소녀는 눈 한송이가 녹을 동안만 자비를 베풀어달라고 한다. 승려는 승락하고, 소녀는 따뜻한 욕조에서 몸을 녹인다. 그런데 눈이 녹지 않는다. 승려가 묻는다. 왜 눈이 녹지 않느냐고. 소녀는 답한다. 시간이 흐르지 않는다고.

나는 잠을 잘 수 없어요. 당신은 잠들 수 있어요?
잠깐 잠들어도 꿈을 꿔요. 당신은 꿈을 꾸지 않아요?

언제나 같은 꿈이에요.

잃어버린 사람들,

영영 잃어버린 사람들.(319쪽)

'나'가 쓴 희곡은 여기서 멈춘다. 고통의 영원한 재생으로 인해 소녀의 시간은 흐르지 않는다. '나'는 그들에게 평화를 줄 수 없고, 그렇다고 "내가 그 고통의 바깥에 있다는 사실"(319쪽) 때문에 더 쓸 수도 없다. 그러나 여기서 우리는 최소의 희망이나마 발견할 수 있지 않을까. 고통 속에 머무는 한 또다른 비극의 반복은 없지 않을까. 임선배의 유령을 환대하는 '나'가 있고, 미래의 누군가에게 나쁜 선례를 남기지 않으려 최선을 다하는 경주 언니가 있고, 그래서 모두가 부처가 되는 거짓된 평화를 거절하는 한, 똑같은 미래를 반복하는 일은 없지 않을까. 적어도 시간이 멈추어 있으니까 말이다.

한나 아렌트는 "공동세계는 태어나면서 들어가 죽어서는 뒤에 남겨두는 무엇"[6]이라고 했다. 세계는 우리 이전에 존재했고, 우리 수명을 초월해 존재할 것이다. 공동세계는 우리의 세대를 초월해 존재하지만, "공동세계가 교체되는 세대들보다 더 오래 지속하려면 공론 영역 속에 등장해야 한다. 공론 영역의 공공성만이 우리가 시간의 자연적인 파멸로부터 보존하기를 원하는 모든 것을 수용하여 수세기에 걸쳐 빛을 발하게 할 수 있다."[7] 시간

---

6) 한나 아렌트, 『인간의 조건』, 이진우·태정호 옮김, 한길사, 2017(개정판), 128쪽.

7) 같은 쪽.

에 갇혀 있는 우리에게 지켜야 할 무엇이 있다면, 반복하지 말아야 할 무엇이 있다면, 그것은 공공의 영역에서만 가능하다. 공론 영역의 행위는 말을 통해 실행되며 나아가 적절한 순간에 적절한 말을 발견하는 것이다.[8] 자명한 지옥을 멈추기 위해서는 공적 삶의 영역에서 사태에 적절한 말하기, 적절한 말을 발견하기가 요구된다. 그 말의 힘이 정치다.

「이웃의 선한 사람」의 아이 엄마에게 요구되었던 것도 '개인적' 죄책감이 아니라, 그것을 함께 살아가는 사람들과 다 같이 나누어 지는 일이었다. 이제 그녀에게 답한다면 선한 마음이 잘못된 것이 아니라, 선한 마음만으로 우리의 역할을 다했다고 믿었던 어리석음이 문제였다고 하겠다. 잃어버린 사람들의 꿈을 꾸는 일, 그 사람들의 '과거'를 밝혀가는 일, 당신은 고통스럽지 않느냐고 따져 묻는 일, 유령을 환대하는 일, 지나가는 소녀를 맞이하는 일, 시간을 멈추는 일, 함께 살아가는 모든 사람들과 같이 우리가 보존하고자 하는 것들을 지키는 일, 반복하지 말아야 할 일들을 기억하는 일, 잊지 말아야 할 것들을 계속해서 말하는 일, 사태에 적절한 말을 부단히 찾아내는 일, 이 모든 것들이 필요했던 것이다. 선한 마음은 또 한번 우리를 속였다. 선한 마음은 우리에게 요구되는 최소치였을 뿐이다.

착한 당신에게 말을 건넵니다

미래를 보는 사내는 선한 마음에는 힘이 없으므로 우리가 지켜

---

8) 같은 책, 78쪽.

줘야 한다고 했다. 반은 맞지만 반은 틀렸다. 사내는 선의가 실패하는 지점에서 만들어내는 부정적 힘에 대해서는 보지 못했다. 선한 마음이 공동세계로 나아가지 못하고 개인적 죄책감으로 소모되고 말 때, 죄책감을 공동세계를 움직이는 '힘'으로 전환하지 못할 때, 이것은 단순한 회피보다도 더 암담한 결과를 초래할 것이다. 실망감과 무기력증이 생산할, 그 이름도 역설적인 '니힐의 에너지'는 우리로 하여금 자발적으로 공적 주체를 거세하게 만들 것이며, 그로 인해 우리의 공공 영역은 더욱 좁아질 것이다. 그리고 누군가는 이것을 아주 효과적으로 활용할 것이다.

보수 언론과 집권 여당은, 4·16을 이슈화하는 것은 경제를 어렵게 하고 국민을 피로하게 만드는 일일 뿐이라는 '세월호 피로감' 프레임, 4·16에 대한 비공감과 반애도의 정서를 확산시키는 '두 국민 전략'을 정치적으로 활용했다.[9] 미디어와 정치는 우리 감정을 조작하고 망각을 강요했다. 전략은 효과적이었다. 본디 "공감 능력은 허약한 것이기 때문이다. 그것은 이념과 정치적 태도와 고난에 처한 대상과 하는 '접촉'의 넓기·강도에 영향받는 허약한 것이며, 공감은 그러한 접촉을 향한 노력이 있을 때만 생겨나는 '준-인위적인 것'"[10]이기 때문이다. 우리의 노력 가운데 가장 고통스러운 일은 아마도 선한 마음에 대한 의심일 것이다. 그러나 공감 능력이 노력에 따라 얻어지는 것이라 할

9) 정원옥, 「4·16을 어떻게 기억할 것인가—기억과 행동」, 『오늘의 문예비평』 2015년 여름호.

10) 천정환, 「애도의 한계와 적대에 대하여」, 인문학협동조합 기획, 『팽목항에서 불어오는 바람—세월호 이후 인문학의 기록』, 현실문화, 2015, 216쪽.

때, 노력하면 얻어진다는 당위적 믿음의 근거지는 역시 선한 마음이 아닐까.

「봄의 터미널」(최진영, 『한국문학』 2015년 가을호)의 주인공 '나'는 4월 16일 태어난 친구 '봄'을 기다리고 있다. '봄'은 누구에게나 친절하고 다정한 아이였다. '나'의 부재에 유일하게 관심을 가졌던 친구였고, 길가에 누워 있는 아저씨를 걱정한 착한 아이였다. 그러나 언젠가 '나'는 "씨발 내가 가만히 있으라 그랬지. (……) 닥치고 가만히 있으라니까"라고 소리치며 "봄을 구타하는 사람인지 무엇인지 모를 것들을"(131쪽)보고도 모른 체했다. "그 자리에 가만히 있었다."(같은 쪽) '나'는 아직 '봄'에게 제대로 말도 걸어보지 못했는데, '봄'은 사라졌다. 배가 침몰했다는 소식만 들었다. '나'는 아직도 '봄'을 기다리는 중이다. 차가운 벤치에서 잠든 사람을 깨우면서. '봄'을 모르는 체하지 않았던 택시 기사를 찾으면서. 슬픔과 애도가 한 계절 유행처럼 번지고 사라진 시간 속에서 '나'는 '봄'을 기다린다. 터미널은 떠나기만 하는 곳이 아니니까, 돌아오기도 하는 곳이니까, '봄'은 꼭 올 것이다. 봄은 돌아오고 있다. 아니 끝난 적이 없다. 이 봄을 끝내지 않기 위해 우리는 서로 말을 건네며 몇 번이고 소리치자. 우리의 세계가 자명한 미래에 잠식되지 않도록.

나 봄이야. 이봄. 기억나?
기억이라니. 기억이 아니라 현재인데.(129쪽)

(2016)

고유명사가 대명사가 되는 순간

—김숨의 『L의 운동화』와 백남기

한 남자가 경찰의 폭력 진압으로 시위중에 쓰러졌다. 병원으로 옮겨져 응급 수술을 받았으나 끝내 숨을 거두었다. 남자의 이름은 사건이 된다.

그 남자의 이름은 이한열이다.

당신은 세번째 문장과 네번째 문장 사이의 공백에서 멈칫한다. '그 남자'와 '이한열' 사이에서 당황한다. 1987년과 2016년 사이의 시간을 의심한다. 이야기가 남았으니 계속해보자.

1987년 6월 9일, 남자는 많이 아팠다고 한다. 마침 둘째 매형이 자취방에 들렀다가 그를 학교에 데려다주었다. 소크soc, 맹수의 공격을 받을 때 젊은 소떼가 암소와 송아지를 보호하기 위해 뿔을 바깥으로 세우고 울타리처럼 빙 둘러싸는 것을 말한다. 대개 2학년 남학생이 소크를 섰고, 단대별로, 동아리별로 인원이 배당되고 순번이 정해졌다. 남자는 그날 좋지 않은 몸으로 소크를 썼고, 경찰의 최루탄에 맞았다. 같은 학교 학생에게 기댄 채 피를 흘리는 사진은 중앙일보와 뉴욕 타임스 1면에 실리면서 군사정권의 무력 진압을 폭로하는 장면이 된다.

남자는 비극적 죽음으로 '이한열'이라는 고유명사가 된다. 1966년 전라남도 화순군에서 첫째 아들로 태어난 이한열, 동자가 무지개를 타고 내려오는 태몽을 꾸고 낳았다는 이한열, 중학교 2학년 때 5·18을 목격한 후 학생운동에 투신하리라 결심했다는 이한열, 대학 시험에 낙방하여 종로학원에서 재수를 했다는 이한열, 1986년 연세대학교 경영학과에 입학하여 '만화사랑' 동아리에 가입했다는 이한열. 피 흘리며 쓰러지는 스물두 살의 한 남자는 바로 그 사람, 이한열이 된다.

그러나 이름의 역사는 여기가 끝이 아니다. 이한열이 쓰러지고 병원에서 사경을 헤매는 동안 6월 민주화운동은 정점으로 치닫는다. '이한열 사건'을 계기로 대통령 간접선거를 고수하려는 정부에 대한 항의와 박종철 고문 치사 사건의 진상 규명 요구가 거세졌다. 정권의 무력 진압에 대해 시민들은 "내가 이한열이다"로 맞섰다. 이때 "내가 이한열이다"라는 시민들의 선언 속에서 고유명사 '이한열'은 대명사가 된다. 대명사란 실체가 비어 있는 텅 빈 것이되 선언하는 어떤 것이라도 포용할 수 있는 가득 찬 공백이다. 다시 한번 말하자. 한 남자를 이한열이라는 고유명으로 각인하는 것은 '사건'이지만, 이한열을 민주주의 운동의 '대명사'로 만드는 것은 우리의 선언이다. 우리는 이한열을 시민 항쟁의 '대명사'라 부른다.

김숨은 『L의 운동화』(민음사, 2016)에서 이한열 운동화의 복원 과정을 그린다. 이한열의 운동화는 그의 이름과 닮았다. 1987년 6월 9일, 이한열이 신고 있던 운동화는 그 시절 대학생이라면 누구나 한 번쯤 신어봤을 흰색 타이거 운동화다. 삼화고무가 생산한 타이거 운동화는 M도, J도, K도 신었을 대량생산된 공산품이다. 'L'이 한 남자일 따름이었을 때, 그 역시 타이거 운동화를 신고 무수한 날을 보냈다. 대한극장에서 〈백 투 더 퓨처〉를 보던 날에도, 종로에서 술을 마시던 날에도, 남산에서 데이트를 하던 날에도 남자는 타이거 운동화를 신었다. 무수한 사람이 무수한 날을 타이거 운동화와 함께했다. 타이거 운동화는 6월 9일 한 남자가 경찰의 최루탄에 쓰러지면서, 그의 발에서 슬쩍 벗겨지면서, 이름 모르는 여학생이 주워다 주면서 바로 그 운동화가 된다. 그 많던 타이거 운동화 중 유독 그날 그 남자의 운동화는 이십여 년 동안 햇볕 드는 진열장 안에 보관된다. 이한열의 운동화이기 때문이다.

소설은 운동화의 운명을 이름의 역사 속으로 밀어넣는다. 기어이 '그' 운동화를 '우리'의 운동화로 만들어간다. 소설이 전개되는 동안, 즉 복원이 진행되는 동안 복원가 '나'와 운동화 곁으로 무수한 이야기들이 모여든다. 동료 '문'이 간직하고 있는 죽은 아버지의 구두, 1987년 6월 시위가 끝나고 남은 외짝 운동화들, 장갑차 자국이 선명한 2002년 미선과 효순의 운동화, 버스에 두고 내린 '채관장'의 운동화, 자폐 진단을 받은 꼬마의 운동화, 자신의 이름을 밝히지 않은 사내의 흰색 타이거 운동화. L의 운동화를 복원하는 '나'의 바느질은 서로 다른 이야기를 기워가는 작가의 글쓰기와 보조를 맞춘다.

"내가 이한열이다"라는 우리의 선언이 고유명사 이한열을 대명사로 만들듯이, 바스러진 L의 운동화 조각 사이로 스민 각자의 이야기들은 그의 운동화를 우리 모두의 운동화로 만든다. 한 남자는 L이 되고, 한 남자의 운동화는 L의 운동화가 된다. 김숨은 이한열 운동화의 복원 과정을 그리면서 다시 한번 대명사로서 그를 호명했다. 우리의 비극적 역사이자 시민 저항의 '대명사'인 이한열이라는 이름은 L이라 지칭되면서 또다시 비워진다. 그러나 이니셜 L의 비움은 익명으로서의 비움이 아니라, 누구나 될 수 있는 가득참으로서의 비움이라 해야 할 것이다. 우리 모두 흰색 운동화를 신듯이 우리 모두는 L이다.

이제 이 글의 처음에 놓아둔 한 줄의 공백으로 돌아가자. 그 공백이 팽팽한 긴장으로 부풀었던 것은 이한열보다 백남기라는 이름이 먼저 떠올랐기 때문이고, 어제와 오늘처럼 맞붙어버린 삼십 년의 시간이 절망적이었기 때문이다. 백남기 농민은 작년 11월 민중총궐기에 참가했다가 경찰의 직사 물대포를 맞고 쓰러졌다. 병원으로 옮겨져 긴급 수술을 받았으나 끝내 의식을 되찾지 못하고 삼백여 일의 투병 끝에 지난 25일 영면에 들었다. 두 이름이 같다는 것을 증명이라도 하겠다는 듯이 어제 부검 영장이 발부되었다.

압수할 물건: 이한열의 사체 1구
수색, 검증할 장소: 서울시 서대문구 신촌 134번지 쎄브란스 병원 영안실[1]

'압수·수색 검증 영장'에 쓰인 '이한열'이라는 이름은 그것이 대명사라는 것을 다시 한번 증명한다. 문서에 기입된 몇 개의 시간과 장소만 다를 뿐 사건은 동일하다. 상황과 장소에 따라 지칭 대상이 바뀌는 것이 대명사다. 대신 무엇이든 제 안으로 끌어들이는 것이 대명사다. 그래서 대명사는 발화자의 위치가 중요하다. 누가 발화하느냐에 따라 대명사는 다른 대상을 지칭하고 다른 의미를 가지게 된다. 영장이 호명하는 '이한열'(혹은 '백남기')이라는 대명사는 우리의 것이 아니다. 부당한 탄압에 저항하는 시민의 이름이 아니라 저항에 대한 권력의 응징으로서의 이름이다.

그렇다면 문제는 비어 있는 대명사를 무엇으로 채울 것이냐다. 저 이름에 연대하는 시민들로 채울 것이냐 아니면 권력의 힘을 가시화하기 위해 희생된 사람들로 채울 것이냐. 반복하건대 대명사의 의미를 결정하는 것은 발화자다. 이름을 빼앗기지 않기 위해서 우리가 해야 할 일은 선언이다. "내가 백남기다." 이 선언이 '백남기'라는 이름을 시민 저항과 연대의 대명사로 만든다. 그리고 그때 소설가는 P의 주위로 몰려드는 이야기를 다시 기워낼 것이라 믿는다.

(2016)

---

1) 압수·수색 검증 영장(1987. 7. 5.), 이한열 기념사업회. http://www.leememorial.or.kr/index.php?tpf=board/view&board_code=4&code=188 참조.

음모론의 품격

한국사회의 문제적 국면들을 한눈에 망라하고 싶다면 필히 '음모陰謀'라고 검색하시라. 파업과 시위가 있는 곳에는 언제나 음모론이 출몰한다. 이때 음모론은 시민과 노동자의 투쟁이 생존권 수호를 위한 정당한 요구가 아니라 불순한 음모 세력이 조장하는 분란이라고 주장한다. 그 결과 시위자들이 처한 사회구조적 모순은 대중의 관심으로부터 멀어지고 문제의 본질은 호도된다. 음모론은 문제 상황의 책임을 용이하게 전가하고 회피하도록 기능한다(리처드 호프스태터). 다른 한편, 음모론은 현사회의 진실성에 근본적인 의문을 제기하는 민중적 표현 양식이기도 하다(마크 펜스터). 지금 이곳에 던져진 수많은 답변에 대하여 음모론이 끊임없이 출몰하는 것은 이를 증명한다. 음모론은 진실에 합당한 대답을 요구한다.

이쯤에서 이 글을 읽는 당신은, 국민교육헌장이 사실은 '옴마니밧메훔'과 같은 주문이었다는 「교육의 탄생」, 우주에서 온 유에프오가 강원도 W시에 얹혀살아보겠다고 날마다 색종이를 뿌려댄다는 「지상 최대의 쇼」, 그러나 W시 시민들은 우주인들을 요긴하게 구워먹고 데쳐먹는다는 「경이로운 도시」, 그런 이야기들로 가득한 『라면의 황제』[1]를 말하기 위해 무얼 그리 심각하게 운을 떼느냐고 반문할지도 모른다. 그렇다면 나 역시 앞뒤 맥락을 잘라먹은 작가의 문장을 내세워 음모론을 제기할 수밖에.

"음모론에도 품격이 있다 이거야."(「어느 멋진 날」, 217쪽)

음모론은 본질적으로 이야기다. 그것도 매우 까다롭고 매력적인 이야기다. 그럴듯하면서도 예상을 벗어나야 하며, 기승전결의 잘 짜인 플롯도 구비해야 한다. 뿐만 아니라 진지하고 실증적인 추적 끝에 기상천외한 결론에 도달하는 극적 반전도 갖추어야 한다. 그것은 진실일 필요는 없으되, 진실이기에 합당한 것이어야 한다. 품격 있는 음모론이라면 말이다. 그렇다면 다시 묻는다. 『라면의 황제』야말로 음모론의 품격을 묻고 있는 것이 아니냐는 말이다. 품격 있는 음모란 이런 것이라며 손수 보여주면서. 2015년 음모론의 왕국인 이곳에서.

「교육의 탄생」은 국민교육헌장을 온 나라 학생들이 달달 외워야 했던 그 시절에 대해 음모론을 제기한다. 이 거대한 음모론의 요지는 국민교육헌장이 실은 미국항공우주국에서 빼내 온 최첨단 인간 무의식 연구에 의해 제정되었다는 것이다. 최첨단 무

---

1) 김희선, 『라면의 황제』, 자음과모음, 2014. 이하 인용시 본문에 작품명과 쪽수만 밝힌다.

의식 연구란, 언어에는 고유한 파동이 있어 그것을 되풀이해 말하면 자기도 모르게 그 파동에 영향을 받게 된다는 것인데, 결국 민족중흥의 역사적 사명을 역설하는 신성한 국민교육헌장이 '나무관세음보살'이라든가 '옴마니밧메훔'과 같은 주문의 일종이라는 것이다. 이토록 엉뚱하고 황당한 이야기를 작가는 실제 역사에 겹쳐가며, 진지한 탐구의 자세로 써내려간다. 그런데 이 황당한 진지함을 따라가다보면 독자는 자신도 모르게 갸우뚱하다. 과연 온 나라 학생들이 죄다 국민교육헌장을 외우는 것과 그것이 실은 주문이었다는 것 중에 어느 쪽이 더 기이한 일일까. 주문이나 되어야 가능한 일이 아닐까.

「개들의 사생활」의 주인공 '나'는 인류가 개들로부터 조종되고 있다고 믿는다. '나'는 과학적이고 치밀한 연구의 결과인 양 음모론을 제기하지만, 그가 도저히 믿을 수 없었던 것은 자신에 대한 부모의 싸늘한 태도였다. 부모는 '나'에게 냉담하고 엄격했지만, 반려견 '제니'에게는 언제나 따뜻했다. '나'가 자아를 분리하여 스스로 외로움을 해결하는 동안에도 '나'의 엄마는 제니만을 안고 있었다. 그러니 '나'는 그들을 아빠와 엄마라 부르는 대신 제니의 주인이라고 부를 수밖에. 그러니 '나'는 인류가 개들로부터 조종되고 있다고 믿을 수밖에. 그렇지 않다면 개들이 인간을 조종한다는 것보다 더 끔찍한 것, 즉 부모가 날 사랑하지 않는다는 것을 받아들여야 하므로. 그러나 그것은 결코 진실일 수 없으므로 '나'는 최선을 다해서 음모론을 제기할밖에.

이처럼 품격 있는 음모론에서 진실인가 아닌가는 중요치 않다. 문제는 진실에 합당한가이다. 「페르시아 양탄자 흥망사」는 어느 양탄자의 진위를 추적하는데, 한국과 이란의 수교 역사까지 훑어가며 거창하게 시작한 프로젝트는 애매하게 끝난다.

> "이게 진품인지 아닌지 알 수 없습니다. (……) 그런데 만약 이것이 진품과 정말로 똑같이 생긴 모조품이라면, 저는 그 정성을 봐서라도 이게 진품과 같은 반열에 오를 가치가 충분하다고 보는데, 당신들의 생각은 어떤지요?"(37쪽)

「라면의 황제」도 마찬가지다. 라면 동호회 회원들은 이미 지구상에서 사라진 라면을 보존하기 위해 '라면의 황제'라는 전설을 만들어낸다. 이들에게도 라면의 황제가 누구인지는 하나도 중요해 보이지 않는다. 동호회는 라면 먹기의 신기록 보유자 '박모' 노인 대신 증명되지 않은 '김기수'씨를 라면의 황제로 선정하더니, 또 황제의 캐리커처는 전혀 엉뚱한 얼굴에서 따온다. 이에 대한 리더의 말인즉, 김기수씨에겐 뭔가 특별한 운명이 느껴지고, 캐리커처는 김기수씨의 얼굴보다 단체에 더 잘 어울리기 때문이란다. 그러나 당황하는 쪽은 묻는 쪽이 아니라 대답하는 쪽이다.

> "하지만 그게 또 뭔 상관입니까?"(103쪽)

우리는 이 말을 오해하지 않도록 조심해야 한다. 이는 무엇이든 상관없다는 뜻이 아니라 정말 상관해야 할 것은 따로 있다는 뜻이다. 카페트가 진품인지 가품인지, 라면의 황제가 누구인지는 중요치 않다. 카펫이 (진품에 버금가도록) 아름답다는 것, 라면의 황제를 통해 라면의 신화를 만들어가겠다는 것, 이것이 정말 '상관'해야 할 무엇이다.

「경이로운 도시」의 W시 시민들은 외계인을 먹기 시작하는데, 외계인을 먹는다는 혐오감을 없애기 위해 "외계인의 고기를 최대한 작게 해체"하고 "부위별로 포장"한다(276쪽). "이제 사람들은 냉장 진열대에 놓인 육류를, 그저 칫솔이나 비누 혹은 신발처럼 공장의 컨베이어 벨트를 따라 생산되는 제품"(같은 쪽) 정도로만 여기기 때문에 원료가 외계인이라는 사실 자체만 떠올리지 못하게 하면 그만이다. '음모론적 독법'에 따라 나는 어제저녁 당신이 구매한 포장육이 사실은 외계인 고기라고 말하고 싶어진다. 물론 나의 음모론이 사실일 리는 없겠다. "하지만 그게 또 뭔 상관입니까?" 우리가 '상관'해야 할 일은 그것이 살아 있는 생명이라는 것이며, 우리는 그것을 컨베이어 벨트에 따라 생산되는 제품쯤으로 소비하고 있다는 것 아닌가.

그런 점에서 가장 아름다운 음모론은 「어느 멋진 날」이다. 코마 상태에 빠진 이스라엘 전 총리는 꿈을 통해 전쟁 희생자들과 그 가족들의 고통을 반복적으로 체험한다. 동물원을 덮친 폭격과 눈앞에서 죽어가는 동생. 인간이 동물과 뒤섞여 오로지 나약한 육신으로, 애처로운 짐승으로 벌거벗겨졌던 그날은 어느 파키스탄 청년의 가장 슬픈 유년의 기억이다. 이스라엘 총리는 자신의 지휘로 행해진 동물원 습격의 한 장면을 반복적으로 지켜봐야 하는 '정신적 테러'를 당한 것이다. 그는 코마 상태임에도 반복되는 동생의 죽음 앞에서 매번 눈물을 흘린다. 시간이 흐른다고 상처가 없어지는 것은 아니며, 반복된다고 고통이 휘발되는 것은 아닐 터. 이스라엘 총리가 당한 정신적 테러, 즉 습격 장면의 무한한 반복은 특별한 형벌이 아니라 상처 속에서 살아가는 사람들의 삶, 그것을 함께 살아내는 것이다.

정말로 이스라엘 총리가 응분의 대가를 치르고 있느냐고 묻는다면 음모론은 무력해 보인다. 「경이로운 도시」의 음모론은 어느 삼류 기자가 지어낸 이야기일 뿐이다. 그러나 음모론이란 진실을 말하는 것이 아니라 진실이어야 하는 것을 말하는 게 아니었던가. 진실에 합당한 것은, 어떤 인간도(적군일지라도) 가족을 잃는 것에 같은 무게의 슬픔을 느낀다는 공감, 그러한 공감이 있다면 현재의 비극이 다시는 없을 것이라는 희망, 바로 그것이다. 그래서 삼류 기자의 가십은 품격 있는 음모론이 된다. 음모론은 유령처럼 출몰한다. 존재도 비존재도 아닌 유령처럼, 진실도 거짓도 아닌 이야기들이 합당한 진실을 추궁한다. 음모론의 상상력은 우주를 헤매고, 신비주의의 언저리를 휘돌아 지구 반대편까지 나아간다. 긴 여정 속에서 『라면의 황제』는 황당하고 발랄하게 그러나 진지하고 유쾌하게, 우리 삶에서 그래야만 하는 것들에 대해 묻는다.

(2015)

청년 서사의 모색과 한계[1]

만료된 X세대의 청년 정신과 그후

2021년 한겨레문학상은 김유원의 『불펜의 시간』에 돌아갔다. 소설은 프로야구에 진입하지(혹은 적응하지) 못한 세 청년의 뒤틀리고 꼬여버린 인생에 초점을 맞춘다. 한국문학 속의 프로야구, 여기에 한겨레문학상이라는 키워드까지 겹쳐놓으면, 박민규의 『삼미 슈퍼스타즈의 마지막 팬클럽』(이하 『마지막 팬클럽』)을 떠올리지 않을 수 없다. 박민규의 출세작이기도 한 이 소설은 2000년대를 열어젖힌 기념비적 텍스트로 평가되어왔으나, 삼미 슈퍼스타즈에 관한 서술 중 많은 부분이 참고 자료의 문장을 도용한 것으로 밝혀져 오명을 피할 수 없게 되었다. 게다가 소설의

---

1) 이 글에서 다루는 작품은 다음과 같다. 박민규, 『삼미 슈퍼스타즈의 마지막 팬클럽』(한겨레출판, 2003); 장강명, 『한국이 싫어서』(민음사, 2015); 장류진, 『달까지 가자』(창비, 2021); 김유원, 『불펜의 시간』(한겨레출판, 2021). 이하 인용시 본문에 제목과 쪽수만 밝힌다.

서사는 지극히 남성 성장담에 한정되어 있기도 하다. '나'의 첫 사랑 여인은 "편하게 살고 싶"(199쪽)다며 결혼과 함께 소설에서 퇴장하고, 프로 세계에 대한 저항은 '나'와 그의 동성 친구들에게만 주어진다. 그럼에도 "치기 힘든 공은 치지 않고, 잡기 힘든 공은 잡지 않는"(251쪽) 삼미의 야구가 '무(모)한 도전'이나 '잉여'와 같은 2000년대 B급 (남성)청년의 시대정신을 열었다는 것은 기억해둘 필요가 있다.

『마지막 팬클럽』은 프로 정신으로 똘똘 뭉쳐 성장 가도를 달리던 1980년대와 1997년 IMF 외환 위기를 거쳐 2000년대의 문턱까지 이어진다. 그리고 이 격동의 시대는 2002년을 현재로 하여 1971년생 서른 살 남성 청년의 시점에서 그려진다. '나'는 프로 세계에 적응하지 못한 삼미의 쓰라린 패배를 교훈 삼아 각고의 노력 끝에 명문대 입학과 대기업 취업에 성공하지만, 금융 위기 한파가 불러온 구조 조정에 의해 실업자가 된다. 직장과 가정 모두를 잃고 프로 세계에서 탈락한 '나'에게 인생 2부를 시작할 수 있도록 일깨워준 게 바로 삼미의 야구 정신이다. 이로써 삼미 슈퍼스타즈는 더이상 패배의 대명사가 아니라, '일등만 기억하는 더러운 세계'에 균열을 내는 새 천년의 시대정신이 된다. 소설 속 인물들의 인생 또한 '한 방'은 없지만 '쪽박'도 없는 '평타'로 흘러간다. 분식집을 하거나 프라모델 숍을 열어 살아가고, "돈 욕심이 없어진" '나'는 "삶을 확보할 수 있는 직장을 찾고 또 찾"(297쪽)아 하루 여섯 시간 근무하는 작은 병원의 직원이 된다. '나'는 프로 세계로부터 벗어났지만, 직업도 가정도 회복한다. 여기까지가 『마지막 팬클럽』이 그려낸 2000년대 초입의 풍경이었다.

돌이켜보면 『마지막 팬클럽』에는 세계에 대한 낙관이 있었던 것 같다. 메이저리그가 아니라도 끼리끼리 즐거울 수 있는 '인디Independent'의 영역이 있었고, 이곳을 드나드는 이들에겐 메이저들을 촌스럽다며 얕잡아 볼 수 있는 허세가 충만했다. 그러나 X세대 청년의 세계 인식은 어느새 시효가 만료된 듯하다. 2010년대 한국사회는 신분이 세습되는 봉건 (헬)조선으로 표상되었고, 위시 리스트보다 포기 리스트가 훨씬 더 길게 작성되었다. 오늘날 청년은 '죽창'과 '자기계발서'라는 도무지 양립할 수 없는 소재로 표상되곤 하는데, 전자는 '평등한 종말'을 후자는 '(능력에 따른 차별) 평등 대우'를 의미한다.[2] 양자의 평등이 얼마나 같고 다른지, 얼마나 비관적이거나 건설적인지 따지는 일은 뒤로 미루더라도, 불평등에 대한 청년의 분노를 읽어내는 일은 어렵지 않다. 그러니 삼미의 안티 프로 정신은 '현실을 모르는 꼰대들의 낭만'이라는 불평을 들으면 다행이고, '프로가 되기 위해 노력해온 나의 삶을 왜 폄훼하느냐'라는 항의를 받는다면 속수무책일 것이다. 기성세대가 프로 이외에 대안을 보여주지 못한 것은 물론이고, 그들이 살아남은 방식도 그리 다르지 않았으니 말이다.

최근 정치권에서는 '이십대 표심'에 주목하면서 청년을 호명

---

2) 오찬호의 『우리는 차별에 찬성합니다』(개마고원, 2013), 정정훈의 「헬조선의 N포 세대와 노력의 정의론」(『문화/과학』 2016년 여름호) 등에서 청년 세대의 노력과 성취에 따른 (차별적)정의 감각이 분석된 바 있다.

하고, 문화산업 분야에서는 핵심 소비 계층으로 MZ세대[3]를 설정한다. 담론 속에서 청년은 유례없는 구직난과 극심화된 양극화로 인해 고통받는 안쓰러운 존재로 그려지기도 하고, 다른 한편에선 '자기계발서의 논리를 내면화한 괴물'로 표상되기도 한다. 청년 담론이 비대해져감에 따라 청년의 실제 얼굴은 사라지고 입맛에 맞게 호명되는 건 아닌지 우려된다. 또 오늘날 청년들이 비참하거나 괴기스러운 자극적 이미지로만 표상되고 있는 건 아닌지 의문이 들기도 한다. 그렇다면 '헬조선' 담론 이후 청년 현실에 대한 한국문학의 응전은 어떠했을까. 청년의 분노와 욕망을 구체적인 삶의 지평에서 그려냈던 것일까. 아니면 부지불식간에 청년 담론을 재생산하거나 기성세대의 도덕감을 일방적으로 강요한 건 아니었을까. 우리는 여전히 현실 바깥의 대안을 가늠하지 못한다. 그럼에도 실패를 정확히 파악하는 일은 중요하다. 실패를 성공으로 착각하지 않아야 탈출 욕망에 담긴 변혁 의지를 지켜낼 수 있기 때문이다. 이러한 문제의식 아래에서 이 글은 장강명, 장류진, 김유원의 장편소설을 중심으로 청년 서사의 응전과 한계를 살피고자 한다.

'프로 지옥의 청년 탈출기'인가, '프로 청년의 지옥 생존기'인가?―장강명, 『한국이 싫어서』

한국사회가 신분 세습의 '헬조선'으로 표상되고, 그 속에서 살아가는 청년들이 '삼포 세대'에서 'N포 세대'로 갱신될 무렵

---

3) 1980년대 초~2000년대 초 출생한 밀레니얼 세대와 1990년대 중반~2000년대 초반 출생한 Z세대를 통칭하는 말.

인 2015년 장강명의 『한국이 싫어서』가 출간되었다. 소설을 한 줄로 요약하자면, '20대 후반 직장인 여성의 탈조선 호주 정착기' 정도가 되겠다. 주인공 '계나'는 출퇴근 시간의 지하철이 끔찍하고, 직장 상사의 음담패설을 더는 들어줄 수가 없다. 목숨걸고 치열하게 살아가는 분위기도 못 견디겠지만, 그렇게 산다 한들 가난한 집에서 특출한 재능도 없이 태어난 자신이 살아남을 것 같지도 않다. 주인공 계나의 목소리로 독자에게 직접 말을 걸며 진행되는 이 이야기는 소설이라기보다 친구와 한바탕 속시원히 떠드는 수다 같다. 그만큼 소설의 에피소드는 동시대 한국사회를 살아가는 2030이라면 누구나 공감할 만한 보편적인 이야기고, 그러다보니 계나가 거침없이 쏟아내는 불만에 대리만족이 느껴지기도 한다. 소설은 출간되자마자 화제를 낳았고, 높은 판매량을 기록하기도 했다.

흥미로운 점은 호주 정착을 위한 계나의 분투가 "치열하게 목숨걸고"(11쪽) 살아가는 헬조선식 삶의 방식과 그리 다르지 않다는 것이었다. 계나는 다 큰 자매들이 한방에서 살아가는 집을 지긋지긋하게 여겼지만, 호주에서는 '닭장 셰어'에서 시작하여 스스로 불법 셰어하우스를 운영하는 데까지 이른다. 계나가 운영한 셰어하우스에는 열 명이 넘는 사람들이 살았고, 심지어 베란다에 사는 사람도 있었다. 호주 사회의 '필요 인력'이 되기 위해 회계학 석사학위를 받았지만 세계 금융 위기로 "멀쩡히 일 잘하던 회계 담당자들도 회사에서 쫓겨나는 판"에 "실무 경력 없고, 영어도 능숙하지 않은"(114쪽) 계나가 일자리를 구할 수는 없었다. 호주에서 계나는 국수 가게, 회전초밥 가게 등에서 알바를 했고 아웃렛 매장에서 풀타임 직장을 얻었다. 결국 한국이든 호주든 '적성에 맞는 직업 선택'이라는 건 없다.

계나는 '탈조선'을 해도 '헬조선식 라이프'를 버리지 못했다.[4] 일인칭 서술자 계나의 가치관과 삶의 태도는 소설 표면에 노골적으로 드러나기 때문에, 『한국이 싫어서』가 '탈출기'의 외장을 쓴 '생존기'임을 눈치채는 일은 어렵지 않다. 출간 당시 이 책은 '휴가 갈 때 갖고 가면 딱 좋을 책 10선選'[5]에 뽑히거나, '이민계'라는 말과 함께 회자되었다. 『한국이 싫어서』의 적나라한 비판이 한국사회를 되돌아보는 계기가 된 측면도 없지 않지만, 다른 한편으로 이 소설은 애초부터 더 잘 살아남기 위한 몸부림과 함께 소비되었다. 이 모순이 시사하는 바는 탈출 욕망이 기실 살아남고 싶은 욕망과 다르지 않다는 점이다. 그러니 '탈조선 서사'는 지옥 같은 현실을 바꾸는 것으로 나아간 것이 아니라, 단지 살아남기에 좀더 유리한 곳으로 이동할 뿐이다. 그리고 새로 도착한 곳에서 '헬조선식 근성'이 경쟁력이 있다면, 그렇게 살아남는다.

여기서 문제는 탈출기가 알고 보니 생존기였다는 게 아니다. 진짜 문제는 생존기를 탈출기로 여김으로써 경쟁을 종용하는 사회로부터의 탈출 욕망, 그러니까 사회의 문제를 직시하고 여기서 벗어나려는 의지를 퇴색시킨다는 데 있다. 『한국이 싫어서』

---

4) 소영현은 "신자유주의 맞춤형 근대정신으로 무장한 계나가 실행한 탈조선은, 그러니까 장소를 이동한 헬조선의 이식"이라고 평했다(「'헬조선'에서 '탈조선'을 꿈꾼다는 것」, 『창작과비평』 2016년 여름호, 303쪽).

5) 김슬기, 「휴가 갈 때 갖고 가면 딱 좋을 책 10選」, 매일경제, 2015. 7. 17.

가 탈조선 서사로 대표될수록 '탈출'의 의미는 그저 좀더 경쟁력 있는 곳으로의 이동으로 납작해진다. 이 탈출은 지옥 같은 현실을 개선하려 들지 않는다. 오히려 지옥의 습성을 가지고 새로운 공간을 개척한다. 확장된 지옥은 더 많은 마이너리티를 양산할 것이고, 새로 탄생한 마이너리티의 탈출 욕망은 또다시 지옥 확장의 동력이 될 것이다. 사회에 대한 분노와 청년의 희망을 담은 '탈출기'가 '생존기'로 퇴색되면서 악순환의 폐쇄회로를 건설하는 데 기여하고 마는 것이다. 『한국이 싫어서』의 실패 지점은 알고 보니 생존기였다는 게 아니라, 생존기가 탈출기로 오인되면서 대안 세계를 찾는 일 자체를 망각하게 하는 데 있다.

내게 거짓말을 해줘 — 장류진, 『달까지 가자』

장류진의 『달까지 가자』는 암호 화폐를 통해 모든 직장인들의 꿈인 일확천금을 대리 실현해주려 한다. 소설의 주인공인 '다해' '은상' '지송'은 대기업 '비공채 3인'이자, 근무 평가에서 '무난'을 벗어나지 못하는 보통(보다 조금 못한) 사원들이다. 대기업에 다닌다고는 하지만, 워낙 밑바탕 없이 시작하다보니 학자금 대출 상환과 월세 등으로 저축이 좀처럼 되질 않는다. 다해는 서울 소재 대학에 입학한 뒤, 기숙사, 하숙집, 프리미엄 고시원을 거쳐 지금의 원룸으로 이사왔지만, 이곳은 화장실과 방 사이에 턱이 없어 자칫 부주의하면 목욕물이 방으로 흘러넘치기 일쑤다. 다해가 바라는 것은 "현관문 열자마자 침대가 보이지 않고, 자는 공간에서 부엌이 보이지 않고, 밥 먹을 때 화장실이 보이지 않는" 집, 즉 "휴식과 식사와 수면과 배설의 경계"(70쪽)가 존재하는 집일 뿐인데, 이 기본적인 조건을 충족하는 주거 공간을 마련하는 게 쉽지 않다. 지송은 상황이 좀더 열악하다. 겉으로 드러나진 않지만, 지송은 '오피스 오퍼레이터Office Operator 직렬'로 채용되었기 때문에 상여금이나 성과급에서도 제외될 뿐 아니라, 연봉 인상률이 낮고 회사를 아무리 오래 다녀도 직급이 부여되지 않는다. 이들에게 '일확천금'은 허영이나 사치를 위한 것이 아니라 그저 삶의 기본적인 욕구를 채우기 위한 돌파구이다.

소설은 2017년 1월부터 2018년 8월까지 일지 형식으로 진행된다. 2017년 3월 은상을 통해 암호 화폐 중 하나인 이더리움을 알게 되고, 다해, 지송이 차례로 '코인 열차'에 '탑승'하게 된다. 물론 이들이 한마음으로 이더리움의 '떡상'을 바라게 되기까지는 갈등이 많았다. 특히 지송은 '보이지도 만져지지도 않는' 화폐의 등락에 언니들의 인생이 오르락내리락하는 것을 보고 언니들을 걱정하기도 했다. 그러나 누구보다 상황이 열악한 지송이었기에 그녀 또한 암호 화폐에 희망을 걸고 투자를 시작한다. 그리하여 이더리움의 등락과 이들 세 명의 삶은 단단히 결부되어 함께 소용돌이치게 된다. 대체로 이더리움이 '떡락'하면 서로 의지하여 멘털을 붙들고 '떡상'하면 함께 환희하지만, 이들의 감정이 가격 변화처럼 단순하고 명쾌한 것은 아니었다. 가격이 오르면 기쁜 마음 한편에 더 과감한 투자를 하지 못했다는 괴로움이 생겨났고, 가격이 떨어지면 낙담하는 와중에도 투자의 기회가 아닐까 하여 돈을 더 퍼부었다. 이익을 많이 본 은상 덕에 평소라면 욕심도 못 낼 최고급 호텔에서 만족스러운 휴가를 보내면서도, '무난이들' 처지에 좋은 걸 알아버리면 안 될 것 같은 두려움을 느끼기도 한다.

『달까지 가자』는 항간에 떠도는 암호 화폐 투자 '썰'이나, 각종 커뮤니티 코인 게시판에 올라오는 이야기에 비하자면 비현실적으로 '달달한 맛'이라 할 수 있다. 가령, 중국발 가상 화폐 규제 소식에 암호 화폐 가격이 곤두박질치던 때, 소설의 주인공들은 '연월도사'의 점괘에 기대어 좀더 버텨보기로 한다. 하늘이 이들에게만 길을 알려준 것은 아니었고, '이대로 그만둘 순 없다'는 간절한 마음에 점괘를 자의적으로 해석한 것이었다. 반면, 비슷한 상황에서 실제 사연들은 훨씬 더 흉흉하다. 암호 화폐의 가격이 큰 폭으로 하락할 때 디시인사이드의 '코인 게시판'에는 문을 부수고, 세면대를 깨고, 모니터를 산산조각 낸 '인증숏'들이 줄지어 올라왔다.[6] 게시물을 곧이곧대로 믿을 수야 없겠지만, 부서지고 깨지고 난타당한 사물들은 가격 하락에 대한 분노와 절망을 대변하는 것이었다. 이러한 분위기 속에서 '존버'를 한다는 건 거의 불가능하거니와 하더라도 극심한 불안이 수반된다. 그러나 『달까지 가자』의 세 주인공은 이 위기를 슬며시 넘어, 최종적으로 지송 2억 4천, 다해 3억 2천, 은상은 33억원을 벌고 코인에서 손을 뗀다.

이들 셋은 '발목에서 사서 어깨에서 팔라'라는 주식시장의 명언을 그대로 실행하여 인생 역전 성공 사례의 주인공이 된다. 당장 2~3억으로 인생이 뒤바뀔까 싶을 수도 있지만, 지송과 다해에게 이 돈은 비공채 직원을 차별하는 회사에서 벗어나 자기 사

6) 박상우, 「비트코인 계속 떡락하자 야수의 심장 폭발해버린 코인 투자자들의 인증샷」, 인사이트, 2021. 4. 8.

업을 해볼 수 있는 밑천이자 밑 빠진 독의 구멍을 막아줄 전세 보증금이다. 누군가에겐 이제 '겨우' 출발선에 선 것처럼 보일 수도 있지만, 이들에겐 '드디어' 남들과 같은 출발선에서 시작해볼 수 있는 도약이다. 한편, 은상은 회사를 그만두고 작은 건물을 산 뒤 본격적으로 부동산업에 뛰어든다. 회사원이 (건물)주님이 된 것이니, 은상은 누가 뭐래도 인생을 역전한 셈이다.

『달까지 가자』는 동화 같은 비현실적 성공담이다. 아마 이 글을 쓴 작가도, 이 글을 읽는 독자도 모르지 않을 테다. 현실의 코인 등락과 청년의 흥망을 알고자 한다면, 신문 사회면이나 범람하는 코인 게시판을 보아야 한다. 소설이 넌지시 말하는 바는 암호 화폐 열풍이 단지 일확천금을 노리는 허영심으로만 이루어진 게 아니라는 사실이다. 정직하고 묵묵하게 일해서는 최소한의 조건도 갖추기 어려운 현실에서 '무난이들'이 '인간답게' 살 수 있는 방법은 현실 논리를 초과한 행운밖에 없다는 것이다. 『달까지 가자』는 그러한 '무난이들'에게 위로가 되어주기로 한 듯하다. 그러나 바로 이 지점에서 소설은 실패하고 만다. 소설이 행운을 통해 탈출구를 마련해주기로 한 이상 그 이면의 진짜 현실은 모른 체할 수밖에 없기 때문이다. 그러니 피차 알지만 속이고 속아야 소설의 효용이 극대화된다. 소설에서마저 깨고 부수고 낙담하고 절망하는 삶을 경험하지 않으려면 말이다. 그러나 동화의 마법을 걷어치우고 보자면, 서사에 설득되기도 힘들거니와 설득된다고 한들 여전히 갑갑한 현실에서 분투하고 있는 이들에겐 또다른 박탈감을 선사하고 만다.

면죄부 혹은 강요된 죄의식이 불러올 결말—김유원, 『불펜의 시간』

앞의 두 소설이 청년들의 '출구'로 여겨지는 이민과 암호 화폐 열풍을 전면에 다루고 있다면, 김유원의 『불펜의 시간』은 주어진 자리에서 탈락하지 않고자 분투하고 있는 세 청년의 삶을 보여준다. 먼저 '기현'은 또래 아이들보다 기량이 뛰어났지만 여자 프로야구 리그가 없는 까닭에 꿈을 접어야 했다. 세상 사람들은 '기울어진 운동장'에 항의하지만, 기현에게는 그러한 운동장조차 없었다. 이후 기현은 스포츠 기자가 되지만, 이곳에서 살아남는 일도 녹록지 않다. 남초 집단 동료들의 질시는 "여자라서 그래"(57쪽)로 귀결되기 일쑤였고, 믿었던 편집장도 비리가 드러나자 폭력적으로 돌변한다. 한편, '준삼'은 중학 야구에서 꽤 괜찮은 투수로 꼽혔지만, 압도적인 기량을 보인 동료 투수 '혁오'와 스스로를 비교하면서 야구의 꿈을 접는다. 이후 준삼은 서울 소재의 대학에 입학하고 그럭저럭 괜찮은 회사에 공채 정규직으로 입사하지만, 그렇다고 그의 삶이 평탄한 것은 결코 아니다. 그는 오전 일곱시에 출근해 보통은 저녁 일곱시, 늦으면 밤 열한시까지 일한다.

기현과 준삼은 악조건 속에서 살아남기 위해 노력하지만, 안타깝게도 그들을 마냥 응원하기가 어렵다. 가령, 기현은 불법적 거래를 하거나 협박을 해서라도 특종을 잡으려 하고, 준삼은 동료에게 어용 노조 가입을 권유한다. 여기서 눈여겨보아야 할 점은 이들이 특별한 악인이 아닐뿐더러, 심지어 자신들의 행위를 정확히 인식하지 못하는 경우도 있다는 것이다. 준삼은 번번이

'여직원'의 도움을 받아왔지만, 정작 그녀의 부탁은 들어주지 않는다. "준삼은 자기가 말을 했어도 결과는 똑같았을 거라고 생각했기에 미안하지 않았다."(84쪽) 마찬가지로 동료에게 어용노조 가입을 권하고 '박부장' 앞에서 개처럼 짖을 때도 막연한 거부감을 느낄 뿐 자기 행위의 의미를 파악하려 들지 않는다. 준삼은 자신의 행위를 거대한 시스템의 탓으로 돌리고 회피하다가 결국 불안장애로 회사를 그만둔다.

한편, 기현은 더 나쁜 악당에 비추어 자신의 비겁한 행위를 합리화한다. 기현은 근거도 없이 혁오가 승부 조작에 연루되었을 것이라 단정하고 그를 찾아가 자백을 요구한다.

이번 사건을 조사하면서 야구계에 승부 조작이 만연하단 걸 알게 됐어요. 아마 권혁오 선수께서 더 잘 아시겠지만요. 솔직히 말하면 썩을 대로 썩은 것 같아요. 언론도 마찬가지죠. 이 파일을 공개하면 전 바로 잘릴 거예요. 근데 공개를 안 해도 위태로운 건 마찬가지예요. 이미 제멋대로인 기자로 찍혀 있거든요. 절벽 끝에 서 있는 상황이죠. 그래서 부탁드리는 거예요. 특종이 필요해요. 혁오 선수 한 명만 솔직히 고백해주시면 후배들 안전은 제가 보장할게요. 후배들을 지키고, 야구계에 경종도 울리고. 야구계가 망하는 것보다는 한 사람의 자진 고백이 낫지 않나요?(155~156쪽)

야구계와 언론은 썩을 대로 썩었고, 그로 인해 기현은 위태로운 처지에 놓였다. 여기까지는 동의할 수 있으나, 그다음부터가 문제다. 기현이 생존하기 위해서는 특종이 필요한데, 그 특종을 위해서 혁오가 희생해주어야겠다는 것이다. 기현이 언론 비리의 피해자는 맞지만, 그렇다고 해서 그녀의 협박이 정당화되는 것은 아니다. 기현의 협박에 의해 혁오는 자신의 비밀을 고백하고 마는데, 그것은 승부 조작과는 전혀 관계없는 이야기였다. 혁오는 고교 리그 마지막 경기에서 상대팀 타자에게 모멸감을 주었고, 다음날 그 선수는 죽었다. 이로 인한 죄책감으로 혁오는 최대한 승패에 영향을 적게 끼치는 계투가 된 것이다. 혁오의 사연을 알게 되자 기현은 자신의 행위를 되돌아보지만, 그렇다고 해서 비윤리적으로 취재한 기사를 물리지는 않는다. 기현의 기사는 왜곡되어 한국시리즈 도중 대중에게 전해졌고, 이는 혁오의 선수 자격을 박탈하는 계기가 된다.

준삼과 기현은 비겁하고 야비한 방법으로 살아남으려 한다. 그런데 여기에는 항상 그들을 몰아붙이는 더 큰 부정과 부패가 등장한다. 챕터마다 각 인물을 초점화하여 서술하는 이 소설을 따라가다보면 독자도 이들 행위의 문제점을 객관적으로 파악하기가 쉽지 않다. 이들은 수세에 몰려 있고, 사회 초년생의 위태로운 위치는 그들의 행위를 '거대한 구조에 끼여 어쩔 수 없이 동조한 일' '살아남기 위해 불가피하게 행한 일'로 인식하게 만든다. 게다가 비극적 결과에는 언제나 더 나쁜 악당의 활약이 있었기에 이들의 잘못은 희석되기 쉽다. 기현의 기사는 비윤리적인 방식으로 취재되었지만, 혁오에게 더 큰 타격을 준 건 편집장의 왜곡이었다. 편집장은 국회의원의 비리를 덮기 위해 약속을 어기고 한국시리즈 도중에 왜곡된 기사를 내보냈다. 결국 악당들의 야합을 통해 세계는 굴러가고, 그 거대한 시스템 속에서 기현과 같은 조무래기의 협박은 티끌이 되고 만다. 거대한 악과 청년을 대결 구도로 설정하는 순간 청년은 약자의 위치에 처하게 되고 그들의 행위는 '살아남기 위한 일'로 정당화되면서 윤리적인 면죄부를 받기 쉽다. 그러나 이런 식의 이해로는 청년들을 연민의 대상으로 삼을 수는 있겠으나, 그들을 내모는 세계를 근본적으로 개선하는 데까지는 나아가지 못한다. 가까스로 살아남은 자는 악당으로 길러질 것이고, 살아남지 못한 자는 세계에서 추방될 것이기 때문이다.

반면, 특출한 기량을 '타고난' 혁오에게는 과도한 죄의식이 부과된다. 혁오의 재능은 어려서부터 사람들의 이목을 끌었다. 코치나 동료 선수들, 그리고 혁오 자신까지 도저히 그의 재능을 모를 수가 없었다. 그런 혁오에게 엄마는 이렇게 말한다. "모두가 너 같은 운동신경을 갖고 있지 않다는 걸 명심해. 모두가 너처럼 기분좋게 아침을 맞지 않는다는 걸 명심해."(37쪽) "혁오야 너의 승리가 다른 사람의 상처를 건드리지 않도록 조심해."(38쪽) 그러나 혁오는 '진호'의 악의적인 도발을 이기지 못하고, 패배한 그의 눈을 오래 쳐다본다. 다음날 진호가 죽었고 혁오는 죄책감으로 자기 기량의 최대치를 발휘하지 않는/못하는 선수가 된다. 혁오 엄마의 조언은 승자의 겸손을 가르치고는 있지만, 이것은 질시와 따돌림을 최소화하면서 승리를 유지하는 방법이지 승자와 패자의 구분을 약화시키거나 상대화하는 방법이 아니라는 점을 기억할 필요가 있다. 한 경기에서 승자와 패자가 나뉘더라도 그 과정이 즐거울 수 있다는 것, 다른 경기에서는 승패가 바뀔 수 있다는 것, 승패로만 규정할 수 없는 각자의 역할과 특기가 있다는 것, 그래서 승패가 야구 선수를 판단하는 기준의 전부가 될 수 없다는 것을 그녀는 말하지 않는다.

이러한 고민이 없었기 때문에 혁오가 만든 '진호 리그'는 아주 기묘한 것이 되고 만다. 혁오가 정한 자신만의 룰은 "선발 투수나 마무리 투수가 되는 걸 피하"고, 동시에 "승리 투수가 되는 것도 피하"는 것, "정확히 말하면 패자를 만드는 일에 소극적"(158쪽)인 계투가 되는 것이다. 그러면서도 그는 "역할에 상관없이 오랫동안 야구하는 것"(148쪽)을 목표로 삼고 있다. 혁오는 '승패를 떠난 야구'를 하겠다고 하지만, 그의 룰을 찬찬히 살펴보면 이것이 과연 야구가 맞기나 한지 의문이 든다. 혁오의 야구는 프로 리그의 룰에 저항하고 있다지만, 그 자체로 새로운 의미를 창안하지 못함으로써 사실상 프로 리그 승패에 결박되고 만다. 승리의 반대편으로 움직인다고는 하나 결국 혁오의 역량은 승패에 따라 조절되기 때문이다. 게다가 그는 "내쳐지지 않을 정도로는 쓸모 있는 투수"(159쪽)가 되는 한에서 자기 리그를 운영한다. 따라서 "역할에 상관없이 오랫동안 야구하는 것"이라는 목표에도 사실 '프로 리그에서'라는 전제가 숨겨져 있는 것이다.

『불펜의 시간』은 기현, 준삼, 혁오 세 명의 청년의 삶을 따라가지만 이들에게 다른 윤리적 잣대를 적용한다. 기현과 준삼의 비겁한 행위는 살아남기 위한 어쩔 수 없는 선택으로 그려지지만, 재능을 타고난 혁오에게는 죄책감이 강요된다. 그러나 더 중요하게 따져봐야 할 것은 윤리적 잣대의 비일관성이 아니라, 경쟁 시스템을 개인의 윤리로 해결하려는 태도이다. 기현과 준삼에게 면죄부를 부여하는 '구조 탓'이라는 것이 혁오에게 적용되지 않을 리도 없고, 또 오늘날 '타고난' 재능이라는 것이 구조와 분리된 순수 개인의 역량일 수 있을지도 의문이다. 들쑥날쑥한 잣대는 공정성에 대한 불만을 불러일으킬 수밖에 없고, 혁오에게 강요되는 죄책감은 '공생共生'이라는 가치가 개인의 성장을 가로막는 희생을 통해서만 달성될 수 있는 것으로 여겨지게 한다. 개개인의 다양한 역량이 자유롭게 조화될 세계를 탐구하는 것이 아니라, 천재적 개인이 그렇지 못한 사람들에 '맞춰주는' 방식은 천재와 아닌 자를 나누는 세계를 '별 탈 없이' 유지하려는 것에 지나지 않는다. 이러한 세계에서는 배려하는 자나 배려받는 자나 모두 행복하지 않을 뿐 아니라, 불행의 에너지는 기존의 잣대를 더 강화하는 방식으로 작동할 가능성이 크다.

지금 여기 청년에게 '볼 넷'이란

『마지막 팬클럽』의 '나'가 삼진당한 타자 꼴이 되어 낙담에 빠져 있을 때, 일찌감치 삼미의 야구를 인생철학으로 삼은 친구 '조성훈'이 나타나 말한다. "바보야, 그건 볼이었어!"(235쪽) '나'는 9회말 투 아웃 투 스트라이크 스리 볼을 맞이한 타자처럼 쫓기며 회사와 집을 오가다 '해고'라는 공을 맞았다. 그런데 조성훈은 이 공이 스트라이크가 아니라 볼이라 한다. 더이상 스스로를 쥐어짜게 하는 세계의 룰에 속아서는 안 된다는 것이다. "제발 더이상은 속지 마. 거기 놀아나지 말란 말이야. 내가 보기에 분명 그 공은—이제 부디 삶을 즐기라고 던져준 '볼'이었어."(같은 쪽) 조성훈의 말에 따라 '나'는 진루하여 새로운 인생을 구성하기 시작한다. 한편, 『불펜의 시간』의 혁오는 타석에 나타난 죽은 진호를 위해, 혹은 승패에 기여하지 않기 위해 '볼 넷'을 던진다. 이는 그 나름의 추모이자, 승패에만 연연하는 야구에서 벗어나기 위한 룰이었다.

그런데 오늘날 청년에게 이러한 '볼 넷'의 의미가 유효한지는 의문이다. 전자의 경우 '넘어진 김에 쉬어갈 수 있는' 세계에서만 가능하다. 한 번의 실패가 영원한 패배가 아닌 세계, 다양하고 무한한 기회가 존재하는 세계, 기존의 룰을 뛰어넘어 새로운 리그를 만들 가능성이 있는 세계, 그러한 세계 속에서 가능한 비전이다. 안타깝게도 현재의 청년에게는 이만한 세계에 대한 신뢰가 없어 보인다. 반면, 후자의 경우 비좁은 생존의 문을 통과하기 위해 몰려 있는 다수의 이야기가 아니다. 청년들이 자기계발서로 무장을 하는 이유가 무엇일까. 아무리 최선을 다해도 '볼 넷'이라는 성적밖에 나오지 않기 때문이다. 오늘날 청년에게 '볼 넷'이란 승부를 피하고 죄책감을 해소하기 위해 의도할 수 있는 결과가 아니라, 죽도록 노력해도 겨우 받아보는 성적표일 것이다. 따라서 위의 '볼 넷'에 부여된 대안적 해석이나 공생의 상징은 청년 현실에 비추어 설득력을 갖기 어려워 보인다. 그렇다면 우리는 돌파구를 어디서 찾아야 할까. 바깥을 가늠하기는 쉽지 않지만, 장소만 바꾼 생존의 몸부림을 탈출로 오인하거나, 현실의 장력을 가뿐히 넘을 수 있는 행운을 기다리는 일로는 모순적인 현실의 바깥을 모색할 수 없음이 분명해 보인다. 바깥을 상상하는 일은 어렵고, 청년 탈출기는 실패하기 쉽다. 그러나 그 실

패는 한계 지점까지 나아간 성실한 실패여야 할 것이다. 그래야
실패한 그 자리에서 누군가 다음의 걸음을 꿈꿀 수 있다.

(2021)

'지방-여성'의 장소는 어디인가[1]

'지방 소멸' 담론과 여성의 통계화

서울 집중 현상은 전쟁과 같은 특수한 역사적 시기를 제외하고 근대 이후 꾸준히 이어졌다. 1960년대부터 본격화된 서울 확장 사업과 산업화는 서울 집중을 가속화하였고, 이에 서울은 1988년엔 인구 천만의 도시, 1992년엔 전체 인구의 25퍼센트가 밀집한 도시가 되었다. 교육·언론·경제 등 사회의 거의 모든 분야가 서울로 집중됨에 따라 지방 자립의 문제가 계속해서 제기되었다. 그러다 2000년대 이후 지방 문제는 '자립'에서 '존폐'로 바뀌었다. 일본에서는 인구 감소와 대도시 집중 현상이 초래한 결과를 분석한 통칭 「마스다 보고서增田リポト[2]」가 '지방 소멸'

---

1) 이 글에서 다루는 작품은 다음과 같다. 김세희, 「현기증」, 『가만한 나날』, 민음사, 2019; 이주란, 「넌 쉽게 말했지만」, 박상영 외, 『2019 제10회 젊은작가상 수상작품집』, 문학동네, 2019. 이하 인용시 본문에 쪽수만 밝힌다.

2) 일본창성회의(日本創成会議)가 2014년 5월 발표한 「성장을 이어가는 21세기를 위하여: 저출산 극복을 위한 지방활성화 전략(成長を続ける21世紀のために:

이라는 위기감을 불러일으켰다. 이에 따르면, 젊은이들의 대도시 유입은 단순히 인구의 이동을 의미하는 것이 아니라 출산율 저하를 가속화한다. 대도시는 젊은이들에게 가정을 꾸리기에 녹록지 않은 환경이기 때문에, 말하자면 재생산 인구를 흡수해버리는 '인구 블랙홀'과 같은 기능을 한다는 것이다.[3]

그런데 '지방 소멸' 담론이 반향을 일으켰던 이유는 문제의식이 새로워서가 아니라 '사라질 지방 리스트'를 발표하면서 '소멸'이라는 강렬한 이미지를 만들어내고,[4] 이것이 단지 지방 소멸에서 끝나는 것이 아니라 국가의 성장 엔진을 위협한다는 위기의식을 심어주기 때문이었다. 위기의식은 여성에 대한 정책적 지원을 마련하는 것으로 이어졌다. 당국은 여성 일자리 창출, 근무 조건 개선, 출산·육아 휴가 보장 및 보조금 지급, 보육시설 확대 등을 제도화해가며 결혼·출산을 장려하고, 다른 한편으로는 젊은이들을 지방으로 유인할 대책을 강구하고 있다. 이러한 노력이 여성의 현실적 삶을 조금이나마 개선하는 데 기여할 것

ストップ少子化·地方元氣戰略)」을 말한다. 일본창성회의는 일본생산성본부가 2011년 5월에 발족한 민간회의체다. 이 보고서는 같은 해 8월 '지방소멸: 도쿄 일극중심이 초래하는 인구급감(地方消滅: 東京一極集中が招く人口急減)'이라는 제목으로 출간되어 2015년 신서대상을 수상할 만큼 일본 사회에서 큰 관심을 모았다. 「마스다 보고서」가 발표된 직후인 2014년 9월 3일 저출산 문제를 돌파하기 위한 '지방창생'을 모토로 제2차 아베 내각이 발족했고, '2060년에 1억 인구'라는 목표하의 일련의 정책은 '로컬 아베노믹스'라고 불리기도 한다. 박승현, 「'지방소멸'과 '지방창생'-재후(災後)의 관점으로 본 '마스다 보고서'」, 『일본비평』 16호, 서울대학교 일본연구소, 2017, 159~160쪽 참조.

3) 마스다 히로야, 『지방소멸』, 김정환 옮김, 와이즈베리, 2015, 19~43쪽 참조.
4) 이정환, 「인구감소와 지속가능한 지방만들기—지방소멸(地方消滅)을 둘러싼 논점」, 『일본공간』 21호, 국민대학교 일본학연구소, 2017, 196쪽.

이라 생각하지만, 이들 정책이 여성을 어떤 존재로 상정하고 있는지 따져본다면 마냥 반가워할 수만은 없다. 인구 감소에 대한 위기감으로 촉발된 여성 정책들은 대체로 결혼·출산·육아 지원에 머물러 있고, 여기에는 '여성=재생산을 위한 존재'라는 인식이 바탕에 깔려 있기 때문이다.

사실 「마스다 보고서」의 '소멸될 지방' 리스트는 '20세~39세 여성'이라는 단일 지표를 통해 추정된 것이다.[5] '지표'로서 여성은 가임기/비가임기로 나뉘어 수치로 환원되고, 국가 유지에 도움이 되는 한에서 정책적 지원의 대상이 된다. 2016년 거센 논란을 일으키고 중단된 행정자치부(현 행정안전부)의 '대한민국 출산지도'와 같은 사례가 정확히 여기에 해당한다.[6] 이 사이트의 취지가 '지역별 출산 지원 정책'을 용이하게 확인하도록 도와주는 데 있었으리라 믿고 싶지만, 지역별로 핑크색의 농도가 달라지는 지도는 그 진의를 의심하지 않을 수 없게 한다. 핑크색이

5) "인구가 계속 줄어들어 이윽고 사람이 살지 않게 되면 그 지역은 소멸한다. 그렇다면 지역의 '소멸 가능성'은 어떤 지표로 측정할 수 있을까? 결론부터 말하면 현재 확실한 지표는 없다. (……) 여기에서는 좀더 간편한 지표로서 인구의 재생산을 중심적으로 담당하는 '20~39세 여성 인구' 자체를 생각해보도록 하겠다. 출생아의 95퍼센트가 20~39세 여성에게서 태어나기 때문이다. 20~39세라는 '젊은 여성 인구'가 지속적으로 감소하는 한 인구의 재생산력은 계속 저하될 수밖에 없으며 따라서 총인구의 감소라는 거대한 흐름도 멈출 수 없다."(마스다 히로야, 같은 책, 20~31쪽)

6) 행정자치부는 2016년 12월 29일 243개 지방자치단체들의 임신·출산 통계와 출산 지원 정책 정보를 파악할 수 있는 '대한민국 출산지도(birth.korea. go.kr)'를 서비스하였으나, 지자체별 '가임기 여성(15~49세) 인구수' 분포 지도는 여성을 '출산 기계'로 취급하는 당국의 인식을 드러냄으로써 거센 논란을 일으켰다.

엷은 지역(=가임기 여성이 적은 지역)은 '소멸'될 위기의 지역이
니 위기의식을 가져야 한다는 것일까? '통계학statistics, Staat-slehre'
이라는 말이 보여주듯, 삶은 수치화되면서 '인구'가 되고 국가
통치의 대상이 된다. '인구 위기=국가 위기' 혹은 '지방 소멸=
국가 소멸'이라는 인식하에 여성은 재생산 능력에 따라 나뉘고,
가임기 여성의 수와 분포는 국가의 관리 대상이 된다. '출산 지
도'와 같은 통계는 국가 영토를 '골고루' 유지하기 위해 '가임기
여성'의 지역별 분포를 조절하고자 하는 국가의 여성 관리 시스
템을 그대로 보여주는 것이다. 이러한 여성 지원 정책에서는 여
성의 삶의 질에 대한 고민을 찾아볼 수 없다.

'지방-여성'은 어디에 있는가?

한편, '인구 블랙홀로 빨려들어간' 여성은 어떻게 살고 있을
까? 얼마 전 혼자 사는 여성의 주거지에 무단으로 침입(시도)하
는 범죄가 연이어 보도되었다. 뉴스에 반복적으로 등장한 서울
의 특정 지역은 2015년 현재 여성 1인 가구 비율이 가장 높은
곳으로, 소위 '고시촌'으로 알려진 연립/다세대 주택, 고시원 밀
집 지역이다. 통계를 조금 더 살펴보자면, 서울의 여성 1인 가
구 중 가장 많은 비율을 차지하는 연령대는 20~30대(22.4%)
로, 이들은 주로 직장 또는 학교와의 거리(61.5%), 자유·사생
활 보장과 같은 개인적 편의(26.4%)를 이유로 1인 가구로 유입
되었다. 그런데 이들은 대부분 월세에 거주하고(59.5%), 경제
적 어려움(26.6%), 위급할 때 대처의 어려움(26.4%), 안전(성폭
력, 범죄 등)에 대한 불안(19.6%)을 호소한다. 최근 뉴스에서도

확인되듯 강간·강제 추행의 발생 비중이 주거지에서 가장 높다는 점을 상기한다면, 월세살이 여성 청년들에게 직장·학교·사생활이 얼마나 많은 위험을 감수하고 나서야 누릴 수 있는 것인지 알 수 있다. 그럼에도 52.1%의 1인 가구 여성 청년들이 자신의 삶에 '대체로 만족한다'고 대답했는데, 우리 사회에서 '대체로 만족하는 삶'이란 어떤 것일까?[7]

감수해야 할 위험과 경제적 부담에도 불구하고 '대체로 만족한다'라는 대답이 높은 것은 그만큼 여성 청년의 삶에는 수치로 표현할 수 없는 복잡한 결이 있음을 의미한다. 가령, 지방 여성이 상경하는 주된 계기 중 하나는 대학 진학인데, 이는 '서울 로망'의 성취와 위험의 감수라는 양가적 상황을 만들어낸다. 대한민국의 생존 룰인 '능력주의'는 성인이 된(되기도 전에) 청년에게 '인 서울in Seoul' 대학 진학을 통해 능력을 입증하라고 요구한다. 그런데 여성 청년에겐 이마저도 간단치가 않다. '능력'을 입증하는 것과 별개로 '딸아이는 밖으로 안 내보낸다' '곱게 끼고 있다가 시집보낸다'라는 인식이 아직까지도 강하게 남아 있기 때문이다. 여성 청년에게 '상경'은 부모로부터 '쟁취'한 욕망의 성취인데, 문제는 바로 그 이유로 모든 위험과 생존의 고난을 '선택한 일'로서 감수해야 하는 곤경에 처한다는 점이다. 또, 여

---

7) 이상의 통계자료는 장진희·김연재, 「서울 1인가구 여성의 삶 연구―2030 생활실태 및 정책지원방안」(『서울시 여성가족재단 연구사업보고서』, 서울시 여성가족재단, 2016)에서 인용했다. 물론 서울의 여성 청년 1인 가구를 대상으로 하고 있기 때문에, 이들을 모두 '상경'한 사람들로 산정할 수는 없다. 그러나 지방에서 전입해 온 여성들이 여성 청년 1인 가구에 많은 부분을 차지한다고 추론할 수는 있을 것이다.

성 청년이 품었던 '서울 로망'만큼 사투리나 문화적 차이, 친밀했던 사람들과의 단절, 경제적 어려움 등은 '지방 출신'이라는 위축감을 준다. 사실, '지방 출신'이라는 정체성은 웬만큼 적응한 후에도(혹은 영영) 사라지지 않는다. 그렇다면 '지방-여성'의 장소는 '지방'에만 국한된 게 아니지 않을까?[8)]

가시내들이 서울로 대학만 보내놓으면…… ―김세희, 「현기증」

김세희의 「현기증」의 주인공 '원희'는 대학에 진학하면서 서울에서 살게 되었다. 원희에게 '인 서울' 대학 진학은 학업의 성취보다 엄마에 대한 승리로 기억된다. 원희는 탁 트인 캠퍼스를 가로지르며 충분히 가치 있는 싸움을 했다 생각하지만, "그녀가 가슴을 떨리게 하는 밤공기를 마시는 대가로, 그녀의 엄마는 매일 새벽 기도를 다녔다"(64쪽). 엄마의 걱정은 셀 수도 없이 많

---

8) 서영인은 "무성, 혹은 중성으로 지칭되는 '청년'이라는 대표명사가 실질적으로는 '남성'들의 삶을 차이를 초월하는 세대적 보편성으로 일반화해왔다는 것"을 지적하고, "'청년'으로 지칭돼오던 세대적 보편성을 '여성 청년'으로 다르게 호명한다는 것은, 누락되거나 배제되어 미처 감각하지 못했던 삶의 다른 국면들에 주목한다는 것"임을 강조한다(「우리는 불편하게 함께 살고 있지만, 괜찮습니다」, 『문학동네』 2019년 여름호, 75~76쪽). (남성)청년으로부터 '여성 청년'의 존재를 분리하여 이들의 생존기를 살피는 일은 인아영의 「여성 청년들의 민족지, 혹은 생존기」(『문학과사회』 2019년 봄호)에서 시도된 바 있다. 한편, 신샛별은 강화길의 『다른 사람』을 '지방-여성'의 귀향 서사로 보고, 세대론적 감각으로 독해한다. 특히, 주인공을 "'서울의 타자'이자 동시에 '남성의 타자'로 이중의 구속에 붙들려 있는 '지방-여성'으로서의 자기 정체성"을 가진 인물로 해석함으로써 장소와 젠더의 문제를 결부하고 있다(「지방-여성 서사의 문학사적 반격―강화길론」, 『문학과사회 하이픈』 2018년 가을호, 114쪽). 이 글은 지금 여기를 살아가는 '여성 청년'의 삶을 확대하고, 나아가 '여성 청년'의 다양한 존재 방식을 살피는 기존 비평이 제기한 문제의식에 빚을 지고 있다.

았고, 전화라도 한 번 받지 않으면 엄마는 온갖 불길한 상상으로 가슴을 졸이고 있었다. 원희는 엄마를 이해하려고도 노력해봤지만, 엄마의 걱정은 서울로 와서도 벗어버리지 못하는 족쇄처럼 원희를 옭아맸다. 대학 졸업 후 원희는 큰 은행의 정규직이 되었다. 요즘 같은 시대에 취직이 되었다는 것만으로도 감사해야 했지만, 안도도 잠시일 뿐 원희는 행복하지 않았다. 원희는 직장을 그만두고 뷰티 숍을 차리고 싶었으나 엄마는 정규직 직장을 그만두겠다는 딸을 이해하지 못했다. 반면, 애인 '상률'은 원희를 지지해주고, 그녀가 원하는 바에 도전할 수 있도록 용기를 북돋아주었다. 그렇게 원희는 정규직을 그만두며 엄마의 기대를 저버렸고, 상률과 함께 살게 되면서 "그녀의 엄마가 상상할 수 있는 불행의 범위를 뛰어넘는"(62쪽) 삶을 살게 되었다.

"가시내들이 서울로 대학만 보내놓으면 다들 남자랑 동거를 하고. 세상에. 가시내들이 겁도 없을까. 세상이 얼마나 무서운 줄 모르고."(85쪽)

원희는 어려서부터 '겁 없는 가시내들'에 대해서 들어왔지만 자신이 그런 삶을 살 거라 생각하지 않았다. 따지고 보면 원희는 이미 성인이고, 엄마와 독립된 생활공간을 꾸리고 있으며, 경제적으로 어떤 지원도 받지 않고 있다. 그녀가 누구와 어떻게 살든 그것은 그녀의 가치관과 선택에 따른 문제다. 그러나 원희의 가치관과 삶의 방식이 어느 날 갑자기 생겨난 것일 리는 없지 않은가. 원희는 그녀를 둘러싼 인간관계와 그들의 잣대에 영향을 받으며 살아왔고, 이 과정에서 그녀의 가치관도 형성되었다. 따라서 성인이 된 원희가 적극적으로 자기 욕망을 성취하는 삶을 지향하고자 해도 이미 그녀에게 체화된 문화적 관습은 그녀가 자신의 삶을 선택하는 매 순간 그녀를 괴롭힌다. 더군다나 엄마나 가족, 혹은 이전까지 자신이 속해 있던 세계로부터 이해받지 못하는 삶을 고수하기란 매우 외로운 일이며, 엄마를 속이고 있다는 죄책감까지 감수해야 한다.

그런데 원희를 더욱 궁지로 몰아넣는 것은 죄책감과 불안감을 애인 상률에게서조차 이해받을 수 없다는 고립감이다. 원희가 자신의 사정을 설명해보려고 했을 때, 상률은 부모님께 인사를 드리고 이해를 구하자고 했다. 어쩌면 합리적인 판단인지도 모른다. 그러나 상률이 자신의 엄마에게 사정을 설명했을 때, 그의 엄마는 뭐라고 했던가? 소설은 날것 그대로의 혐오 발화를 전하지는 않지만, 원희에 대한 상률 엄마의 '평판'이 무엇인지 다음의 대사로 우회적으로 보여준다.

"엄마, 엄마도 딸 가진 부모면서 어떻게 그런 소리를 해."
상률은 굳은 얼굴로 자리에서 일어나 화장실로 갔다. 그러나 그녀는 화장실 문이 닫히기 전에 전화기에서 흘러나오는 높은 톤의 사투리를 듣고 말았다.
"그래, 그래서 나는 내 딸 멀리 안 보냈다. 결혼할 때까지 끼고 있다가 곱게 시집보냈지."(84~85쪽)

상률은 원룸 생활을 도저히 못 참겠다며 좀더 넓은 집으로 이사가자고 한다. 부족한 돈은 자신의 적금으로 해결하겠다고 한다. 상률과 함께 찾아간 복덕방에는 자애로운 인상을 가진 할머니 중개사가 있었다. 그러나 원희는 그곳의 분위기가 불편했다. "좋은 배경에서 좋은 교육을 받고 자라난 흠잡을 데 없는 사람들 앞에 설 때, 그녀는 곧 어떤 질문이 나오리라는 걸 예감했"(73쪽) 기 때문이다. "그런데 두 분은 어떻게…… 신혼부부이신가요?"(같은 쪽) 원희는 이 질문이 악의적인 것이 아님을 안다. 그저 '좋은 배경에서 좋은 교육을 받은' 사람들은 젊은 남녀가 방을 구하는 이유를 신혼부부 외에는 상상하지 못할 뿐이다. 이는 원희나 상률의 엄마가 공유한 상식과 그리 다르지 않으며, 원희 스스로도 "한때 자신이 절대 남자와 동거할 일 없다고 생각"(92쪽)했던 것과도 멀지 않다. 원희는 상황을 모면하고자 황급히 신혼부부라고 대답했는데, 상률은 이 대화를 대수롭지 않은 것으로 여긴다. 원희를 암담하게 하는 것은 저들의 무지함보다 거짓말에 담긴 원희의 불안을 감지하지 못하는 상률이다.

원희는 혼전 동거라는 '위험한 삶'을 살고 있는데, 함께 살고 있는 사람에게 그것이 별다른 위험으로 느껴지지 않는다면 원희는 누구와 살고 있는 것일까? 그저 불안감과 죄책감과 함께 살고 있는 것일까? 그녀와 같은 입장이 되어줄 사람은 아무도 없다는 뜻일까? 이런 질문 끝에 원희는 다시 헷갈린다. "그는 남이었다. 언제든 헤어질 수 있었고, 헤어지면 그만이었다. 그와 함께 이런 일까지 감수할 수는 없었다. 그래, 엄마 말이 맞을지도 몰라. 돌이킬 수 없을지도 몰라."(86쪽) 엄마의 세계는 숨이 막히고 엄마의 걱정은 원희를 꼼짝달싹 못하게 옭아매지만, 그래도 엄마는 딸을 위해서 그랬던 것이 아닐까? 엄마도 그러고 싶지 않지만 '세상이 그러니까' 원희는 아직 '세상이 얼마나 무서운 줄 모르니까' 그러니까 돌이킬 수 없는 '그런 여자애'가 되기 전에 엄마의 세계 속에서 안전하게 살아야 하는 것일까? 그런데 그것마저 이미 늦은 것일까? 이제 원희에게 가장 현실적인 위안은 그녀를 감춰줄 수 있는 서울이라는 대도시의 익명성이다.

결국 원희는 떠밀리듯 이사를 갔다. 정신을 차려보니 그녀는 상률과 살림을 차리고 있었다. 원룸에서의 동거가 임시적인 삶이었다면, 그래서 원희의 부모님이 방문할 때마다 상률의 "옷가지는 캐리어 두 개에, 신발들은 커다란 종이 상자에 넣어 옥상으로 이어지는 계단 옆 공간에 숨겨"(81~82쪽) 상황을 모면했다면, 이사한 이 집, 상률의 적금을 깨어 살림을 마련한 이 집에선 어떻게 해야 하는 것일까? 새살림이라고 하기엔 너무 초라하고 비참하지만, 당장 여윳돈도 직업도 없는 원희 입장에서 무슨 말을 할 수 있을까? 엄마가 온다고 하면 상률은 전처럼 짐을 싸서 다른 곳으로 피해줄까? 이제 임시적 삶도 아닌데 숨기지 말아야 하는 것일까? 이게 임시적 방편이 아니라면 원희는 준비되지도 않은 채 온갖 낡은 살림살이들과 계속해서 함께 살아야 하는 것일까?

원희는 엄마도 상률도 여전히 사랑한다. 그러나 엄마의 세계에선 행복을 찾을 수 없고, 상률의 세계는 원희와 아주 달라 보인다. 언젠가 헤어지게 되더라도 그는 아무렇지 않게 이 사회에서 다시 시작할 수 있을 텐데, 원희 자신만이 되돌릴 수 없는 인생이 되고 만 게 아닌지 불안하다. 집은 넓어졌지만 새댁이라 부르는 집주인 때문에 원희는 이곳이 불편하다. 그렇다고 당장 직업이 없는 원희에게 어떤 방법이 있는 것도 아니다. 원희가 살고 있는 곳은 어딘가? 원희는 서울이라는 익명성의 공간에 살고 있지만, 동시에 엄마의 세계에 묶여 있기도 하다. 그리고 엄마의 세계는 원희의 모든 일상에 존재한다. "같은 딸 가진 엄마"의 혐오 발화 속에도 있고, 집주인의 악의 없는 질문 속에도 있으며, 무엇보다 원희의 불안 깊은 곳에서도 작동하고 있다. 원희가 살아가는 장소는 그녀가 '쟁취'한 서울이기도 하지만 엄마의 세계이기도 하다. 애인과 함께하는 곳이기도 하지만 온전히 혼자 감당하는 세계이기도 하다. 이 분열적인 세계가 그녀가 현재 살고 있는 장소다.

청년의 귀향, 슬로 라이프 혹은 밀려난 라이프—이주란, 「넌 쉽게 말했지만」

이주란의 「넌 쉽게 말했지만」은 서울 생활을 정리하고 고향(김포)의 엄마 집으로 돌아온 '나'의 이야기다. 사건이 비어 있는 이주란의 소설답게 '나'가 서울에서 어떤 일을 겪었던 것인지 정확히 알 수는 없다. 다만 일상에서 문득문득 떠오르는 서울의 악몽을 통해 과거 '나'의 삶을 추측할 수 있을 뿐이다. 고향집까지 따라온 서울의 기억을 모아보면, 이삿짐을 쌀 무렵 '나'는 잘 울고, 남들 욕이나 하고, 모든 것을 싫어하며, 간단한 음식도 죄다 망쳐버리기 일쑤였다. 그렇다고 '나'는 모든 것을 그만두고 싶지는 않았다. "그냥 두세 달만 쉬고 싶었는데 아예 그만두지 않는 한, 두세 달을 쉴 수 있는 방법은 없었다."(224쪽) 일상을 유지하기 위해서는 계속해서 달려야 했고, 그렇지 않으면 모든 것을 그만둬야 했다. 그리하여 '나'는 이삿짐을 싸 엄마에게로 왔다.

이렇게 고향으로 돌아온 '나'가 삶의 모든 일을 새로 익히는 방식은 사소하지만 중요한 장면들이다. 가령, '나'는 자몽청을 만들려다 두 손만 적시고 말았지만, "망쳤다는 생각 같은 건 하지 않았다"(195쪽). 또, 정비소 직원의 사소한 친절에도 "굉장히 친절"(220쪽)했다는 감탄을 반복해서 말한다. "최근 몇 년간 나는 고마운 것도 잘 모르고 (아무것도 잘 모르고) 지냈"(같은 쪽)지만, 이제는 그렇게 살지 않으려 한다. '나'는 먹지도 못할 미나리를 따겠다는 엄마를 따라나선다. "너무 쉬운 일들이라고 생각해왔지만 나는 이제 그런 일들을 가장 우선으로 여기고 싶다. 나는 이제 그렇게 살고 싶다."(216쪽) 이렇게 삶을 다시 익히는 과정을 통해 고향에서 '나'의 삶은 밀려난 시간이 아니라 적극적인 재생의 시간이 된다. 그리고 그 모든 시간은 버려지는 것 없이 '나'의 삶의 일부로 감각된다.

이곳에 온 다음날, 나는 올해 첫 매미 울음소리를 들었다. 그렇게 6월이 갔고 7월이 가고 있다. 하루하루가 가고 있다는 것, 시간이 흐르고 있다는 것을 아주 잘 느끼고 있다. 시간이 흐른다는 것을 의식하면서 숨을 쉬는 일은 재미있고 행복하다. 서울에 살 때 나는 시간이 가는 것이 두려웠고 이런 말을 꽤 자주 했었다.

미안해, 시간이 없어.(196쪽)

'나'를 추스리는 일은 엄마의 삶을 돌아보는 것으로 옮겨간다. 엄마는 여섯시에 출근하여 온몸이 땀에 절도록 일을 하다 온다. 엄마의 본래 출근 시간은 아홉시지만, 그때 출근해서는 제시간에 일을 마칠 수가 없다고 한다. 엄마가 일하는 곳의 여사님은 부담스러워는 하지만 월급을 올려주지는 않을 듯하다. 그리하여 '나'는 "남의 밥을 만들다 온 엄마에게 밥을 차려준다"(215쪽). 썩 요리를 잘하는 편은 아니지만 엄마는 곧잘 "합격점"(같은 쪽)을 주고, '나'는 기쁨을 느낀다. '나 자신과 살기'에서 '나와 엄마와 살기'로 옮겨간 일상은 이제 주변의 소소한 사람들에게까지 반경을 넓힌다. 엄마는 "그냥 길 가다가"(213쪽) 채소를 얻어오기도 하고 엘리베이터에서 정체 모를 동물 뼈를 받아오기도 하는데, '나'는 무신경하면서도 주위 사람들과 관계를 맺고 살아가는 엄마를 보며 "자꾸만 끊기는 나의 관계들"(214쪽)에 대해 고민한다. 그리고 마침내 이웃 만들기에 성공하는데, 그들은 동네 꼬마들이다. '나'는 아이들을 위해 일부러 초콜릿을 준비한다.

그러나 고향에서의 '나'의 삶이 언제까지고 이렇게 충만한 일상으로 계속될 것 같지는 않다. 불안감과 조바심이 겉으로 드러나진 않지만, '나'는 이 삶이 임시적이고 불안정하다는 것을 알고 있다. 처음 '나'가 엄마의 집으로 옮겨오고 싶다고 했을 때, 엄마는 "아무런 대답도 하지 않았고 나는 예상치 못한 엄마의 반응에 상처를 받은 뒤 새벽 세시에 택시를 타고 서울로 돌아와 오래 울었었다"(204쪽). '나'는 엄마를 원망하지 않지만 그 일을 "잊을 수도 없"(같은 쪽)다. '나'는 엄마와 함께 살고 있지만, "가끔 실수할 때를 제외하곤 우리집이라고 말하지 않고 엄마 집이라고 말한다"(201쪽). "나는 엄마가 나를 불안해할 거라고 생각한다."(207쪽) '나'와 엄마는 과거나 미래에 대해서 말하지 않지만, '나'의 귀향이 '서울살이의 실패' '서울로부터 밀려난 것'임을 알고 있다. 이곳에서 '나'는 꽤 괜찮게 살고 있지만, '우리집'이 아닌 '엄마 집'에 계속해서 머물러도 되는 것인지는 알 수 없다.

그런데 이러한 귀향은 '나'의 일만도 아니다. 동네에는 다시 고향으로 돌아온 친구들이 있다. 'C'는 타지역에서 일을 하다가 줄어든 급여를 감수하고 몇 년 전 이곳으로 돌아왔고, 'W'는 노량진에서 오래 공부하다 경찰이 되어 돌아왔다. 한편, 'K'는 고등학교를 졸업한 뒤 가족 모두 이사를 갔다가 작년에 엄마와 함께 돌아왔다. K의 조부모가 모두 병원에 계시게 되어 누군가는 돌봐드려야 했기 때문이다. K의 엄마는 일을 하며 양쪽 병원을 모두 오갔고, K는 그런 엄마를 보는 일상에 조금 지친 기색이다. 한편, '석기'는 미쳐서 정신병원에 입원했다는 소문이 있었는데, 얼마 전 고향 동네에서 '나'와 마주쳤다. 석기는 '나'에게 막무가내로 연락을 해댄다. 이들이 어떤 삶을 살다가 돌아왔는지, 현재의 삶이 어떤지 소설은 정확히 보여주지 않는다. '나'의 일상을 공유하는 순간만 잠시 등장할 뿐이다.

이들에게 귀향의 의미는 모두 다르겠지만, 그것이 적어도 '금의환향'은 아닌 듯하다. '나'만 하더라도 잠시 멈추고 싶었던 것이지 그만두고 싶었던 것은 아니었다. 멈추는 것도 두려워서 버텼는데, 결국은 모든 것을 그만두고 떠나와버린 게 되었다. 그런데 '나'의 귀향 소식이 전해졌을 때, W는 "넌 참 하고 싶은 대로 하고 사네"(197쪽)라고 했다. 남의 속도 모르고 함부로 내뱉는 말이지만, 다시 생각하면 이 말은 '하고 싶은 대로 못하고 사는' W의 자조로 들리기도 한다. 노량진에 살던 시절 W가 "미래에 대한 불안감을, 마치 죄를 지은 사람처럼 몹시 주눅든 모습으로 말하다가 끝내 눈물을 터뜨"(198쪽)리던 모습이 떠올라서이기도 하지만, 하고 싶은 대로 사는 사람들은 남들 사는 모습에 별반 불평이 없으니까 말이다. 노량진에서 경찰공무원 시험을 준비하며 힘들어했던 W는 왜 고향으로 돌아오는 삶을 선택했을까? W에게 비친 '나'의 삶이 실제와 다르듯 그의 '고향-서울-고향……'으로 이동하는 삶에도 부침과 상처가 있을 것이다. 안타까운 것은 내몰리는 듯한 조바심에 휩싸여 어쩌면 비슷한 상처를 안고 있을지도 모르는 친구의 삶을 들여다볼 여유가 없다는 점이다.

'나'는 고향에 오기 전 오래 알고 지낸 후배에게 "누나, 그렇게 살지 마세요"(206쪽)라는 말을 들었다. 서울 생활을 정리할 무렵엔 이 말을 계속해서 복기했다. '나'가 모든 것을 그만두고 고향으로 온 것이 이 말 때문은 아니었지만, '그렇게 사는 것'에 대해서는 자꾸만 고민하게 되었다. 지금 '나'는 고향에 내려와 사는 법을 새로 배우고 있다. 그런데 고향에서 만난 석기는 또다시 '나'에게 말한다. "씨발, 너 진짜 인생 그렇게 살지 마라."(225쪽) 아무도 사는 법에 대해서는 말해주지 않는데, 다들 '그렇게 살지 말라'고는 쉽게도 말한다. 그럼 '나'는 어떻게 살아야 할까? 아직도 서울을 지날 때면 숨이 막히지만 고향도 안정된 삶의 공간이 되긴 어렵다. 'M'을 만나려면 광역 버스를 타고 서울로 가야 하고, 그곳에는 아직까지 '밀려나지 않은' 사람들이 바쁘게들 산다. '나'는 어디로 가야 할까? 심호흡을 하고 다시 한번 버텨봐야 할까? 청년들에게 고향은 삶의 방식을 새롭게 익히는 '슬로 라이프'의 충만한 장소일까, 아니면 밀려난 인생들이 모이는 장소일까?

남은 이야기들

김세희의 「현기증」과 이주란의 「넌 쉽게 말했지만」 모두 소설이 끝나도록 미래는 보이지 않는다. 「현기증」의 원희는 구체적인 대책을 세우는 대신 '먼 훗날' 오늘을 어떻게 기억할지 상상해본다. 오늘이 제어되지 않고 내일이 계획되지 않는 상황에서 그녀는 시간을 비약하여 미래의 시점에서의 오늘을 바라보는 것이다. 원희에게는 불안한 현재와 '이 또한 지나가리라'라는 막연한 믿음이 주는 '먼 훗날'이 있을 뿐, 내일은 없다. 한편, 「넌 쉽게 말했지만」은 '슬로 라이프'가 누릴 수 있는 충만한 일상을 보여주긴 하지만, 미래를 계획하진 않는다/못한다. 내일도 반복되는 일상이 펼쳐질 것 같지만, 바로 그렇기 때문에 계획이 없는 내일은 언제고 박탈될 수 있다. 서울과 지방, 어디에서도 여성 청년의 삶의 내일은 기약되지 않는 것이다.

대신 소설은 아직 이야기되어야 할 많은 삶들을 남겨두었다. 「현기증」에는 지방 소도시 광주에서 취업 준비를 하다가 종교에 빠진 여성 청년의 이야기가 지나가듯 등장한다. 그녀의 불안은 원희와 어떻게 같고 달랐을까? 작은 마을에서 지방 소도시로의 이동은 얼마만큼의 희망과 패배감을 주었을까? 「넌 쉽게 말했지만」에도 발견되어야 할 이야기가 있다. 소설의 마지막에서 '나'는 친구 C의 출산 소식을 듣는다. C는 적은 연봉을 감수하고 고향으로 돌아왔는데, 지방에서 아이를 낳은 C는 '출산·육아 지원 정책'에 힘입어 잘살 수 있을까? 고향에서 가정을 꾸려나가는 C의 귀향은 '나'와 어떻게 같고 다른가?

이들의 이야기를 계속해나가는 것은 미래에 대한 어떤 희망도 주지 않지만, 적어도 거짓된 낙관 없이 오늘을 들여다보는 일임에는 틀림없다. 또 이 이야기들은 우리의 삶을 국가 통계의 수치로 휘발시키지 않을 것임에도 틀림없다. 다만, 이들의 삶을 발견하기 위해서는 '여성이 있는 지방'과 같은 통치술이 만들어낸 문제틀을 걷어치우고, 다양한 삶을 발견할 수 있는 질문을 고안해야 한다. '지방-여성'을 중심으로 질문의 초점을 옮겨와 이들의 이동과 그것이 가지는 의미를 파악할 때, 온갖 고투에도 '서울 로망' 혹은 서울의 익명성을 포기할 수 없는 복잡한 내면을 포착할 수 있었던 것처럼, 또 서울살이를 버티지 못하고 돌아온 귀향 청년이 느끼는 양가적 감정—삶의 충만함과 미래에 대한 불안감—을 파악할 수 있었던 것처럼, 더 많은 삶을 발견하고 남은 이야기를 계속할 수 있는 질문들은 여전히 필요하다.

(2019)

구직-해직의 사이클cycle과 연작소설short story cycle
—이기호의 『눈감지 마라』와 비정규직 장편소설의 불가능성

차트와 내러티브

얼마 전까지만 해도 한국사회는 영혼들의 이야기로 들끓었다. 부동산 시세와 금리 지수를 밤하늘의 별 삼아 영혼까지 담보 잡은 모험담들. 그것은 우리 시대의 대서사시…… 그런 줄 알았다. 그러나 거인이 한 걸음giant step을 떼자 별처럼 빛나던 각종 수치들은 도리어 영혼을 옥죄기 시작했다. 이 차트와 저 차트를 오가며 내 집 장만과 결혼과 재생산의 마스터 내러티브master narrative를 꿈꾸던 영혼들은 이제 결박된 저 자신을 위해 스스로를 착취해야 하는 덫에 빠져 있다. 차트 위에 오르내리는 점들은 애초부터 가난한 영혼들을 위한 길잡이 별이 아니었다. 차트를 자신의 인생 스토리로 끌어오려 했던 영혼의 도전은 실패로 돌아갔다. 차트는 다른 누구의 서사도 아닌, 그 자체로 갱신되는 자본의 자기 서사를 쓰고 있었던 것이다.

그즈음 코인 열차를 타고 '달까지 가자'라는 신화적 상상력도

횡행했던 듯하다. 그래프의 '떡상'과 '떡락' 구간에서 무수한 이야기들이 탄생했다. 한국문학 또한 그 이야기의 대열에 참가했는데, 장류진의 『달까지 가자』(창비, 2021)는 비공채로 입사한 세 명의 '무난이'들이 암호 화폐를 통해 미래의 전망을 그리는 소설이다. 이들은 '무릎에서 사서 어깨에서 팔라'는 금언金言을 성실히 수행하여, 인생 역전부터 소소한 반전까지 평범한 회사원으로서는 꿈꿀 수 없는 미래를 움켜쥐게 되었다. 그러나 이들이 '연월도사'의 점괘에 의지하여 하락세 구간을 초현실적 능력으로 버텨내고 있을 때, '코인 게시판'에는 무수한 영혼들이 깨어진 살림살이를 파국의 '인증 숏'으로 제출하며 암호 화폐 시세 그래프 위의 하나의 점으로 소멸해갔다. 기실 『달까지 가자』가 출간되고 유통되던 시점에는 이미 암호 화폐의 성공 신화도 시들해질 무렵이었지만, 그럼에도 불구하고 이 소설이 '달달하게' 읽힌 건 차트의 기승전결을 자신의 이야기로 만들 수 있을 거라는 모종의 기대감 때문이었을 것이다. 그러나 이제와 돌이켜보건대, 『달까지 가자』는 인생 역전의 완결된 장편소설이 아니라, 장대하게 지속되는 차트의 한 구간일 뿐이었다. 오늘도 차트는 끝나지 않는 지옥의 내러티브를 쓰고 있다.

내러티브 경제학은 사람들 사이에 바이러스처럼 확산된 이야기가 경제 사건을 촉발하는 계기가 된다고 말한다. 갭 투자 성공기나 부자 아빠의 투자기 같은 경제 내러티브는 다른 사람들의 행동에 영향을 미치고, 이것이 확산되면서 경제 전반의 어떤 사건이나 흐름을 발생시킨다는 것이다. 경제적 사건으로부터 내러티브가 만들어진다는 통념을 뒤집어, 사람들 사이에 회자되는 내러티브로 인하여 경제적 사건이 촉발된다고 주장하는 것이다. 이와 같은 논의의 전환은 임금율과 세율, 금리 등 경제 데이터에 반하여 나타나는 이례적 사건들을 설명할 수 있게 해준다. 그런데 사람들의 행동, 곧 개인의 내러티브로부터 거대한 경제 현상을 설명하는 논리는 왠지 우리 각자의 삶이 경제 차트의 굴곡을 그려내는 무수한 하나의 '점'으로 수렴된다고 돌려 말하고 있는 듯하다. 그러니까 대하 장편 서사를 쓰고 있는 것은 차트이고, 우리의 삶은 그래프의 갱신을 위한 숙주가 아니냐는 의심이 생긴다. 과연 이 시대에 평범한 사람들의 장편 서사라는 것은 가능한가.

비정규직의 시간은 쌓이지 않는다

이기호의 『눈감지 마라』[1]는 지방대를 졸업하고 각종 아르바이트를 전전하고 있는 '박정용'과 '전진만'의 이야기다. 두 청년은 그다지 이룬 것도 없이 대출금만 떠안은 채 대학을 졸업했다. 그리고 이제 막 기숙사에서 나와 월세 삼십만원의 반지하 원룸으로 옮긴 참이다. 이 소설은 삼백여 페이지에 달하는 분량을 할애하여 정용과 진만의 졸업 후 삼 년, 곧 이들이 스물여섯 살에서 스물아홉 살에 이르기까지의 시간을 다룬다. 한눈팔지 않고 두 청년의 일상과 노동, 그리고 주변인과의 관계에 집중하고 있는데, 그럼에도 이 소설은 왜 '장편소설'이 아니라 마흔아홉 개의 '연작 짧은 소설'을 표방하고 있는 것일까. 이는 일차적으로

---

1) 이기호, 『눈감지 마라』, 마음산책, 2022. 이하 인용시 본문에 쪽수만 밝힌다.

일간지에 연재한 소설이라는 태생적인 조건에 기인할 것이나 소설에는 그것으로만 환원되지 않는 주제적 차원의 문제 또한 도사리고 있다. 왜 지방 청년 서사 혹은 비정규직 서사는 장편소설이 되지 못하는가.

우선 『눈감지 마라』에는 사건의 연쇄를 통한 이야기의 진행이 나타나지 않는다. 물론 소설의 인물들은 끊임없이 구직을 하고, 새로운 일에 적응하고, 잘리거나 그만두고, 또 구직을 한다. 출장 뷔페 서빙, 택배 상하차 작업, 고속도로 휴게소 단기 판매원, 편의점 점원, 식당 설거지, 출장 판촉 영업 등 이들은 무수한 직업을 거친다. 그러나 이전의 직업은 다음의 직업에 영향을 미치지 않는다. 직업 활동에 있어 이들의 경험은 계속해서 단절된다. 무수한 알바는 이력서에 단 한 줄의 '경력'으로도 자리잡지 못하고, 다음 직업의 시급에도 반영되지 못한다. "그의 이력서엔 대학 졸업 외엔 아무것도 적혀 있지 않았다. 거기에 삼계탕집 설거지 아르바이트와 택배 상하차 아르바이트를 써넣을 순 없었으니까……"(187쪽) 경험은 연쇄되지 않고, 따라서 의미를 발생시키지도 않는다. 그저 하루하루의 일과로 낱낱이 분절되어 있다. 심지어 지난날의 경험은 통장 잔고에도 흔적을 남기지 않는다. 그러니까 알바의 시간은 흘러갈 뿐, '쌓이지' 않는다.

정용은 남자가 건넨 캔커피를 따 한 모금 마셨다. 남자는 정용과 비슷한 또래처럼 보였다. 바이러스가 침투하지 못하는 견고한 직장인. 지금 시간 말고, 지금까지 쌓아온 나머지 시간으로 급여가 결정되는 삶이란 무엇일까? 정용은 지금까지 단 한 번도

> 그런 일을 해본 적이 없었다. 같은 공간에서 같은 캔커피를 마
> 시고 있었지만, 정용과 남자의 시간의 크기는 엄연히 달라 보였
> 다.(214쪽)

편의점에서 아르바이트를 하던 정용은 직장인처럼 보이는 또
래 남자를 보고 "지금 시간 말고, 지금까지 쌓아온 나머지 시간
으로 급여가 결정되는 삶"에 대해 처음 생각해보게 된다. 그런
데 이 장면은 거꾸로 비정규직 혹은 단기 아르바이트를 전전하
는 정용의 삶에 대해 생각하게 한다. 노동의 가치를 '시급', 다시
말해 '지금 시간'으로만 계측한다는 것은 이전의 경험을 계속해
서 무화한다는 뜻이다. 이기호는 「작가의 말」에서 "지난 오 년
동안 소설 속 두 인물, '전진만'과 '박정용'의 뒤를 부지런히 쫓
아다녔는데, 지나고 보니 내가 기록한 것은 그 친구들이 아닌,
그 친구들의 '흐르는' 시간뿐이었던 것 같다. 나는 겨우 그것만
할 수 있었다. (……) 그러니까 내가 놓친 것은 시간이란 '흐르
는 것'만이 아닌, '쌓이는 것'이라는 사실이었다"(318쪽)라고 다
소 자기비판적인 평가를 남겼다. 그러나 이는 작가의 부덕이라
기보다, 소설 속 인물들이 처한 삶의 조건에 기인한다. 그들을
둘러싼 노동력 시장 자체가 삶의 시간을 쌓을 수 없도록 한다.

이와 같은 조건 속에서 청년의 삶은 다음 단계로 넘어가지 않
는다. 진만은 자신의 생일날 어머니에게 다음과 같은 부치지 못
할 편지를 쓴다.

> 생일 축하해줘서 고마워요, 엄마. 그리고 제 여자친구나 결혼

문제는 걱정 안 하셔도 돼요. 엄마 아빠 때는 그래도 결혼도 해보고 이혼도 해보고 그랬지만, 우리는…… 아마 안 될 거예요. 하지만 그래서 엄마 걱정하는 나쁜 일도 생기지 않을 테니까, 그러면 된 거죠, 뭐. 저는 그렇게 생각하고 있어요.(86쪽)

'N포 세대'라는 말이 회자될 때, 가장 먼저 포기된 것이 '연애, 결혼, 출산'이라는 점은 의미심장하다. 여기에는 정상성이 강하게 투영되어 있긴 하지만, 그것을 감안하더라도 이 포기 목록은 삶의 다음 단계로의 진입이 불가능하다는 절망을 단적으로 보여준다. 루카치는 소설이 숨겨진 삶의 총체성을 형상화하고, 구축하고, 추구하는 장르라고 했다. 총체성은 자아가 세계 속에 유기적인 통합을 이루는 것을 뜻한다. 밤하늘에 총총히 빛나는 별을 지도 삼아 길을 찾을 수 있는 것. 곧, 세계가 인간의 낯선 외부가 아닌 인간과 하나의 덩어리를 이루는 것. 그것을 찾아내 드러내는 것이 소설의 미학이라고 했다. 그런데 정용과 진만은 세계로부터 계속해서 떨어져나온다. 주로 세계가 그들을 내치고, 가끔 그들이 세계를 거부한다. 그들의 삶은 세계의 흐름과 함께 나아가지 못하고, 구직과 해직 그리고 또다시 구직으로 이어지는 사이클cycle 속에서 뱅글뱅글 돌고 있다. 삶의 연속성은 시간의 물리적인 속성으로만 확인될 뿐이다. 그러니 진만과 정용의 삶은 장편소설이 아니라, 연작소설short story cycle이 될 수밖에 없는 것이다. 연속적이되 독립적인 연작소설은 선후 관계가 크게 상관없으면서도 각 경험이 독립되어 있는 구직-해직의 사이클을 드러내기에 적합한 형식이기 때문이다.

더하여 이들이 주위 사람들과 관계 맺는 방식 또한 매우 파편화되어 있다. 우선 노동 조건이 계속 바뀌니 지속적인 관계를 맺기가 어렵다. 방음되지 않는 벽 너머의 중년 남자나 오래된 건물의 비슷한 차림의 세입자들, 일터에서 만난 동료 등 사람들과의 관계가 나타나지 않는 건 아니지만, 관계는 지속되지 못한다. 진만과 정용뿐 아니라, 그들이 주위에서 만나는 사람들 역시 삶의 조건이 불안정하기 때문이다. 소설은 파편화된 관계들을 조각조각 보여주지만, 그 조각을 깁는다고 해서 세계의 총체가 드러나지는 않는다. 심지어 정용은 진만과 오래 같이 살았지만, 그것은 결과적으로 그렇게 된 것일 뿐이다. 비유하자면, 십 년짜리 우정이라기보다, 전셋집 계약 연장하듯 일 년만 살 마음을 열 번 연장한 것인 셈이다. 가령, 정용과 진만이 졸업 후 같이 살기로 결심했을 때에도 특별한 우정이 있었던 것은 아니었다. "그건 순전히 월세 부담 때문이었다."(19쪽) 정용이 아픈 진만을 데리고 종합병원을 찾을 때에도, 걱정과 죄책감 이면에는 이런 마음이 있었다. "아이씨, 이래서 혼자 살아야 하는 건데……"(63쪽) 이는 심성의 문제라기보다 심신을 돌볼 최소한의 여유조차 주어지지 않는 데서 오는 관계 맺기의 어려움이라 해야 할 것이다.

죽음, 단 한 번의 사건이자 무수히 반복되는 사건

이러한 사이클 속에서 어떤 일이 벌어진다면, 그것은 단 한 번의 사건, 바로 죽음이다. 앞서 지적했듯, 진만과 정용은 계속해서 새로운 직장을 구하고, 그곳에서 몇몇 사람들과 알고 지내다가, 어느덧 직장도 관계도 두절된다. 그렇게 보낸 삼 년은 어디로든 '나아가는' 시간이 아니라, 제자리걸음을 한 시간이었다. 교통사고를 목격하여 증인이 되거나 스토킹 현장을 보고 경찰에 신고하는 등 몇 가지 소소한 일들이 발생하긴 하지만, 이 역시 사건이 되지는 못한다. 그저 여느 날보다 좀더 고되고 곤란한 하루였을 뿐, 정용과 진만의 삶을 변화시키지는 못하기 때문이다. 사건event이라는 것이 그전으로 돌아갈 수 없을 만큼 결정적인 변화를 초래하는 일이라 한다면, 소설을 통해서 사건이라 할 만한 일은 단 한 번 벌어진다. 그것은 바로 진만의 죽음이다. 편의점 야간 아르바이트에서 돌아온 정용은 몇 개월째 놀고 있는 진만을 보고 답답해졌고, 그 답답함은 고작 컵라면이 사라진 데서 폭발하고 말았다. 그래서 자기도 모르게 "농담 같은 욕"(268쪽)을 내뱉고 말았는데, 여러모로 정용에게 빚지고 있던 진만의 입장에선 그것이 그저 웃어넘길 수 있는 게 아니었던 듯하다. 그날로 진만은 원룸을 떠났고, 이후 진만의 소식은 부고로 전해진다. "늦은 밤, 진만이 몰던 오토바이는 국도를 달리다가 중심을 잃고 넘어지면서 중앙선을 침범했다. 그리고 때마침 반대 차선에서 달려오던 1톤 트럭에 2차 사고를 당했다."(289쪽)

진만은 원룸에서 나가 숙식을 제공해주는 치킨집에서 일했다. 숙식을 해결할 수 있는 일을 찾아야 했기에 시급이 형편없어도 택해야 했을 것이다. 또, 원동기 면허가 없었지만, 가불까지 해준 사장이 배달을 가라고 했을 때 거부할 수 없었을 것이다. 결국 진만은 대학 졸업 후 학자금 대출만 갚다가 죽었다. 물론 대학 때라고 특별히 즐거웠던 것도 아니다. 취업이다 뭐다 대학 4년 내내 경마장 말처럼 달렸는데, 그러고 나니 빚이 생겼던 것이다. 그나마 경마장의 "'3번 마'에게는 건초라도 공짜로 주기나 했지, 나는 누가 등 한번 두들겨준 적 없는데……"(19쪽) 주어진 트랙도 없는, 그리하여 '우승'이라는 게 있을 리도 없는 삶은 대학 이후에도 이어졌고, 진만은 아무리 달려도 건초도 마음껏 사지 못하는 삶에 허덕이다가 죽은 것이다. 결국 소설은 어떠한 사건의 전개도 보여주지 않은 채, 하나의 삶을 폭력적으로 종결지어버렸다. 그런데 발단-전개-위기-절정-결말이든, 약관-이립-불혹-지천명-이순의 전개이든, 한 인간의 삶에 기대되는 관습적인 환상을 걷어내면, 오늘날 지방-청년-비정규직의 삶이란 정용과 진만에 가까운 게 아닐까. 『눈감지 마라』는 총체성이 깨어진 시대 조각난 파편으로 소설을 기워내는 데서 나아가, 그 조각들을 아무리 기워도 결국 제자리걸음일 뿐이라는 것을, 그리고 이 제자리걸음의 끝은 '죽음'이라는 단 하나의 사건으로만 가능하다는 것을 소설 구성을 통해 드러낸다.

그런데 이 소설의 절망은 진만의 죽음에서 끝나지 않는다. 죽음은 진만의 인생에서 단 하나의 사건이었지만, 그것은 다른 무수한 삶을 통해서 반복될 것임이 예기된다.

정용은 사장을 만나 이야기를 들어보려고 했다. 그가 사고에 대해서 어떤 생각을 가지고 있는지, 죽은 진만에겐 또 어떤 마음을 품고 있는지 직접 들어볼 작정이었다. 하지만 매장에 들어선 순간, 정용의 마음은 바뀌고 말았다. 매장은……

아무렇지도 않았다.

불과 얼마 전 그곳에서 일하던 아르바이트생이 죽었는데, 면허증도 없이 오토바이 배달을 나갔다가 사고를 당했는데, 매장은 여전히 바빴고, 사람들은 제 할일을 했고, 닭은 계속 튀겨지고 있었다. 정용은 그 모습이 당황스러웠고, 그래서 마치 우연히 들른 손님처럼 치킨을 주문하고 말았다.(301~302쪽)

정용이 진만이 마지막으로 일하던 치킨집을 찾았을 때, 매장에는 죽음의 그림자를 찾을 수 없었다. 죽음의 그림자는커녕 진만의 부재조차 느낄 수 없었다. 진만의 자리는 다른 노동력으로 대체되었다. 원동기 면허가 없는 아르바이트생에게 배달을 시킨 사장은 도로교통법에 따라 삼십만원의 벌금을 냈을 뿐이다. 진만의 죽음이 이렇게 재빨리 그리고 깨끗하게 삭제될 수 있는 것이라면, 그렇다면 진만의 자리를 대체한 사람들 또한 언제든 진만의 비극에 노출될 수 있는 것이 아닐까. 정용은 진만의 죽음을 수소문하다가 그와 함께 아르바이트했던 "스무 살 지방러"(295쪽) '최종민'이라는 청년을 알게 된다. 그는 2002년생으로 올해 2월 고등학교를 졸업하고 6월부터 치킨집에서 아르바이트를 했다고 한다. 작은 도시에서는 피시방도 편의점도 아르바이트 잡기가 어려워 군대 가는 고등학교 선배가 소개해줘서 치킨집에서 일할 수 있었다고 한다. 진만이 죽은 뒤에는 치킨집에서 일하기도 싫어져 조만간 경기도로 올라갈 것이라 한다. "서울은 어려워도 경기도엔 물류 창고 같은 곳에 일자리가 꽤 있다고"(299쪽) 하니 말이다. 그런데 소설의 마지막에 등장하는 최종민의 미래는 과연 진만이나 정용과 얼마나 다를까.

이 암울한 전망은 한동안 우리가 환호했던 단어들, 예컨대 '직접민주주의'라든가 '촛불혁명'과 같은 말이 얼마나 공허하고 기만적인지 긴 설명 필요 없이 드러낸다. 소설의 도입부에서 정용과 진만은 학교 안 편의점 테이블에 앉아 '촛불집회'를 하고 있다. 특별한 정치의식이 있어서라기보다 그저 "촛불잔치든 촛불집회든, 어디든 사람이 많은 곳으로 가고 싶었다"(12쪽). 그러나 산골짜기 대학교에만 머물러 있는 그들은 인근 광역시로 나가는 데에도 실패했다. "전날 밤부터 내린 폭설로 인해 한 시간에 한 대꼴로 다니던 시외버스가 모두 운행을 중지했기 때문이다. 학기 중엔 스쿨버스가 다니지만 방학 때는 그마저도 다니지 않았다."(13쪽) 그간 사회는 촛불집회를 두고 시민들이 직접 정치적 의사를 드러낼 수 있는 직접민주주의의 한 형태라고 감격해왔다. 그런데 정용과 진만의 상황은 그 '직접direct'이라는 말이 얼마나 모순적인지 단번에 드러낸다. '직접'이라는 말에는 이미 그 안에 중심과 주변의 위계가 내포되어 있어, 누군가는 시외버스를 타고, 환승을 해야만 '직접'에 도달할 수 있기 때문이다. 진만이 편의점 앞에 앉아서 '직접' 촛불을 켰을 때엔, 편의점 알바도 독자도 그를 한심하게 여긴다. 그가 이렇게 외쳤을 때엔 더더욱. "어둠은 빛을 이길 수 없다고요!"(14쪽)

소설에서 정용과 진만은 대체로 노동에 지쳐 있지만, 가끔 서울 시장 선거에 대해서 걱정도 하고, 애견 미용 학원에서 강아지를 함부로 다루는 것에 분노하기도 한다. 그런데 한 사람이 그러고 있으면 다른 사람이 한심하게 여기기 일쑤다. 그 일이 당장의 생계에 어떤 도움도 주지 못하기 때문이다. 광장에 흘러넘쳤던 감동적인 구호도 진만의 입에서 발화되면 어쩐지 블랙코미디가 된다. 왜 집회는 이들의 문제가 아닌 것처럼 느껴지는가. 그렇다면 집회는 누구의 문제인가. 사회 분배 시스템의 바닥에 있을수록 정치에 더 큰 목소리를 내야 하는 게 당연하지만, 그러한 삶의 조건은 정치에 관심을 가질 여유조차 주지 않는다. 더 큰 문제는 이러한 악순환을 사회구조적으로 끊어내야 한다고 생각하기보다, 어떻게든 개인이 그 조건을 '극복'해야 한다고 여기는 점이다. 직접민주주의라는 가치는 어느새 시민권과 이동권, 그 외 무수한 권력 장치에 의해 걸러지고 걸러진 경계 내부의 사람들을 위한 것이 되어버리고, '직접'까지 닿는 길은 개인 각자의 몫이 되어버린 듯하다. 그러니 광장의 구호는 '직접' 닿지 못한 이들에까지 분배되지 않는다. 무수한 집회에도 불구하고 알바생의 목숨값이 여전히 삼십만원인 것처럼 말이다.

차트와 소설의 차이

소설은 정용과 진만의 '나아진' 삶을 보여주지 않는다. 비정규직의 삶도 소설도 폐쇄적인 사이클을 벗어나지 못한 채 끝이 난다. 더하여 이대로라면 진만의 비극이 진만에게만 국한되지 않을 것이라는 암울한 메시지마저 남긴다. 이 글의 도입부에서 나는 우리의 삶이 자본의 끝없는 그래프 위의 한 점으로 환원되고 있는 게 아닌지 의심하였다. 자본주의는 우리의 욕망을 동력으로, 우리의 신체를 숙주로 자가발전해나가는 것이니 아주 틀린 말은 아닐 것이라 생각한다. 그러나 『눈감지 마라』가 남기는 암울한 전망은 오히려 차트와 소설이 세계를 서사화하는 방식의 결정적인 차이를 시사한다.

소설과 차트가 똑같이 암울한 미래를 예견한다고 해서 그 서사에 내재하는 욕망마저 동일하지 않다. 차트는 항상 과거의 궤적만을 그린다. 차트를 읽고 쓰는 일은 과거를 통해 미래를 '도출'하겠다는 욕망에서 비롯된다. 여기서 과거는 미래를 바꾸기 위한 것이 아니라, 미래를 예측하기 위한 데이터다. 그러나 소설을 읽고 쓰는 욕망은 이와 다르다. 소설은 과거를 그리더라도 오늘의 과거를 그린다. 그리고 오늘의 과거는 좀더 나은 방향의 미래를 꿈꾸는 일과 맞닿아 있다. 소설이 남기는 메시지가 아무리 암울하더라도, 그것은 미래를 '도출'하기 위한 것이 아니라 '다른' 미래를 꿈꾸기 위한 것이다. 『눈감지 마라』의 진만의 삶이 비극으로 끝났다고 해서, 더 많은 비극을 예견하고 있다고 해서, 우리는 소설이 비극의 미래를 도출하려는 것이라 읽지 않는다. 소설은 차트가 아니기 때문이다. 그런 점에서 소설을 읽는 일 또한 소설의 꿈을 공유하는 일일 것이다. 소설을 읽는 일은 미래를 '도출'하는 것이 아니라, 미래에 '개입'하는 일이다. 그리고 바로 그 '개입'을 통해서 소설은 다시 쓰일 수 있을 것이다.

(2022)

코그니타리아트cognitariat의 블로그

김세희의 「가만한 나날」[1]은 광고회사 블로그 마케터가 된 '경진'의 이야기다. 그녀는 가상인물의 블로그에 광고를 싣는 일을 한다. 이때 중요한 것은 "진짜 살아 있는 사람의 목소리"(179쪽)를 만들어내는 일이다. 광고를 위한 블로그라는 것이 탄로나면 n포털의 검색 결과 상위에 노출될 수 없고, 1페이지에 노출되지 못하면 광고 효과를 거두지 못한다. 이에 경진은 자신의 경험과 사촌언니의 일상을 재료로 '채털리 부인'이라는 가상 인물의 블로그를 만들고, 블로그가 포털의 검색 '로직'에 '최적화'되자 그때부터 광고성 글을 올린다. 채털리 부인은 '프리미엄 토들러 침대'에 아기를 재우고, '마음까지 뽀송뽀송해지는 뽀송이'를 침구에 뿌리며, 토요일 밤에는 '개 샴푸계의 샤넬' 제품으로 개를 목욕시킨다. 그러던 어느 날 경진은 채털리 부인 앞으로 온 쪽지를

---

1) 김세희, 「가만한 나날」, 박민정 외, 『2018년 제9회 젊은작가상 수상작품집』, 문학동네, 2018. 이하 인용시 본문에 쪽수만 밝힌다.

확인하게 된다.

—채털리 부인님이 올린 후기를 보고 구매해서 쓰기 시작했
거든요. 날마다 사용한다고 했는데 괜찮으신지…… 아무 일 없
으시길 바라지만 혹시나 무슨 일이 있었다면 이쪽으로 연락 주
세요.(189쪽)

채털리 부인이 매일 쓴다는 B기업의 뿌리는 살균제 '뽀송이'
는 치명적인 독성 물질을 포함하고 있었다. "완전히 자발적으
로" "뭔가를 생산해냈다"(183쪽)는 만족감으로 일해오던 경진
은 쪽지를 계기로 자신의 일을 의심하기 시작한다. 그러나 경진
은 회사를 그만두지는 않는다. 회사 입장에서 그녀는 수많은 직
원 중 한 명일 뿐이었고, 그녀 입장에서 회사는 취업난에 운좋
게 만난 '적성에 맞는' 회사였다. 그녀가 회사를 그만두게 된 건
n포털의 검색 결과 산출 방식이 달라져 블로그 마케팅이 불가능
해졌기 때문이다. 결국 그녀를 고용한 것도 해고한 것도 'n포털
의 로직'인 셈이다.

소설에서 고유명이 적시되진 않았으나 독자는 '네이버'와 '옥
시'를 쉽게 떠올릴 수 있다. 네이버는 한국 내 검색 포털 중 가
장 높은 점유율을 차지하고 있다. 포털은 의도하든 의도하지 않
든 이용자들의 세계 인식과 가치관에 직접적인 영향을 끼친다.
메인 기사의 배치를 통해 여론을 형성할 수 있으며, 콘텐츠를 생
산하지는 않되 그것을 보유·관리하면서 여기에서 파생하는 권
력과 이익을 얻을 수 있다. 한편, 작품 속 '뿌리는 살균제' 사건

은 옥시의 가습기 살균제 사건과 매우 유사하다. 업체의 안전성 실험에 문제가 있었던 점이나, 산소통을 메고 다니는 피해자들의 모습은 실제 사건을 직접적으로 지시하는 듯하다. 이처럼 소설의 재현을 통해 우리가 함몰되어 있던 삶의 조건을 반성적으로 살펴보는 일은 「가만한 나날」을 읽는 하나의 방법이다. 그러나 고유명에서 조금 물러나 본다면 또다른 독법을 발견할 수 있다. 그것은 하나의 기업 'n포털'이 아니라 'n포털의 로직'이라는 세계의 알고리즘을 읽어내는 일이다.

경진은 첫 출근을 앞두고 우연히 만난 언니로부터 직장생활의 조언을 듣는다. '나는 프로다!' 이 간단한 주문은 경진이 동기들보다 성공적으로 회사에 적응하도록 돕는다. 그런데 '프로'라는 조건은 많은 경우 '임금'을 기준으로 판단된다. 그 개념적 정의야 어떻든 간에 아마추어와 프로를 나누는 것은 '직업적' 성격이며, 현실적으로 '직업'은 임금을 조건으로 성립한다. 문제는 프로의 세계로 마련된 '블로그 마케터'라는 직업의 형태다. 이러한 노동의 형태는 '비물질 노동' '감정노동' 등의 이름으로 이미 불리고 있지만, 이 노동에서 주로 사용되는 능력과 그것의 질을 중심으로 명명할 때 '인지 노동'이라 할 수 있다. 경진에게 부과된 일은 한 인간의 구체적인 삶을 만들고, 공감을 끌어내며, 그것을 토대 삼아 광고 효과를 발생시키는 것이다. 이때 '생산'의 원료가 되는 것은 개인적 기억, 글솜씨, 일상의 단상 등 경진의 '인지능력cognition'이다. 그러니까 노동하는 것은 '영혼'이며, 성공적인 직장생활을 위해 경진이 갖춰야 할 것은 '프로 영혼'인 것이다.

프롤레타리아트proletariat가 생산수단을 갖고 있지 않아 신체의 노동을 통해 생활을 영위해가는 계급이라면, '코그니타리아트(cognitariat, 인지노동자)'는 영혼의 노동을 통해 생활을 영위하는 계급이다. 본래 이 말은 새로 등장할 지식 권력 계급을 지칭할 목적으로 생겨났으나, 현재의 인지 노동자는 소수를 제외하고 대부분 '프로'의 세계에 종속된 임금노동자의 지위를 가지고 있다. 주목해야 할 것은 「가만한 나날」이 인지 영토가 자본의 영역으로 포획되는 메커니즘을 보여주고 있다는 점이다.

경진이 속한 광고회사와 기업 간의 계약 조건은 포털에서 특정 키워드로 검색했을 때 "블로그 검색 결과 1페이지 안에"(177쪽) 후기가 노출되는 것이다. 즉, '1페이지'를 조건으로 경진의 말(=후기)은 '값'을 가지게 된다. 더 정확하게 말하면 '1페이지'라는 공간이 경진의 말에 값을 부여해주는 것이다. 토지 소유자에게 귀속되는 지대地代, rent가 토지에 대한 사적 소유로부터 발생하는 것이라면, 페이지랭크PageRank는 알고리즘 장치(=n포털 로직)와 그 장치의 독점으로부터 발생한다. 콘텐츠를 생산하지는 않으나 "양질의 콘텐츠를 보유하는 게 중요"(183쪽)한 n포털은 비옥한 인지 토지를 마련하고, 이를 구획함으로써 독점적 잉여가치를 만들어내는 것이다.

본래 블로그는 일지日誌 형식의 글로 개인의 관심사에 따라 일기, 칼럼 등을 자유롭게 올리는 용도로 등장했다. 소설 속의 '이웃' 기능에서 보듯이 사람들은 서로의 블로그를 방문해 삶을 공유하기도 한다. 한 개인은 다른 개인에게 열리고, 이때 개인들은 수평적 네트워크로 연결된다. 그런데 이 수평적 흐름이 포털을 통과하면서 수직적으로 배열된다. 검색어를 통해서 순차적으로 배열되는 순간 블로그는 순수 표현물로서 기능하지 않는다. 이는 '정보'가 되고, 나아가 '광고'가 된다. 블로그 마케팅은 이 메커니즘 위에서 발생한 직종이다. 때문에 'n포털 로직'에 따라 이들의 존폐가 결정된다.

n포털이 "신뢰도 있는 콘텐츠 생태계를 위해 검색 알고리즘을 대폭 바꾼다고 발표"(196쪽)함으로써 경진의 회사는 문을 닫게 된다. 그러나 위의 메커니즘에 비추어 볼 때, 알고리즘을 바꾸는 일로 '신뢰도 있는 콘텐츠 생태계'가 생성되지는 않을 것이다. 콘텐츠가 알고리즘을 통과하여 계층화되는 한, 언어의 의미는 경제적 가치로 환원되고 이 경제적 가치에 종속되는 '프로 영혼'들이 끊임없이 만들어질 것이기 때문이다. 작가는 문 닫는 회사의 풍경을 "월가의 사무실"(197쪽)에 비유한다. 둘의 풍경이 얼마나 비슷할지는 모르겠으나 그들이 '기호'에 의해 쫓겨나는 사람들이라는 점에서는 확실히 공통적이다. 경진과 그의 동료들이 '생산한' 글은 가치를 재현하는 주식시장의 숫자들처럼 값으로 환산되는 기호였기 때문이다.

소설은 경진이 첫 직장에서 나온 후 어떠한 삶을 살게 되었는지 더이상 말해주지 않는다. 다만 일찌감치 회사를 떠난 직장 동료와의 우연한 만남을 전해주며 끝맺는다. 동료는 직장을 떠나면서 이 일이 적성에 맞지 않는다고 고백했었고, 그때 경진은 우월감을 억누르며 자신에겐 아주 잘 맞는다고 대꾸했었다. 경진은 뒤늦게 자신의 말을 정정하고 싶은 욕구에 휩싸인다. 경진은 자기 역시 적성에 맞지 않았다고 말하고 싶었지만 동료는 이미 사라지고 없었다. 퇴사 이후 경진은 첫 직장에 관해 입에 올리지 않게 되었고, 『채털리 부인의 연인』을 읽을 수 없게 되었다. 경진은 그런 사람이 되었다.

「가만한 나날」은 단죄도 탈출도 혁명도 없이 끝난다. 경진은 '가만한 나날'을 살아갈 테고, 그 고요함은 세계의 알고리즘을 모른 체하는 대가로 주어질 것이다. 그러나 한번 벌어진 마음으로는 이전과 같은 '프로 영혼'이 될 수도 없다. 이제 경진에게 '가만한 마음'은 없을 것이다. 벌어진 틈은 경진을 주춤거리게 만들 것이고, 멈추는 순간마다 무엇인가가 발견될 것이다. 어쩌면 '나는 프로다'라는 믿음으로 살았던 이전의 삶이 더 수월할지도 모른다. 그러나 경진의 이야기가 완전한 비극으로부터 유예된 것은 그녀의 상처 덕분이라는 점도 분명하다. 경진을 해고한 것은 'n의 로직'일지 몰라도 채털리 부인 계정을 삭제하게 한 것은 이웃의 쪽지였으니까. 더불어 영혼에 틈을 벌린 이 힘이 인터넷이라는 시스템 내부에서, 우리 마음의 가장 깊은 바닥에서, 언어의 가장 본질적 기능에서 발신되었다는 것을 잊지 말자. 그러면 소설의 마지막 문장을 완전한 절망으로부터 한 걸음 떨어져 읽을 수 있다. "나는 그런 사람이 되었다."(199쪽)

(2018)

* 이 글을 쓰면서 아래의 책들을 참고했다.

조정환, 『인지자본주의—현대 세계의 거대한 전환과 사회적 삶의 재구성』, 갈무리, 2011.

프랑코 베라르디 [비포], 『봉기—시와 금융에 관하여』, 유충현 옮김, 갈무리, 2012.

프랑코 베라르디 [비포], 『노동하는 영혼—소외에서 자율로』, 서창현 옮김, 갈무리, 2012.

마우리치오 랏자라또, 『사건의 정치—재생산을 넘어 발명으로』, 이성혁 옮김, 갈무리, 2017.

남편과 사파리 파크와 '산 자들'[1]

'산 자들'과 '살게 하는 자'

그간 장강명의 단편은 신자유주의 체제 아래에서 '산 자'와 '죽은 자'의 기로에 선 사람들의 삶과 그들이 처해 있는 조건을 다루어왔다. 「대기 발령」과 「음악의 가격(~2019)」 역시 같은 문제의식의 연장선에서 대기업의 자회사화 과정에서 발생하는 고용 불안과 예술 노동의 가격 하락에 대해 다루고 있다. '살게 내버려두거나 죽게 하는' 주권 권력에서 '죽게 내버려두거나 살게 하는' 생명 권력bio-power으로 통치술이 변화했다는 푸코의 지적은 널리 회자되었다. 기본값이 죽음으로 세팅된 시대, '산 자들'에 관해 이야기하기 위해서는 '살게 하는 자', 곧 통치술을 빼놓

---

1) 이 글에서 다루는 장강명의 작품은 다음과 같다. 「알바생 자르기」, 『세계의 문학』 2015년 여름호; 「대기 발령」, 『릿터』 2019년 4/5월호; 「음악의 가격(~2019)」, 『문학사상』 2019년 4월호. 이하 인용시 본문에 작품명과 쪽수만 밝힌다.

을 수 없다. 그러나 통치술은 우리에게 어떤 실체로서 얼굴을 내밀지 않는다. '성실' '자기계발' '자기 경영'과 같이 주체가 적극 내면화한 '미덕'이라든가 '자연법칙이 지배하는 냉혹한 현실'이라는 자명한 사실로서 이미 작동하고 있다. 이 글은 장강명의 근작을 통해 익숙한 얼굴 속에 깃든 통치성의 허울을 포착해보려고 한다.

'남편', 누구냐 넌?

「대기 발령」의 사측은 사외보팀을 미디어 콘텐츠 전담 자회사로 보내려 했으나 여의치 않자 대기 발령을 내렸다. 사측은 '고용 승계'와 '더 많은 퇴직금'을 내세우며 시혜적인 태도를 보이지만, 직원 입장에서는 어떤 경우든 고용 조건이 나빠질 뿐이다. 어떻게든 버텨보면 본사의 다른 보직이라도 줄까 기대를 해 볼 법도 하지만 이도 쉽지 않다. 본사는 앞으로 줄줄이 외주화, 자회사화할 예정이라 '버티면 된다'라는 선례를 남기고 싶지 않은 것이다. 굴욕감을 견디지 못하고 다섯 명은 하나둘 회사를 그만둔다. 팀원들은 각자의 셈이 없었던 것은 아니었지만 그렇다고 대단한 배신극의 주인공들도 못 되었다. 그렇게 소설은 악역도 없이 '각자도생'이라는 덤덤한 비극으로 마무리된다. 애초 회사의 제안을 받아들이지 않은 것이 '배가 부른 짓'이었을까?

난 여전히 잘 모르겠는데. 남편이 말했다. 회사가 자기네들 나가라고 몰아세운 건 알겠어. 당하는 사람 입장에서 변화가 두려운 것도 알겠고. 그런데 회사는 처음에 대안도 제시했고, 대기 발령이라는 게 욕하고 때리는 것도 아니잖아. 솔직히 더 영세한 회사들에는 그런 프로세스도 없잖아.(162쪽)

그런가? '조연아'는 회사 상황에 관해 남편에게 털어놓고는 했는데, 남편은 "요즘처럼 이직이 잦은 시대에"(154쪽) 자회사로 가기 싫은 팀원들을 이해하지 못한다. 자회사라고는 하지만 고용 승계도 약속하고 급여도 일 년간 보장했으니 이 정도면 회사는 대안을 마련해준 것이라 해야 하나? 무슨 일을 하게 될지, 일 년 후에 어떻게 될지 모르지만 '요즘 같은 시대'니까? 게다가 대기 발령이 욕하고 때리는 것도 아니고, 영세 회사는 이런 프로세스도 없는데 굴욕감 견디는 게 대수일까? 그런데 굳이 편을 갈라보자면 그는 조연아의 남편이자 직장인이므로 대기 발령자 편에 가까워야 하는데, 왜 철저히 기업의 입장을 대변하고 있는 것일까? 여기서 「알바생 자르기」를 잠깐 경유하자.

그 아가씨도 처음 자기네 회사에 면접 볼 때에는 그런 태도가 아니었을걸? 성격이야 싹싹하지 않았다고 해도 최소한 근태는 나쁘지 않았을 거야. 그걸 자기가 망친 거지. 지각해도 아무말 않고, 손님 접대를 안 해도 아무 말 않고, '불쌍한 애'라고 생각하면서 계속 아무 지적도 안 했지? 그러니까 애가 그렇게 된 거야. 사람들이 다 자기나 나 같지 않아. 어떤 사람들한테는 끊임없이 다른 사람이 동기를 부여해주고 자세를 교정해주고 질책을 해줘야 돼. 자기는 알량한 동정심 때문에 그걸 안 한 거지.(298쪽)

「알바생 자르기」에서도 '은영'이 회사생활에 곤란을 겪을 때마다 남편의 목소리가 등장한다. 은영의 남편은 더 노골적이고 영악하게 '알바생 자르기'의 묘수를 보여준다. 「대기 발령」과 「알바생 자르기」는 자식이 없는 젊은 기혼 여성이 회사에서 겪는 갈등을 주된 서사로 하는데, 주인공 여성의 곤란한 상황에 대해 남편이 불쑥 나타나 조언이나 논평을 하는 특징을 공유한다. 언뜻 보면 회사 편을 드는 연아의 남편보다 아내의 실리를 따져주는 은영의 남편이 더 자상하게 느껴지지만, 남편은 '경영자 마인드'라는 일관된 논리를 고수하고 있을 뿐 차이는 '대기 발령자'와 '중간 관리자'라는 아내의 입장에 있다. 남편은 기업의 논리를 대변하면서 아내에게 '끊임없이 동기를 부여하고 자세를 교정하고 질책'을 하는 '자기 자신의 기업가'가 되어야 한다고 말한다. 남편은 신자유주의 통치술의 논리 그 자체인데, 문제는 이러한 논리가 왜 남편으로 재현되느냐는 것이며, 그것이 왜 자연스럽게 읽히냐는 것이다.

먼저, 아내의 회사생활에 대해 남편이 훈수를 두는 장면은 '자본주의-가부장제' 사회에서 경제·문화적으로 아주 익숙한 재현이자 재생산이다. 소설은 남편이 과연 아내에게 훈수를 할 만한 사회적 위치에 있는지 관심이 없다. 그의 보직은 '남편'이다. 반면 대기 발령을 받은 연아도 과장인 은영도 남편의 코치를 받는 '아내'라는 점에서 동일해진다. 그러나 '경영자-사원'의 관계가 '남편-아내'에 대응하여 재현된다는 점은 지금 여기의 맥락에서 한번 더 해석되어야 한다. N포 세대가 가장 먼저 포기했던 것이 연애, 결혼, 출산, 이 세 가지라는 점을 상기해본다면, 남편이라는 존재는 '정상성'을 충족하면서 '합법적'으로 '가정'이라는 사회 구성의 기본단위이자 경제 공동체를 형성한 '산 자들'의 표상이다. 이는 한 가족의 생계 전체를 부양하는 이전 세대의 '아버지'와도 다르다. N포 세대 이후 '남편'은 '일반적인 삶에서 탈락하지 않은 자' '재생산의 기회를 가진 자'라는 의미를 획득했고, 동시에 그런 자들만이 될 수 있는 '보직'인 셈이다. 결혼과 출산이 경제적 표지로 인식되기 시작한 한국사회에서 남편은 이성애 규범, 젠더와 계급 불평등이 중층적으로 만들어낸 지위다. 따라서 남편이 계속해서 '정상적이고 합법적인 중산층 계층'을 유지하기 위해서는 '자기 경영의 주체'를 뛰어넘어 '가정 경영의 주체'가 되어야 한다. 그러니 '산 자들'의 경계에서 탈락하지 않으려면 '가정 경영의 주체'의 법을 충실히 이행할 수밖에 없고, 이는 '가(부)장제-자본주의'로 갱신·강화된다.

'사파리 파크safari park'라는 자연 상태?

「음악의 가격(~2019)」은 소설가 '나'가 기타리스트 '지푸라기 개'를 인터뷰한 메타소설의 형식을 하고 있는데, 이들은 디지털 환경에서 예술의 형식과 가격에 대한 고민을 공유한다. 특히 현실적 생계의 문제는 이들의 정체성을 위협한다. 소설가인 '나'는 강연료가 주 수입이고, 기타리스트인 '지푸라기 개'는 음악 빼고 음악에 관련된 모든 일―노래방 반주 연주, 레슨, '인강' 녹음 등―을 하여 생계를 유지하기 때문이다. 이 소설은 예술가들이 처한 상황이나 현재의 경제 상황을 『도덕경』을 통해 해석하려 한다.

이 현상의 원인과 해법에 대해 도덕경은 이렇게 말한다.

세상 사람들 모두 쓸모가 있는데, 나 혼자 고루하고 촌스럽네
衆人皆有以, 我獨頑似鄙

나만 홀로 사람들과 다르니, 그저 먹고사는 데 힘쓰리라 我獨
異於人 而貴食母(「음악의 가격(~2019)」, 202쪽, 강조는 인용자)

인용된 부분은 『도덕경』 중 학문하는 이의 고뇌를 담은 부분
이다. 『도덕경』의 '홀로 쓰임이 없는 고루하고 촌스러운 나'는
「음악의 가격(~2019)」의 예술 노동자인 '나'와 '지푸라기 개'
에 대응된다. 흥미로운 것은 인용구 중 '식모'의 해석(의 선택)인
데, 왕필의 주에 따르면 '식모食母'란 '삶의 근본'이고(食母, 生之本
也), 따라서 학자들은 대개 '먹이는 어머니'로서 자연, 곧 '도道'
라는 의미로 해석한다. 소설의 『도덕경』 해석은 우리 시대의 '도'
가 '먹고사니즘'으로 내려앉았음을 보여준다. 그런데 소설은 여
기서 나아가 노자의 무위사상無爲思想을 자유주의 경제학의 원리
로 치환한다.

비단이나 삼베의 가격이 한없이 떨어지기만 하면 어떻게 해야
합니까?

사람들이 그 물건을 원하지 않는다는 뜻이므로 그대로 두어
야 합니다.

역병이 돌아 숲의 짐승들이 모두 죽을 때에도 그대로 두는 것

이 지켜야 할 도입니까?

역병에는 역병의 역할이 있습니다.

(……)

내가 이 자리에서 칼을 휘둘러 그대의 목을 베려 한다면 어찌하시겠소? 그때도 무위를 행하시겠소?

제가 무어라 답하든 나그네께서 칼을 휘두를 것임을 이미 알고 있습니다.

지푸라기 검객은 제자의 목을 베었다. 제자의 의연한 자세가 지푸라기 검객에게 큰 인상을 남기지는 못했다. 그 사실은 제자가 자기 말과 달리 무언가를 추구했음을, 무위가 아니라 인위로 거기에 도달하려 했음을 증명할 뿐이었다.

제자는 자신의 품위를 목숨보다 더 중요하게 여겼다. 지푸라기 개에게 음악이 그러하듯이.(211~212쪽)

본디 '지푸라기 개'라는 이름이 『도덕경』에서 따온 것이었으니, 위의 대화는 '도덕경-자유주의 경제학'을 대표하는 '현자'와 생존의 벼랑에 몰린 예술가 '지푸라기 개'의 대화로 봐도 무방하겠다. 현자가 백성들의 시장에 "임금이 끼어들어…… 법을 만들면 필시 부작용이 생"(211쪽)긴다고 말하자, 검객은 역병이 돌고 기아가 발생해도 그냥 두어야 하냐고 되묻는다. 현자는 검객의 항의 섞인 질문에도 "사사로움에 얽매이지 말아야"(212쪽) 한다고 답한다. 이에 검객은 현자를 베어버리고, 그가 "무위가 아니라 인위로 거기에 도달하려 했"다는 역설적인 말을 남긴다. 삽화 끝에 서술자 '나'가 개입하여 현자의 '인위'가 '품위'였고, 예술가에겐 그것이 '예술'이라고 말한다. 그러나 과연 현자가 품위를 지키고, 예술가가 예술을 지킨 것이 죽음의 이유였을까? 인위로 도달한 무위란 무엇일까?

사토 요시유키는 『신자유주의와 권력』에서 푸코의 고전적 자유주의와 신자유주의 논의를 명징하게 설명한다. 고전적 자유주의에서 시장 메커니즘이란 '자연'가격을 형성하는 교환인 데 반해, 신자유주의의 시장은 '경쟁'이다. 중요한 것은 신자유주의 시장의 경쟁이 자연적으로 주어진 것이 아니라 "통치에 의한 구축적인 노력의 결과로 산출되는 것"이라는 점이다.[2] 신자유주의는 법규, 정책을 통해 경쟁 원리가 가능하도록 시장에 개입한다. 이는 고전적 자유주의의 자유방임과도 다르고, 공공투자나 사회보장과 같은 방식으로 시장경제의 메커니즘에 개입하는 케인스적 방식과도 다르다. 신자유주의는 시장의 규칙, 조건에 개입함으로써 "경쟁이 존재하지 않는 장소에 경쟁을 창출하고, 그에 따라 항상적 통제의 메커니즘을 창출"한다.[3]

다시 현자의 숲으로 돌아가보자. 현자는 만약 "늑대에게 잡혀 먹는 사슴을 하늘이 가엾이 여겨 늑대를 숲에서 몰아낸다면" "사슴이 늘어나 숲의 풀과 나무를 다 뜯어먹"어 "다른 동물들까지 굶주리게 되고 숲은 황폐해"질 것이니 '무위'를 실현하는 것이 최선이라 했다.(211쪽) 물론 우리가 사는 세계는 대기업이 골목 상권까지 장악해버린, 그러니까 사슴도 잡아먹고 풀도 뜯어

---

2) 사토 요시유키, 『신자유주의와 권력─자기-경영적 주체의 탄생과 소수자-되기』, 김상운 옮김, 후마니타스, 2014, 37쪽.

3) 같은 책, 43쪽.

먹는 잡식 늑대의 세계다. 그런데 늑대의 무자비한 식성은 차치하고라도, 이 세계가 정말 자연 상태의 정글이긴 한 걸까? 근로시간 단축, 조기 퇴직을 유도하는 정책, 노동시간을 유연화하는 정책들은 '삶의 질'이라는 의장을 걸치고 있으나 대부분 사용자들의 노동력 구매에 따른 부담을 줄여주도록 기능하였고, 이에 따라 노동자들의 '경쟁'은 훨씬 더 심해졌다. 법(인위)은 경쟁(무위)을 만들고, 개인들은 경쟁 세계에서 살아남기 위해 '끊임없이 동기를 부여하고 자세를 교정하고 질책'하는 '자기계발자'들이 된다.

한국사회에서 '공정한 경쟁'에 대한 사람들의 열망은 각종 비리, 꼼수, 불공정에 대한 염증에서 시작되었을지라도, 지금에 이르러선 '공정=경쟁'이라는 의미가 되어버린 듯하다. 경쟁의 기회가 주어진다면 그것은 공정하다고까지 느껴진다. 이러한 의미 연쇄 과정에서 경쟁을 심문할 기회는 삭제되고, 경쟁은 자연적으로 주어진 것, 가치중립적인 법칙으로 여겨진다. 정말 우리가 살고 있는 세계는 자연 상태의 정글일까? 인위로 만들어놓은 자연, 자연법칙에 따라 살아남으라고 강요된 사파리 공원은 아닐까? 그렇다면 이 '인위'의 자연공원에 차를 타고 다니며 구경하는 것은 누구일까. 공원 곳곳을 돌며 경쟁을 만들어내고, 탈락자를 사냥safari하고, 경쟁이 공정한 것이며 그것이 평등이라고 믿게 만드는 것은 무엇일까?

'사연'은 넣어둘게요.

우리를 통치하는 시스템은 실체로서 존재하지 않는다. 그것은 익숙한 얼굴을 빌려 우리에게 생존의 룰을 강요하지만, 그 강요는 사회생활 좀 아는 남편의 훈수라든가 선배의 조언으로 여겨진다. 아니꼽긴 해도 냉혹한 세계에서 '다 나 잘되라고' 해주는 충고인 것이다. 이렇게 통치술은 자연적 소여所與로서, 혹은 자명한 진리로서 심문의 자리에서 비껴나버리고 대신 우리의 이목을 집중시키는 것은 다음과 같은 '사연'이다: 「알바생 자르기」의 알바생 '혜미'는 인대 수술을 받느라 퇴직금을 다 썼는데 발목은 나아지지도 않았고, 학자금 대출 상환 독촉은 독촉대로 받고 있다. 「대기 발령」의 사외보 팀장은 팀원 중 유일하게 본사의 다른 보직으로 발령받았다. "팀장은 늘 어딘가 겁에 질려 있는 듯한 얼굴의 50대 여성이었다. 남편은 암 투병 중이고 대학생 딸이 두 명이 있다고 했다."(150쪽) 「음악의 가격(~2019)」의 '지푸라기 개'는 방과 후 학교 강사가 되어 기타를 가르치다 기타에 열의를 보이는 '재희'를 만나 음악의 가치를 다시 생각한다.(214쪽) 재희는 '아버지가 중국 동포인 문제아'다.

세 소설에는 전형적인 '약자'의 형상으로 그려진 인물이 등장하는데, 각자의 형편은 그들이 처한 문제 상황과 인과관계로 성립되지 않는다. 적법한 해고 절차와 퇴직금, 4대 보험 취득은 알바생의 권리일 뿐인데 권리 요구 끝에 부연된 구구절절한 알바생의 형편은 어떤 인식적 효과를 만들어내는가? 사외보 팀원 모두가 대기 발령 난 상태에서 팀장만이 다른 보직을 받았을 때, 불현듯 등장하는 팀장의 가정 형편은 어떤 의미를 생산하는가? 이러한 병치는 가난이나 소수자 정체성을 예외나 특혜로 연결하는 서사를 만들어내기 쉽다. '경쟁=공정'이라는 시스템은 의심의 여지가 없지만 경쟁자들은 의심의 대상이기 때문이다. 또 예술가의 삶을 보장받을 수 없는 세계에서 '지푸라기 개'에게 음악의 가치를 확인해주는 존재가 군이 '다문화가정 문제아'여야 하는 이유가 있을까? 그런 의미에서 장강명 소설의 리얼리티는 소설의 대상보다 소설의 직조 방식에 있다. 그의 소설은 세계의 불합리한 시스템을 마주했을 때 우리의 관심이 어디로 향하는지 정확하게 보여준다.

'지푸라기 개'는 삼성전자 사옥 앞에서 버스킹 시위를 하다 이렇게 생각했다. "이미 세계의 질서가 정해졌는데 거기에 맞서는 기획이 얼마나 가망이 있을까. 질서는 시스템이고 기획은 이벤트다. 이벤트는 시스템을 결코 이길 수 없다."(207쪽) 그러나 이전으로 돌아갈 수 없을 만큼 기존 질서에 균열을 가하는 일을 사건event이라고 한다. 사건은 시스템을 새로 구축한다. 다만 사건은 우리 눈을 가리는 것들을 걷어내고 시스템을 직시하는 데에서 시작될 수 있다.

(2019)

재생산노동력의 상품화와 여성 연대의 곤경

―장류진, 「도움의 손길」[1]에 부치는 주석

워라밸? 라이프에 숨은 노동에 대하여

'일과 삶의 균형(워라밸, Work and Life Balance)'. 근래 직장인들의 가치관을 대변해주는 말이다. 여기엔 업무의 영역이 삶 전체를 잠식해가는 상황에서 소박한 삶의 기쁨을 지키고자 하는 마음이 반영되어 있다. 이러한 가치관은 조금 거슬러올라가면 '저녁이 있는 삶'이라는 말로 표현되기도 했다. '워라밸'과 '저녁이 있는 삶'이 지향하는 가치관에는 일의 대척점에 생활life, 곧 사적인 삶이 놓여 있다. 그런데 정말 사적인 삶에는 일이 없는 것일까? 이를테면…… 저녁식사는 누가 차렸을까? 우리는 노동과 개인적 생활을 분리하고, 개인적 삶에서 휴식과 기쁨을 얻으려고 하지만 실상 이 또한 다른 누군가의 노동으로 채워져 있다. 속상한 표현이긴 하지만, '워크'에서 '라이프'로의 단절은 노동

---

1) 『일의 기쁨과 슬픔』, 창비, 2019. 이하 인용시 본문에 쪽수만 밝힌다.

의 '생산자'에서 '구매자'로의 입장 변화에 있는지 모른다. 그런데 '라이프'가 가족과의 저녁식사와 같은 가정 내에서 일어나는 일이라면, 그때 삶의 기쁨을 만들어주는 것은 구매의 대상으로도 여겨지지 않는 부불재생산노동일 가능성이 크다. 혹시 그간 우리가 그려온 이상적인 라이프는 누군가의 노동력을 삭제한 대가로 만들어진 이미지는 아니었을까?

그러나 '워라밸'이 자본주의 시스템과 성별 분업의 기초 위에서 그것을 재생산하며 성립한다고 지적하기엔 미안한 마음이 든다. '워라밸'에 깃든 마음이 대단한 호사를 누리겠다는 것이 아니라 과중한 업무로부터 소박한 행복을 지키고자 하는 것임을 알기 때문이다. 살아가는 데 필요한 기초적인 여건을 마련하는 것이 모두 개인의 몫으로 넘겨지면서 구매 목록은 길어졌고 목록이 길어질수록 삶은 더 각박해졌다. 이 악순환 속에서 제값 주고 구매한 서비스에 대해서도 가책을 느끼라는 건 좀 야속하게 들린다. 악순환을 만들어내는 자본주의 메커니즘은 너무 멀리 있고, 삶은 눈앞에서 겨우 굴러간다. 하루하루를 살아내기 위해서는 열심히 벌고 열심히 구매할 수밖에 없는 것이다. 그런데 이번에도 이 곤경의 가장 깊은 곳에 시장으로 나온 재생산노동력이 있다.

재생산노동에 대한 문제제기, 즉 권리(임금) 요구는 오래전부터 여성운동의 주요 이슈였으나, 현재까지 사회구조적·정책적 차원에서 충분히 논의되지 않았다. 근대경제학은 시장에서 거래되는 노동력만을 다루면서 가정 내 여성 노동을 외면했고, 자본주의는 이렇게 식민화된 영역—식민지, 여성 등—을 착취하면서 증식을 거듭해왔다. 현재 재생산노동은 체계적인 정책 지원 없이 시장의 상품으로 조직되어가고 있다. 여성들은 가부장제 가족 시스템 안에서 '재생산노동력'이라는 상품을 판매/구매하는데, 이들은 유사한 구조적 불평등을 공유하고 있으면서도 이 상품을 가운데 두고 판매자와 구매자로 만나게 된다. 자본주의 포획 장치는 이들의 삶을 어떻게 분할하고 있을까. 이 글은 여성을 판매자와 구매자로 분할하는 자본주의의 메커니즘과 그 속에서 살아가는 여성들의 구체적인 삶에 대해 이야기해보고자 한다.

'프로'와 '도우미' 사이의 모순

장류진의 「도움의 손길」은 맞벌이 부부인 아내 '나'가 가사도우미 아주머니를 고용하며 일어나는 이야기로, 재생산노동력의 판매/구매에서 일어나는 문제적인 지점을 포착하고 있다. 백화점의 리빙 제품 바이어로 일하는 '나'는 결혼 칠 년 만에 집을 마련했다. 그전보다 조금 넓어졌을 뿐인데 청소가 힘에 부치기 시작한다. 그런데 '나'는 가사도우미 고용을 선뜻 결심하지 못한다. 경제적인 문제도 있지만 "자기가 먹고 사는 공간 정도는 마땅히 스스로 관리해야 한다는 생각"(131쪽)이 있기 때문이다. 사실 가사노동이 많은 부분 오물과 찌꺼기 같은 삶의 흔적을 치우는 일이기에 '나'로서는 이런 일을 타인에게 맡긴다는 것 자체가 썩 편치는 않았을 것이다. 그러나 뒤이은 남편의 행동과 비교할 때, 이는 보편적인 감정이라기보다 '가사노동을 해온 아내'이기에 가지게 되는 감각이었음이 드러난다.

"내일부터 아줌마 온다고 했지?"

"응."

대답하면서 나는 아줌마, 라는 단어가 별로라고 생각했다.

"그럼 설거지하지 말고 그냥 둬볼까? 처음 오시는데, 어떻게 하는지 볼 겸."

"진심이야?"

남편은 나를 멀뚱히 바라봤다. 내가 한숨을 쉬며 덧붙였다.

"우리 그러지 말자. 식기세척기를 사는 게 아니잖아. 사람이 오는 거라고."

"내 말이 좀 그랬나?" 남편이 머쓱해했다.

"그리고 자꾸 아줌마, 아줌마, 하지 마. 도우미 아주머니, 라고 해줘. 우리 도와주시러 오는 분이잖아."(132쪽)

이렇게 마음이 조심스러우면서도 '나'가 도우미를 고용하기로 결심한 건 "'프로의 손길'이라는 말에 설득당했"(131쪽)기 때문이다. "도와주시러 오는 분"과 "프로" 사이에 미묘한 모순이 감지되지만, 일단은 이야기를 조금 더 따라가보자. '나'는 한 달 동안 네 명의 아주머니와 만난다. "우선 일일 서비스를 받고 마음에 들면 고정으로 받으려 했는데, 성에 차는 사람이 없어서 계속 새로운 아주머니를 부른"(132쪽) 탓이다. 네번째 아주머니의 일일 서비스가 끝난 뒤 이번에도 '나'는 아주머니가 옷을 갈아입을 동안 책장 위, 서랍장 손잡이, 욕조 바닥을 손가락으로 문질러본다. "아, 이번에는 진짜 마음에 들어."(128쪽) 드디어 '나'

는 마음에 차는 도우미 아주머니를 만나게 되었다. 그런데 '도와 주시러 오는 분'에게 느끼는 고마움과 '서비스 상품'을 꼼꼼하게 따지고 선택하는 모습은 다소 분열적이지 않은가?

도우미를 고용하는 과정에서 보이는 '나'의 모순적 행동은 '프로'라는 말이 은폐하고 있는 것이 무엇인지 우회적으로 보여준다. '프로페셔널professional'이라고 하면 '직업적인, 전문적인'이라는 뜻을 떠올리게 된다. 사실 가사노동은 매우 숙련된 기술을 필요로 함에도 '집에서 노는' 아내의 역할로 쉽게 여겨지곤 했다. 그런 점에서 가사노동을 '전문적인 일'로 인식하는 것은 의미 있는 일이다. 그런데 문제는 자본주의 체제에서 가사노동이 전문적인 일로 취급되자마자 시장에서 거래될 수 있는 '직업적인 일'로 곧장 미끄러진다는 점이다. 물론 부불노동에 대한 정당한 임금 요구는 반드시 이루어져야 할 주장인데, 이것이 시장 거래를 통해 개인과 개인 사이에서 해소된다는 점은 비판적으로 검토해야 한다. 재생산노동력의 상품화 밑바탕에는 가부장제의 성별 분업에 의한 불평등이 존재하고 있는데, 시장 거래는 이 근본적인 문제는 삭제한 채 재생산노동력의 권리 문제를 개인 간의 문제로 인식하게 만들어버리기 때문이다.

소설의 '나'는 도우미를 고용하기로 결심하기까지 많은 생각을 했다. 경제적인 이유는 물론이고, 무엇보다 누군가를 부리는 위치가 된다는 것이 불편했기 때문이다. 직장생활을 하는 이상 '나'는 누군가와 상하관계를 맺고 있을 텐데, 유독 가사도우미를 고용하는 데 이 점이 마음에 걸리는 것은 평가절하된 가사노동의 사회적 위상과 무관하지 않을 것이다. 그럼에도 '나'가 도우미를 고용하기로 결심한 결정적인 계기는 앞서 언급했듯 '프로' 라는 말 때문이었다. '프로'라는 말은 가사노동에 대한 오랜 멸시를 뒤집으며 그것을 훌륭한 시장 상품으로 만든다. 그런데 '프로'라는 말이 기만이 아니라고 할 만큼 정말 가사노동은 '직업적이고 전문적인' 기술로서 인정받고 있을까?

"큰아들은 벌써 결혼해서 손주 봤고. 둘째는 이번에 취직했고, 막내는 군대 가 있고. 사실 내가 이 일을 시작한 지가 그렇게 오래되진 않았어요. 애들 셋 다 키워놓고 시간적으로 여유도 있고 그래서 몸도 좀 움직일 겸 운동 삼아 하는 거지. 성격이 워낙에 깔끔하니까 적성에도 잘 맞고."(141쪽)

이번엔 '프로'라는 말을 도우미 아주머니 쪽에서 살펴보자. 아주머니는 아들 셋을 다 키우고 "시간적으로 여유"가 생겨 이 일을 시작했다고 한다. 도우미 일은 "성격이 워낙에 깔끔하니까 적성에도 잘 맞"아서 "운동 삼아" 할 뿐이라 한다. 또, 아주머니는 아들 명의의 계좌로 임금을 입금해달라 하기도 한다. 아주머니에게 '프로' 도우미란 어떤 의미일까? 아주머니는 어떤 과정을 거쳐 '직업적이고 전문적인' 숙련 가사노동자가 되었을까? 아주머니 쪽에서 보자면 '프로'라는 말은 좀 기만적이지 않은가? 혹시 아주머니가 '프로 도우미'가 된 것은 평생 가사노동을 전담했기 때문이고, '아이들을 다 키운 후' 생계에 보탬이 되려고 했을 때 가사노동 이외에 특별한 기술이 없었기 때문이며, 시장은 숙련된 여성의 가사노동을 저가로 판매하기 때문은 아닌가? 물론 단편적인 정보만으로는 아주머니의 삶을 판단할 수 없고, 재생산노동력을 판매/구매하는 다양한 경우가 있을 것이다. 그럼에도 '프로'라는 말이 재생산노동력을 시장에서 손쉽게 구매할 수 있는 서비스로 전환하고, 그리하여 가사노동을 둘러싼 불평등한 조건을 개인의 소비 영역의 문제로 인식하게 한다는 점은 반드시 지적해야 한다.

실비아 페데리치는 재생산 서비스 부문의 확장은 여성의 가사노동을 완전히 없애지 못하고, 오히려 개인을 재생산 활동의 배타적인 수혜자로 상정하게 함으로써 복지를 축소하는 이데올로기와 정책을 강화한다고 주장한다. 또, 가정 안팎의 성별 분업을 공고히 하고, 계급·인종에 따른 여성 내부의 불평등을 심화시킨다고도 지적한다.[2] 소설의 경우에 비추어 보더라도 '나'의 가사노동은 완전히 사라지지 않았고, 재생산노동력 구매를 위한 여러 가지 껄끄러운 일들도 자연스럽게 그녀의 몫이 되었다. 감정 소모 없이 편해진 쪽은 "잔소리를 듣느니 돈을 쓰는 게 자기도 더 편"(131쪽)한 남편이다. 평생 주부로 살면서 가사노동에 숙련된 여성이 재생산노동력을 판매하게 되고, 반대편에서는 가정의 관리를 떠맡은 또다른 여성이 그 노동력을 구매하게 됨으로써 성별 분업 또한 없어지지 않는다. 그리고 무엇보다 가사노동이 경제적 능력에 따라 해소할 수 있는 것이 되어버림으로써, 여성 공통의 문제라는 인식이 없어지고 부재한 공공 시스템에

---

2) 부불재생산노동의 서비스 상품화에 대한 경계는 실비아 페데리치, 『혁명의 영점—가사노동, 재생산, 여성주의 투쟁』, 황성원 옮김, 갈무리, 2013, 174~177쪽 참조.

문제를 제기하지 않게 된다.

'공동체-여성'과 '개인-소비자' 사이에서의 분열

다시 '나'의 입장에서 이야기를 이어가보자. 언급했듯 '나'는 백화점의 리빙 제품 바이어이고, 그래서 집안 인테리어나 소품에 대해 "눈은 이미 잔뜩 높아져 있었다"(130쪽). '나'에게 집은 단순히 거처하는 공간이 아니라 취향에 따라 아름답고 예쁘게 가꾸는 곳이다. 아이를 그랜드피아노에 비유하는 장면은 인상적인데, 이는 '나'의 삶에 대한 감각을 정확히 보여준다. 그랜드피아노에서는 "평생 들어본 적 없는 아주 고귀한 소리가 날 것"이지만 "책임감 있는 어른, 합리적인 인간"(142쪽)이라면 "이십 평대 아파트에는 그랜드피아노를 들이지 않"(143쪽)을 것이다. 그랜드피아노는 집안의 아름다운 소품들과 그것들의 질서가 만들어내는 분위기를 모두 망칠 것이 뻔하기 때문이다. '나'는 "삼십대 중반, 이제서야 비로소 누리게 된 것들"(같은 쪽)을 아이로 인해 잃고 싶지 않다. 아이를 낳고 기르는 일은 삶의 고귀한 경험이 되겠지만, 그렇다고 해서 그 일이 삶의 모든 아름다움을 대체할 수는 없는 것이다.

'나'는 "단 한 번도 충분하다거나 여유롭다는 기분으로 살아본 적 없"(같은 쪽)기에 지키고 싶은 것과 포기할 것을 명확히 파악하고 합리적으로 계산한다. 집을 구하다 봤던 아이 있는 집의 엄마들, "초인종을 누르면 문을 열고 나오는 여자들은 하나같이 비슷한 얼굴을 하고 있었다. 윤기 없이 푸석한 피부, 아무렇게나 질끈 묶은 머리카락, 무언가 다 소진해버린 것만 같은 표정"(같은 쪽)이었다. '나'는 그녀들의 삶이 지금보다 나아지길 진심으로 바라지만 자신은 그런 삶을 살고 싶지 않다. '나'는 도우미 아주머니의 낡은 신발을 눈여겨볼 만큼 주변 사람들에게 무관심하지 않고, 추가로 부탁한 일에 대해서는 정당한 사례를 할 줄 아는 기본적인 개념도 갖추고 있다. '나'는 자신이 가꾼 안락한 공간을 지키기 위해 자기 나름의 최선을 다하고 합리적인 계산을 한다. '개인-소비자'로서 '나'는 '정당한 대가'를 지불하고 '정당한 서비스'를 받길 바라는 합리적인 경제주체일 뿐이다. 아니 합리적이라고 하기엔 도리어 많은 것을 참고 있는 형편이다. '나'를 재생산노동력을 구매하는 '개인-소비자'로 본다면 '나'에겐 나무랄 것도 요구할 것도 그다지 없다.

그런데 이렇게 '나'를 오직 '개인-소비자'의 입장으로만 바라보게 하는 것이야말로 자본주의가 우리의 삶을 포획하는 방식이 아닐까? '나'가 우연치 않게 펼쳐본 성경의 한 장면은 '나'의 입장과 내면을 추리할 수 있는 근거를 마련해준다.

　가름끈이 끼워져 있는 곳을 펼쳤더니 루카복음 16장 19절이 나왔다.
　'예전에 부자 한 사람이 있었는데 그는 화사하고 값진 옷을 입고 날마다 즐겁고 호화로운 생활을 하였다. 그 집 대문간에는 사람들이 들어다 놓은 라자로라는 거지가 헌데투성이의 몸으로 앉아 그 부자의 식탁에서 떨어지는 부스러기로 주린 배를 채우려고 했다. 더구나 개들까지 몰려와서 그의 헌데를 핥았다.'
　거기까지 읽고 나는 성경책을 덮었다. 엉겨붙은 머리를 하고

136

누더기를 걸쳐 입은 거지가 머릿속에 그려졌다. 저택 담벼락 앞에 놓인 쓰레기통을 뒤져 음식 쓰레기를 꺼내 먹는 거지. 냄새나는 떠돌이 개들이 그 거지의 해진 신발 밖으로 삐져나온 더러운 발가락을 핥는 장면이 상상되었고, 구역질이 났다.(137~138쪽)

인용문은 '부자와 라자로'의 이야기로, 훗날 죽어서 라자로는 아브라함의 품에 안기고 부자는 지옥에 떨어진다. 이에 관해서는 몇 가지 해석이 있지만, 경제윤리의 측면에서 부자의 사후 형벌은 공동체와 이웃에 대한 사회적 책임을 다하지 않은 탓으로 해석된다.[3] 그러나 '나'는 공동체에 대한 사회적 책임이라는 성경의 가르침을 거부한다. '나'는 부자와 라자로의 입장이 바뀌기 전, 그러니까 라자로의 비참한 현실을 다룬 부분까지 읽은 뒤 성경책을 덮는다. 그리고 곧이어 교리 시간에 배운 '긴 숟가락으로 밥을 먹는 천국과 지옥'에 대한 불만을 복기한다. 교리 선생은 긴 숟가락으로 혼자 음식을 먹으려다 굶주리는 지옥의 사람들과, 같은 숟가락으로 서로 먹여줌으로써 배불리 먹을 수 있는 천국의 사람들을 대조하여 설명한다. 아마 서로 돕는 것의 의미를 가르치려 했을 것이다. 그러나 '나'는 이러한 상황을 어리석다고 여긴다.

나는 교리 선생에게 물었다.
"그러면 숟가락 안 쓰고 그냥 손으로 먹으면 되지 않아요?"

---

3) 김충연, 「성도의 악행과 구원—누가복음의 구원론을 중심으로」, 『신학사상』 2016년 여름호, 88~92쪽 참조.

선생은 약간 당황하다가 곧 싸늘한 표정을 하고 이렇게 말했다.

"그게 마음대로 될까요? 지옥에서는 숟가락을 불로 녹여서 손바닥에 붙여버린답니다."

그후로 나는 숟가락이 손에 붙어버릴까 몇 번이나 확인하며 밥을 먹느라 곧잘 체하는 아이로 자랐다.(139쪽)

각자의 양식은 각자의 손으로 해결하면 되지 않느냐는 '나'의 질문을 교리 선생은 무시무시한 말로 봉쇄해버린다. 교회는 이웃이나 공동체에 대해 함께 논의할 수 있는 장이 아니었고, 거의 협박에 가까운 무조건적인 사랑을 강요하는 곳이었다. 교회는 이웃에 대한 사랑과 가난의 미덕을 설파하는데, 그렇게 살자면 개인의 영역을 모두 내어놓고 삶 전체를 던져야 할 것만 같다. '구역질나는' 형상의 라자로를 칠 년 만에 마련한 자신의 집에 들이라는 것이 교회의 가르침이라면, '나'는 그것을 거절할 수밖에 없다. 더하여 "지금 굶주린 사람들아, 너희는 행복하다"(136쪽)와 같은 말에서 '나'는 어떠한 현실적 삶의 의미도 찾을 수 없다. "나는 성경책을 근처 성당이나 도서관에 기증해야겠다고 생각했다."(같은 쪽)

그런데 역설적이게도 도우미 아주머니는 교회의 구원을 갈구한다.

아주머니가 가성으로 무언가를 흥얼거리고 있었다.

"나─ 주─의 도─움 받─고자─ 주 예─수님─께 빕─

니다— 그 구—원 허—락 하—시사— 날 받—아 주—소
서—."(152쪽)

'나'가 '개인-소비자'로서 합리적인 경제주체가 되길 선택했
다면, 아주머니는 신앙인으로서 교회의 구원을 갈구한다. '나-
아주머니'의 관계를 '부자-라자로'에 빗대어 해석하면, '나'가
교회의 맹목적인 공동체 윤리를 거절한 자리에서 아주머니가 바
로 그것에 구원을 요청할 때, 아주머니의 구원은 사후에 이루어
질 수밖에 없다. 매너 있는 '개인-소비자'로서 '나'가 할 수 있는
일은 인간적인 선량함과 연민을 간직하는 것이고, 그러한 한에
서 아주머니를 배려할 수 있다. 그러나 소설은 '나'의 선량함마
저도 아주 허약한 것임을 폭로한다. '나'는 남편이 도우미 아주
머니에게 '아줌마'라는 호칭을 쓰는 것에 반감을 느끼며 그를 타
박했지만 정작 자신의 휴대폰에는 그냥 '아주머니'라고 저장해
놓는다. 아주머니가 청소하면서 찬송가를 흥얼거리는 걸 못마땅
해하고, 집주인인 자신을 보고도 노래를 그치지 않는 것에 기분
이 상한다. 마지막엔 "아주머니를 그만두게 하려고 했"(155쪽)
으나 일이 마음대로 풀리지 않자 당황하기도 한다. 결국 아주머
니에 대한 '나'의 배려는 고용자와 피고용자의 위계를 무너뜨리
지 않는 선에서 베풀어질 수 있는 시혜적 연민인 것이다.

이코노미도, '남성-폴리스'도 아닌

소설은 도우미 아주머니와 '나'에게 서로가 어떤 구조적인 조
건 위에 있으며, 무엇을 재생산하고 있는지 성찰할 기회를 주지

않는다. 이들의 관계는 개인과 개인 간의 거래로 이루어져 있고, 둘 사이에는 계약 내용에 대한 이행/불이행만이 존재한다. 소설은 가사노동 서비스 상품의 질을 주시하는 '나'의 내면을 좇아서 전개되므로, 독자는 '나'와 아주머니 사이의 시시비비에 집중하게 된다. 그런 까닭에 소설을 읽으면서 이들을 둘러싼 세계를 파악하기는 어려운데, 이는 정확히 우리가 재생산노동력을 구매하면서 겪게 되는 일이다.

소설은 '나'와 아주머니 사이의 풀지 못한 오해와 서운함을 남긴 채 끝나지만, 두 사람 각자의 차이를 확인하는 것이 지금 우리 이야기의 끝이 될 순 없다. 둘의 차이로부터 시작되어야 할 이야기들이 우리에겐 중요하기 때문이다. 그러기 위해서 미루어두었던 마지막 질문을 던질 차례다. '나'는 왜 공동체 윤리를 받아들이는 데 실패했을까? 소설에서는 이웃에 대한 사회적 책임이 교회의 가르침이라고 나오는데, 이는 특정 종교에 대한 이야기라기보다 자본주의 시스템 속에서 '개인-소비자'로 살아가는 우리에게 '공동체에 대한 책임'이라는 것은 교회의 맹목적인 가르침, 곧 신앙의 영역으로 받아들여진다는 의미일 것이다. 생명의 존속이 삶의 목표가 되어버린 시대, 생존이 끝없는 소비로만 충족될 수 있는 현실에서 가진 것을 내어놓으라는 명령은 신앙의 영역이 아니고서야 불가능한 것으로 느껴진다.

우리의 시대가 소비를 통해서만 지탱된다는 것은 '나'와 아주머니의 공통 기반이면서 두 사람의 차이를 만들어내는 것이기도 하다. '나'가 재생산노동력을 구매함으로써 삶의 질을 조금이나마 높일 수 있었다면, 아주머니는 재생산노동력을 판매함으로써 생계에 도움을 얻을 수 있었다. 이러한 차이야말로 우리가 이야기를 시작할 수 있는 출발점이 된다. 교회의 가르침이 실패한 진짜 이유는 교회가 '나'의 질문을 막아버렸기 때문이다. 교회는 초인간적인 신의 선함과 권능을 빌려 가르치려 하지만, 우리에게 필요한 것은 서로 다른 인간이 함께 살아갈 인간의 세계를 만드는 일이다. 여기에 종교와 정치의 차이가 있다.

한나 아렌트의 말을 빌리면, 정치란 인간만의 배타적 특권으로서 "적절한 순간에 적절한 말을 발견하는" 행위다.[4] 힘과 폭력이 아니라 말과 설득을 통해 모든 것을 결정하는 것이며, 이는 다양한 사람들이 지구에 거주하고 있음을 조건으로 한다.[5] 지금 이 시대의 '공동체 윤리'가 정치가 아니라 종교의 문제로 받아들여진다면, 그것은 설득의 실패다. '나'와 아주머니의 관계가 재생산노동력의 구매자와 판매자 사이의 개인적이고 감정적인 싸움으로 끝나버린다면 정치의 영역은 열리지 않는다. 가정 내 재생산노동을 여성의 몫으로 돌리는 불평등한 세계를 공유하면서도, 판매자-구매자라는 상충되는 이해관계로만 연결되는 지금 여기의 여성들에게는 '적절한 순간에 적절한 말을 발견하는 행위'가 필요하다.

그러나 아렌트의 통찰을 빌려 정치를 이야기하는 이 순간, 또 한번의 낙담과 불만, 혹은 그것을 넘어서는 의심과 경계심을 불러일으켜야 한다. 왜냐하면 신도 짐승도 가지지 못한 인간만의

---

4) 한나 아렌트, 『인간의 조건』, 이진우·태정호 옮김, 한길사, 2017(개정판), 96쪽.

5) 같은 책, 77쪽.

배타적 특권인 '정치의 영역$_{polis}$'은 생명 유지에 필요한 '사적 영역$_{oikos}$'을 필연성의 영역으로 자연화하면서 만들어진 개념이기 때문이다. 아렌트에게 가정은 '전-정치적$_{pre-political}$ 영역'으로 논의의 대상에 해당되지 않았다.[6] '먹고사는 일'이 집단적 관심사가 되면서 정치적 영역이 삭제되었다는 비판에 깊이 공감하면서도, 그 정치적 영역이라는 것이 '가정을 가진 남자들의 세계사 참여'라는 점을 떠올리면, 그 의미 그대로의 정치의 복원을 주장할 수는 없게 된다.

좀더 이야기해보자. 가정의 영역이 자연화됨으로써 성별 분업은 필연적인 것이 되었고, 세속적 욕망이나 사치와 같이 사적 영역에 들러붙기 쉬운 속물성은 여성혐오의 표식이 되었다. 그런데 '집$_{oikos}$'을 꾸리는 '법$_{nomos}$'이 집밖으로 나와 사회의 지배적 법칙이 되자, 경제$_{economy}$는 남성의 영역이 되었다.[7] 정치가

---

6) 고대 폴리스는 시민들의 사생활과 소유를 보호해줬는데, 이는 "사적 소유를 존중해서가 아니라 가정을 갖지 못한 남자는 세계사에 참여할 수 없다는 사실 때문이었다. 왜냐하면 그가 '자신의 것'이라고 명명할 수 있는 곳이 없이는 어느 곳에도 거처할 수 없기 때문이다". 이처럼 정치적 주체가 되기 위해서는 '자신의 것'이라고 명명할 수 있는 생명 유지의 영역이 필요했고, 이 영역은 생명의 절박성에 구속되어 있는 곳으로 '필연성의 지배'를 받는 곳이라 여겨졌다. 반면, 폴리스는 자유의 영역인데 "두 영역 사이에 연관이 있다면 그것은 가정 내에서 삶에 필수적인 것의 충족이 폴리스의 자유의 조건이라는 점이다". 어떤 상황에서도 사회는 '보존의 수단'일 수 없는데, 왜냐하면 생명 유지의 역할은 사적 영역에서 바깥으로 나와서는 안 되었기 때문이다. 이때 사적 영역은 남자를 세계사에 참여할 수 있도록 해주는 '자신의 것'이며, 전-정치적 영역이다(인용 부분은 한나 아렌트, 같은 책, 제12장 5절 참조).

7) 웬디 브라운은 신자유주의의 주체인 '호모에코노미쿠스'는 가정과 시장을 자유롭게 오갈 수 있는 '남성-가장'을 상정하고 있다고 지적한 바 있다. 나아가 그는 인적자본으로서 호모에코노미쿠스를 가족과 사회에 묶어주는 것은 여성의

삭제된 자리에 경제가 들어오고 '호모폴리티쿠스'가 '호모에코노미쿠스'가 되어도, 젠더적 차원에서 보자면 이 둘은 크게 다르지 않다. 둘 모두 남성(사회)을 상정하고 있기 때문이다. 한편, 여전히 여성에게 부과된 가정의 영역에는 자본주의가 침투하면서 여성은 '판매자/구매자'로 분할되고 있다.

그렇다면 이제는 자본주의 비판이 '남성-폴리스'로 회귀하지 않는지 주시하면서, 조금 더 발본적인 정치의 기획을 강구해야 하지 않을까. 새로 열리는 정치의 장에서는 세계의 불평등한 조건을 인식하고, 자본주의가 분할하고 훼손하는 공통성에 대해서 성찰할 수 있어야 한다. 배제를 통해서 성립하는 기만적인 평등을 거부하고, 비가시화된 존재들이 모두 참여하는 담론의 장을 만들어야 한다. 바로 이러한 이유로 지금 여기의 가장 적절한 언어, 그러니까 가장 급진적인 정치는 여성, 퀴어, 동물 등 그간 비가시적이었던 존재들의 언어로 말해질 수 있다.

페미니즘에 의한 자본주의 비판이 반드시 필요한 이유도 마찬가지다. '남성-폴리스'로 회귀하지 않는 방식으로 '먹고 사는 일'에 빼앗겨버린 사회를 되찾기 위해서는 페미니즘의 언어가 필요하다. 물론 재생산노동력의 상품화에 대한 비판은 여러 가지 난점을 포함한다. '균질한 여성'이라는 것은 없을뿐더러, 불평등한 세계를 살아간다 하더라도 각자의 조건은 모두 같지 않

___

가사노동·돌봄노동이라고 말한다. 요컨대, 돌봄과 의존이 배제된 호모에코노미쿠스의 자율성은 허구이며, 이 기만적 자율성은 성별 분업하의 재생산노동을 은폐한다(웬디 브라운, 『민주주의 살해하기―당연한 말들 뒤에 숨은 보수주의자의 은밀한 공격』, 배충효·방진이 옮김, 내인생의책, 2017, 132~135쪽 참조).

기 때문이다. 어떤 이에겐 재생산노동력을 사고팔 수 있다는 것이 당장의 구원으로 받아들여질 수도 있다. 그럼에도 불구하고 더 멀리 나아가기 위해 고민하는 일을 그만둘 수는 없지 않을까. 자본주의가 포획하고 있는 여성의 노동력의 문제가 비-존재들이 열어젖히는 정치의 영역 속에서 더 많이 말해지기를 요청할 수밖에 없다.

(2019)

감염병의 사회적 형식과 돌봄의 탈가족주의

열린 도시와 그 적들

> 그때는 이미 개인적인 운명 같은 것은 있을 수 없었고,
> 다만 페스트라는 집단적인 역사적 사건과 모든 사람들이
> 공통으로 느끼는 여러 가지 감정밖에는 없었다.
> —『페스트』[1]

카뮈는 『페스트』의 초고를 집필하면서 소설의 제목을 '페스트'가 아니라 '수인囚人들'이라 고치려 했다.[2] 카뮈가 감염병을 마주한 인간의 삶을 집단적 감옥살이로 이해했던 것은 방역 정책이 도시 봉쇄로 이루어진 탓이 크다. 『페스트』의 배경이 되는 해안도시 '오랑'은 감염병이 돌기 시작하자 봉쇄되고, 시민들은

---

1) 알베르 카뮈, 『페스트』, 김화영 옮김, 책세상, 1991, 229쪽.

2) 김화영, 「부정을 통한 긍정」, 『페스트』 해설, 421쪽.

어느 정도의 계층적 차이를 지닐지언정 '공동 운명체'로 단단히 묶인다. "페스트라고 하는 저 꼭대기 지점에서 내려다보면 형무소장에서부터 말단 죄수에 이르기까지 모든 사람들은 유죄 선고를 받은 처지였으니, 아마 사상 처음으로 감옥 안에 절대적인 정의가 이루어진 셈이다."[3] 그러고 보면 『페스트』의 서술자가 오랑의 사람들을 '우리 시민들'이라고 즐겨 불렀던 것도 도시 주민들의 공동 운명을 강조했던 탓인 듯싶다. 얼마 전 코로나19의 세계적인 유행이 진행되는 중에 유럽과 중국 등 몇몇 국가에서 도시 봉쇄 정책을 시행했던 점을 상기하면, 카뮈의 '감옥살이' 비유는 여전히 유효하다고 하겠다. 감염병은 물리적이고 지리적으로 세계를 재조직함으로써 새로운 패턴과 질서를 만들어낸다.

반면, 한국은 빠른 역학조사와 정보공개 그리고 시민사회의 협조를 통해 극단적인 봉쇄 정책을 피할 수 있었다. 이는 세계 선진 사례로 꼽혔고 정보 기술 사회의 새로운 방역 정책으로 제시되기도 했다. 그러나 '자가 격리' '집콕 생활'로 마련된 '사회적 거리'는 지역공동체 대신 '자가'와 '가족'을 생존의 기본단위로 묶었고, 이에 각자의 '집'은 시민 정신의 실천과 통치 질서에 대한 순응이 교차하는 기묘한 장소가 되었다. 더하여 방역 당국은 감염자들을 순차적으로 번호 매기고 그들의 동선을 시간순으로 배열하며, 이를 실시간으로 전송했다. 열린 도시는 '의인화된' 바이러스가 활보하는 위험한 장소로 인식되었고, 따라서 이곳에서 '우리 시민들'이라는 집단적 주체는 오직 '그 적들'에 대

---

3) 같은 책, 232쪽.

한 대타항으로만 성립되었다. 생존이든 실존이든 인간의 삶은 주로 '안전한 집'에서 이루어지기 때문이다. 이것이 바로 우리가 막 통과해온 디지털 시대 감염병이 만든 삶의 '형식form'[4]이다.

그런데 팬데믹이 부여한 삶의 질서와 패턴은 기존의 질서와 얽히고 겹친다. 예컨대 같은 감염자라 하더라도, 그의 국적, 인종, 종교, 섹슈얼리티 등에 따라 낙인과 혐오의 정도가 달라진다. 감염병이 개인을 관리하고 재배열하는 질서는 기존의 차별적 권력과 중층적으로 작동하는 것이다. 특히 '가족'이 생존 단위로 표상되면서 '효율적인' 가계 운영을 위해 가족주의나 차별적인 성별 분업이 합리화되었다. 돌봄과 방역의 거리가 가까워지면서 돌봄의 사회적 의미가 더욱 강조되었지만, 이는 실질적으로 '돌봄노동의 여성화'와 젠더 규범을 강화하는 쪽으로 귀결되었다. 각 가정의 방역 주체인 주부들은 다른 누구보다 감염병 예방에 철저해야 하고, 그렇지 않을 경우 부당한 비난에 쉽게 노출되었다. 이처럼 감염병의 새로운 형식은 구체적인 삶의 국면에서 기존의 지배 질서와 착종되어 우리 삶을 강제했다. 팬데믹의 한가운데에서 생존주의에 밀려 논의되지 못했던 것들에 대해

---

4) '형식(form)'에 관해서는 캐럴라인 레빈의 논의를 참조했다. 캐럴라인 레빈은 푸코를 따라 '형식'을 구성 요소의 형태, 패턴, 질서를 부여하는 특정한 배열로 본다. 다만 일상적 경험을 구조하는 형태와 배열이 거대한 권력체제로 모두 수렴하지 않는다는 점을 강조하며 푸코와 거리를 둔다. 캐럴라인 레빈에게 문학은 형식적 복잡성을 포착하는 도구이자 형식을 체현하는 언어적 구성물이다. 형식이 요소들을 분할하고 배열하는 문제라는 점에서 랑시에르의 '정치' 개념과도 상통한다. 캐럴라인 레빈 또한 사회적 형식과 미학적 형식을 구분 짓지 않는다. 캐롤라인 레빈, 『형식들』, 백준걸·황수경 옮김, 앨피, 2021, 서문 및 1장 참조.

이제는 비판적으로 성찰해야 하지 않을까. 미래를 과거의 반복으로 만들지 않기 위해서라도 말이다. 다만, 팬데믹의 규율이 미시적 일상에서 작동하고 있는 만큼 우리의 성찰은 삶의 내밀하고 취약한 부분에서 시작할 필요가 있다. 이 글은 팬데믹의 한가운데를 관통하며 발표된 최은미의 '연작'소설 「여기 우리 마주」와 『마주』를 통해 감염병의 형식이 왜곡한 우리의 삶을 살펴보고, 이에 대응한 문학적 상상력의 의미를 밝힐 것이다.[5]

감염병 재현을 둘러싼 착시와 도착

「여기 우리 마주」와 『마주』는 2020년 봄부터 2022년 초까지 코로나19 바이러스의 집단감염과 대유행이 전개되는 그 시간을 소설의 주된 시간적 배경으로 한다. 이들 소설이 처음 발표·연재되던 시기가 2020년 가을부터 2021년 겨울까지라는 점을 상기하면, '마주' 연작은 감염병이 휩쓸고 있는 바로 그 현장에서 거의 동시적으로 한국사회를 재현한 문학적 기록이라 하겠다. 두 소설은 한 남자의 아내이자 초등학생 딸의 엄마, 동시에 '나리공방'의 '캔들 샘'이기도 한 '나'(이나리)를 서술자로 한다. '나'는 2020년 2월 '홈공방' 구 년 만에 독립된 공간을 얻지만, 공방을 열자마자 감염병의 대유행을 맞닥뜨린다. 「여기 우리 마주」가 공방 오픈부터 절친한 이웃 '수미'의 코로나 확진까지, 즉

---

5) 이 글에서 다루는 최은미의 작품은 다음과 같다. 「여기 우리 마주」, 『눈으로 만든 사람』, 문학동네, 2021; 『마주』, 창비, 2023. 두 소설은 각각 독립된 소설로 발표되었으나, 등장인물 및 그들의 관계, 시간적 배경과 사건 등이 이어지고 있어 본고에서는 연작소설로 다루었다. 이하 인용시 본문에 작품명과 쪽수만 밝힌다.

2020년 봄부터 그해 5월까지의 이야기라면, 이어지는 시간을 그리고 있는 『마주』는 어릴 적 '나'를 돌봐주었던 '만조 아줌마'를 매개로 '나'와 수미가 각자 자신의 문제를 직시하며 서로의 관계를 회복하는 이야기다.

두 소설 모두 팬데믹 시기를 주된 시간적 배경으로 삼고 있지만, 그 시간에 진입하기에 앞서 우선 소설 속 여자들의 삶의 '기본값'을 짚어둘 필요가 있다. 「여기 우리 마주」의 '나'는 홈공방을 하는 동안 살림, 육아, 일 모두를 해내기 위해 분투하면서도 집을 공방으로 만든 데 대한 미안함도 가져야 했다. 그러니 '나'에게 감염병은 전혀 새로운 종류의 위기로 체감된 것이라기보다 이 부대끼는 노동과 죄책감 위에 얹힌 것이었다. 이도 저도 아니고, 어느 것도 제대로 하고 있지 못하는 듯한 기분은 매우 익숙한 방식으로, 그러나 보다 현실적이고 경제적인 차원에서 '나'를 덮친 것이다. 소설의 또다른 중심인물인 수미 또한 일과 육아를 병행하면서 신경이 날카로워져 있다. 수미는 운전과 차량 보조 둘 다 해주는 '여자' 기사이기 때문에 승하차 도우미를 따로 두지 않으려는 학원 운영자들 사이에서 인기가 좋다. 수미는 늘 신경이 곤두서 있는데, 학원 차가 제시간에 도착하지 않으면 아이들 엄마들이 불안해하고, 그 불안은 수미에게로 돌아오기 때문이다.

'나'와 수미 둘 다 워킹맘의 처지에 놓여 있지만 여성의 일로 여겨지는 '돌봄'은 이들에게 각각 다르게 작동한다. 수미의 경우, 그녀의 직업에 요구되는 전문 능력이 1종 대형면허라면, 아이들 돌봄은 남성 기사에게는 기대되지 않는 부가적인 일이다.

반면 '나'는 전문적인 '지도자'로 보이길 원할 때, "주부로서의 노동만을 선별해서 지워버"(74쪽)린다. 물론 그 노동을 지운다고 해서 그것으로부터 해방되는 것은 아니다. 그럼에도 '나'가 주부로서의 얼굴을 감추는 것은 '나'의 일이 '이도 저도 아닌' 것으로 보이지 않게 하기 위해서다. 요컨대 사회는 아내/엄마의 역할로부터 독립된 여성에게 '전문성'을 부여하면서도, 필요에 따라 '전문 여성'에게 아내/엄마의 역할을 기대한다. 그러니 '나'는 살림과 일을 '병행'하는 여자보다는 차라리 "편하게 사는 여자들 중 하나"(같은 쪽)로 보이길 원하고, 따라서 공방에 모인 여자들에게 잘 보이고 싶을수록 "얼굴이 지워진 채로 다른 여자에게 다른 여자가 되어"(같은 쪽)가는 외로움 속에 놓이게 된다.

이처럼 나리공방은 여자들 사이의 호감과 긴장이 모순적으로 뒤엉켜 있는 공간이지만, 달리 말하면 그 모순만큼 이 공간에 대한 여자들의 애정은 깊은 것이라 할 수 있다. 여자들은 서로에게 애정을 가지자 이곳을 "안전한 장소로 만들고 싶어"(같은 쪽)했고 서로의 동선도 공유하려 했다. 그런데 여자들이 이토록 방역에 철저한 것은 정말 질병 그 자체가 두려워서였을까?

이런저런 시국 얘기를 하다가 누군가 말했다. 그래도 여긴, 공방은, 동선 공개돼도 욕은 안 먹을 거라고. 그 말에 수미가 갑자기 웃기 시작했다. 공방에서 감염자가 나온다면 말이야, 그러니까 우리가 취미질을 하던 여기가 확산의 진원지가 된다면, 수미가 말했다.

"우린 아마 총살을 당할걸?"

다들 말이 없었다. 자신들이 어떤 카테고리에 들어갈지를 문 득 생각하게 된 건지도 모른다. 우리는 그 봄 내내 봐왔으니까. 살 짝만 당겨도 죽는 집단과 제대로 당겨도 죽지 않는 집단.(「여기 우리 마주」, 80쪽)

이태원 클럽발 2차 유행이 시작되었을 때, "맘 카페는 폭발했 다. 이태원 게이 클럽에서 아침 여섯시까지 놀다 온 기정시 53 번 확진자, 그가 거주한다는 D 오피스텔이 어디인가. 그가 증상 발현 전에 들렀다는 K 편의점은 또 어디인가. 시청은 동선 공개 를 이따위로 할 것인가? 정체를 숨긴 놈들이 지역사회를 활보하 고 있는데!"(78쪽) 방역 당국이 감염자에게 번호를 매기고 그들 의 동선을 시간순으로 공개할 때 감염자는 바이러스의 인간화 된 표상이 된다.[6] 순차적으로 배열된 정보는 마치 바이러스 또 한 순차적으로 이동하는 듯한 착시를 주고, 이 착시는 관리와 통 제가 가능할 것이라는 기대로, 불충분한 정보에 대한 불안으로, 감염자에 대한 혐오로 연쇄된다. 그리고 이 연쇄 속에서 질병에 대한 두려움은 혐오의 대상이 되는 데 대한, 지극히 사적인 삶이 공개되는 데 대한 두려움으로 쉽게 도착된다. 그러니 공방에 모 인 여자들은 혹시 감염이 되어 동선이 공개될 경우, 이곳이 건전

---

6) 최정우는 확진자가 바이러스의 '(가려진) 얼굴'로 인식된다고 지적한다. 확 진자가 끔찍한 범죄자처럼 우리의 얼굴과는 전혀 다른 얼굴로 상상되지만, 그 것은 언제든 '우리'의 얼굴이 될 수 있기에 소설의 인물들은 '우리'와 '우리 아 닌 이들' 사이의 경계를 살피고 또 살피게 된다고 해석한다. 최정우, 「얼굴과 마 스크, 상처와 가면들(1회)—최은미 「여기 우리 마주」의 (비)가시적 얼굴들, 정 체성을 (탈)구성하는 이질성의 형상들」, 『문학들』 2021년 가을호, 262쪽.

한 장소이니 욕을 먹지 않을지, 아니면 이 시국에 주부들이 '취미질'을 하고 있었으니 매도당할지 가늠하고 있는 것이다.

두려움의 실체는 수미의 확진 과정에서 좀더 선명하게 나타난다. 어느 날 '나'는 딸의 영어 학원 화상수업에서 수미의 딸 '서하'의 심상치 않은 모습을 목격한다. 거기엔 분노 조절에 실패한 수미의 폭력적인 모습이 송출되고 있었다. 위험을 감지한 '나'는 급히 서하를 공방으로 데려와 수미에게서 분리한다. 수미는 뒤늦게 울면서 찾아오지만 딸을 만나지 못하고, 그로부터 이틀을 내리 앓은 뒤 기정시 67번 확진자가 된다. 이후 수미가 역학조사를 받는 과정은 이어지는 장편소설 『마주』에서 제시된다. 역학조사관은 전화통화로 수미에게 양성임을 통보하며 셀카 사진을 요구한다. 수미가 자신의 얼굴을 보내자 그는 동네 CCTV에 찍힌 수미의 사진들을 보내며 그녀가 맞는지 묻는다. 그렇게 수미는 증상 발현 전 며칠 동안의 동선을 확인해야 했고, 그 가운데는 울면서 딸을 부르던 모습도 있었을 것이다.

나는 아마도 그날이 수미의 인생에서 많이 아픈 날 중 하나일 거라고 생각한다. 지우고 싶은 날 중 하나일 거라고도 생각한다. 누군가의 머릿속에서 지워주고 싶은 날일 거라고도 생각한다. 하지만 수미는 인생의 어떤 날보다도 그날에 대해, 그날의 접촉과 동선에 대해 심층적인 조사를 받았을 것이다.(「여기 우리 마주」, 84쪽)

수미가 역학조사관에게 받은 CCTV 사진 중엔 아마도 세경

프라자 앞에서의 모습도 있을 것이다. 3층 공방 창문을 올려다 보며 울던 확진 전 마지막 모습. 그때 공방 안엔 서하가 있었다. 나는 어쩌면 수미가 완전히 낯선 타인을 통해 그때의 자신을 확인해야 했을 거라고, 이게 내가 맞다고, 내 딸이 내게서 도망쳐서 가 있는 곳을 올려다보며 울고 있는 여자가 내가 맞다고, 그렇게 말하는 걸 본 것만 같은 생각이 든다.(『마주』, 144쪽)

소설은 수미가 "인생에서 많이 아픈 날", 그러니까 딸을 위험에 빠트리고 그것이 온 동네에 드러난 그날을 감염병에 걸린 날과 겹쳐놓고 있다. 학원 차량 기사인 수미는 밀집 시설을 드나드는 불특정 다수의 학생들과 접촉하므로 슈퍼 전파자가 될 수도 있었다. 그러나 진짜 비극은 그와 같은 '업무 수행'으로 연출되지 않는다. 사적인 치부가 '역학조사'라는 이름으로 드러나고 심문당할 때 그것은 수치가 되고, 수치는 직접적인 폭력 없이도 매우 효과적으로 주체를 위축되게 한다. 소설에서 수미는 언제나 선 캡으로 얼굴을 가리고 있었고 감염병이 유행하자 여기에 마스크까지 썼다. 그러나 확진 판정을 받자 수미는 눈물과 고열로 얼룩진 자신의 "그 '역겨운 면상'을"(142쪽) 스스로 찍어 역학조사관에게 전송해야 했다. '나'의 상상 속에서 수미가 "내 딸이 내게서 도망쳐서 가 있는 곳을 올려다보며 울고 있는 여자가 내가 맞다고" 시인할 때, 당국의 역학조사는 엄마의 도덕성에 대한 심문과 겹쳐진다. 팬데믹 기간 동안 특정 종교 시설이나 클럽 이용자에 대한 혐오가 폭발했던 것을 상기한다면, 방역을 명분으로 도덕성을 심문하는 것이 그저 '상상'이라고만은 할 수 없을 것이다. 방역을 앞세운 통치 질서는 우리에게 얼굴을 가리라고 명령하지만, 동시에 확진자에게는 그 적나라한 민낯을 드러내라고도 한다. 그리고 그 명령은 매우 쉽게 사적인 삶까지 파고든다. 결국 여자들이 두려워한 것은 질병 그 자체라기보다 그 질병으로 인해 까발려질지도 모르는 내밀한 삶이었고, 그 삶은 이미 감염병 이전부터 위태롭던 것이었다.

'면역정치'를 교란하는 '잠복성 보균자'

「여기 우리 마주」에서 마스크/선 캡 뒤에 숨겨져 있던 얼굴[7]은 『마주』에서 "역겨운 면상"으로, 그것도 누군가 물리적으로 벗긴 민낯이 아니라 스스로 찍어 제출한 '셀카'로 나타난다. 사생활을 드러내야 한다는 수치심과 공공의 적이 될지도 모른다는 두려움은 방역 정책의 폭력성이 숨기 좋은 삶의 취약성이었다. 이는 『마주』의 중요한 문제의식으로, 두 번의 취재 장면으로도 나타난다. '나'는 호흡곤란으로 병원에서 진단을 받은 뒤 포토라인 앞에 서서 사람들의 질문 세례를 받는다. 첫번째는 잠복결핵 보균자, 두번째는 공황장애 진단을 받은 뒤이다. 이 장면들이 실제인지 아닌지 모호한 것은 질문과 답이 우스꽝스러운 대화로 흘러가기 때문이다. 사람들은 병원 문을 막 나서는 '나'에게 병명을 묻더니, 이어서 치질이나 불안증, 스마트폰 중독 등 개인적

---

7) 서희원은 「여기 우리 마주」에서 "한국사회가 여성에게 씌우고 있었던 사회적 마스크에 가려진 고통으로 일그러진 얼굴" "특히 감염병의 대확산으로 인해 어쩔 수 없이 방역의 주체가 되어 돌봄의 책임을 전적으로 지니고 있는 여성들의 고통"을 읽어낸 바 있다. 서희원, 「팬데믹 시대의 소설과 개인」, 『인문과학연구논총』 42권 3호, 명지대학교 인문과학연구소, 2021, 27쪽.

이고도 일상적인 병증까지 캐물으며 그것을 과도하게 도덕성으로 연결 짓는다. 이는 팬데믹 시국에 만연했던 불안과 억측을 풍자하는 장면인 동시에 그 불안과 억측에 소설적 상상력이 어떻게 대응하는지 귀띔하는 두 개의 힌트이기도 하다.

'나'는 첫번째 검진에서 자신이 결핵균을 가지고 있으나 이를 면역력으로 억제하고 있는, 즉 '잠복성 보균자'라는 사실을 알게 된다. 이를 계기로 '나'는 유년 시절 일주일에 하루씩 자신을 맡아주었던 만조 아줌마를 떠올린다. 결핵이 그녀를 환기한 건 당시 그녀가 결핵약 부작용에 시달리고 있었기 때문이다. 이어지는 두번째 검진에서는 공황장애를 진단받고, 이번엔 '딴산'이라는 지명이 떠오른다. 평범한 산이었던 그곳은 결핵 환자 몇명이 자리잡은 것을 시작으로 뇌전증 환자, 정신질환자, 부모가 없는 아이들, 집창촌에서 도망 나온 여자, 수몰민 등이 모여들어 바깥 사회로부터 고립되었다. 소설은 의사의 입을 통해 공황장애가 "내 안의 미해결된 감정과 단절될 때, 내가 나한테 벽을 쳐버릴 때"(124쪽) 일어나는 병이라는 힌트를 준다. 그렇다면 『마주』는 '나'의 깊은 곳에서 깨어난 어떤 것, 곧 '나'가 해결하지 못하고 묻어둔 어떤 것과 '마주'하는 서사라 할 수 있겠다. 물론 그 '어떤 것'은 전염성이 있는 탓에 이 소설은 '나'의 문제로만 한정되지 않는다.

먼저 첫번째 진단에 대해서 살펴보자. 『마주』는 코로나19 전염병 사태를 다루는 소설인데 왜 갑자기 결핵이 등장하는 것일까. 요양원, 아파트 등에 대한 집단 격리가 일어나던 팬데믹 시국에 환기된 딴산의 존재는 질병에 대한 공동체의 관심이 상당히 선택적이라는 것을 드러낸다. 코로나19로 인하여 외국인 노동자의 유입이 어려워지자 그제야 딴산 주민들이 마을 과수원에 고용되는 장면은 '공중보건'이라는 명목으로 이루어지는 격리가 배제와 밀접히 붙어 있음을 암시한다. 소설 결말부에는 요양원에서 이탈한 노인도 등장하는데 이 또한 우리가 낯선 위기처럼 받아들이는 고립과 이동 제한이 누군가에게는 삶의 상시적 조건임을 보여준다. 그런데 보다 주목해야 할 부분은 '나'가 결핵 환자가 아니라 결핵균에 면역력이 있는 '잠복성 보균자'라는 점이다. 이때 '잠복성 보균자'의 의미를 살피기 위해서는 팬데믹과 함께 다시 활발해진 면역 담론을 거칠게나마 살펴볼 필요가 있다.

　면역免疫, immunity은 본래 법적·정치적 용어이지만,[8] 오늘날 일

---

8) 라틴어의 면역 또는 면제를 뜻하는 명사 '임무니타스(immunitas)'는 의무를 의미하는 무누스(munus)의 결핍 혹은 부정을 뜻한다. 임무니타스는 의무와 봉사에서의 면제/제외(특권이자 배제)이다. 이는 동일한 어간 '무누스(munus)'를 공유하고 있는 코무니타스(communitas)와의 대립 속에서 보다 명확한 의미를 드러낸다. 공동체를 뜻하는 코무니타스는 '함께'라는 뜻의 '쿰(cum)'과 무누스의 합성어로 타인에 대한 의무의 일반화를 실현한다. 즉, 임무니타스는 코무니타스의 부정으로서 성립한다. 로베르토 에스포지토, 『임무니타스―생명의 보호와 부정』, 윤병언 옮김, 크리티카, 2022, 14~15쪽 참조. 한편, 황임경은 임무니타스를 동양의 맥락에서 흥미롭게 설명한다. 신체의 자기 방어 능력을 가리키는 immunity는 면역(免疫)으로 번역되는데, 이때 돌림병을 뜻하는 한자어 '역(疫)'이 본래 부역(負役)을 의미하는 '역(役)'에서 왔다고 한다. 저자는 부역, 군역이 이루어지는 집단생활 공간에서 집단적 발병이 만연하여 이와 같은 의미관계가 형성되었으리라고 추정한다. 요컨대 "동양에서는 역(役)과 역(疫)을 매개로 하여 질병과 정치, 사회적 체계가 연관되어 있음을 인식하고 있었"다고 할 수 있다. 황임경, 「자기 방어와 사회 안전을 넘어서―에스포지토, 데리다, 해러웨이를 중심으로 본 면역의 사회·정치 철학」, 『의철학연

반적으로 사용되는 '몸속에 들어온 병원체病原體에 대한 자기방어 작용'이라는 뜻의 면역 개념은 19세기 생의학의 발전으로 본격화되었다. 개념에서 알 수 있듯 면역은 근본적으로 자기self와 비非자기nonself의 구분을 전제한다. 따라서 자기동일성을 구축하고 타자성을 변별·배제하는 면역 개념은 인식론적·정치철학적 문제와 유비적으로 이해되어 왔다. 대표적인 논자인 에스포지토는 사회적·정치적·법적·의학적 차원을 아우르는 서양 근대의 프로세스를 '면역화 패러다임'이라 지적한다. 즉 법적 소유권이든 정치적 국민국가 형성이든 혹은 의학적 차원이든 근대성에는 '타자의 부정을 통한 자기 보호'라는 면역의 원리가 작동하고 있다는 것이다.

그렇다면 『마주』의 '나', 곧 잠복성 보균자는 면역학의 이분법적 인식론에서 어떻게 이해될 수 있을까. 결핵은 코로나19와 유사하게 공기와 비말을 통해 전파되는 대표적인 호흡기 감염병이다. 그러나 잠복성 보균자는 바이러스를 전파하는 감염자와는 다르다. 결핵균을 가지고 있지만 면역력으로 그 균을 억제하고 있는 상태이므로 타인에게 병원체를 전파하지 않는다. 다만 보균자의 면역 상태에 따라 결핵균은 비/활성 상태로 전환될 수 있다. 따라서 잠복성 보균자는 전파자냐 아니냐 하는 이분법적 질문을 비껴난다. 상태에 따라 그럴 수도 아닐 수도 있기 때문이다. 부연하자면 대한민국 국민 서너 명 중 한 명이 잠복결핵 보균자이며, 이들 가운데 5퍼센트 정도가 활동성 결핵으로 전환

구』16권, 한국의철학회, 2013, 119쪽.

된다고 한다.[9] 더욱이 소설의 '나'처럼 자신이 보균자인지 심지어 과거에 결핵을 앓았는지 모르는 경우도 많다고 한다. 그렇다면 잠복성 보균자는 질병을 타자의 침입이 아니라, 자기와 비자기의 관계 리듬에 따라 비/활성으로 전환되는 '상태'로 인식하게 하는 존재라 할 수 있다. 발병하지 않은, 언제 발병할지 모르는, 발병하지 않을 수도 있는 '잠복성'은 피아彼我를 구분하는 인식체계를 교란하는 것이다. 곧, 잠복성 보균자는 타자를 '식별'할 수 있다는 전제가 기실 불완전한 환상이라는 걸 드러낸다.

전염되는 질병, 확산되는 돌봄

두번째 진단인 공황장애는 소설 속 엄마들—'나'와 그녀의 엄마 그리고 수미—이 딸과 관계 맺는 방식에서 비롯된 진단이다. 이들은 공통적으로 딸을 자신으로부터 독립된, 자신과 다른 존재라는 것을 받아들이지 못한다. 가령 수미는 자기혐오의 연장선에서 딸 서하를 못 믿는다. "수미는 언젠가 내게 그런 말을 했다./나한테서 나온 애가 멀쩡할 리가 없다는 생각이 들어."(『마주』, 161쪽) "수미는 서하를 서하로 여기지 않았다. 자신의 확장으로 여겼다."(166쪽) '나'가 수미의 심리를 예민하게 감지할 수 있는 것은 '나'의 엄마가 정확히 수미의 반대편에서 딸을 자기의 확장으로 여겼기 때문이다. "엄마는 사람들과 둘러앉아 있을 때면 나를 옆에 앉혀두길 좋아했다. 마치 내가 당신이 정상임을 증

---

9) 「잠복결핵 국민 3~4명 중 1명이 보균자입니다」, 한국건강관리협회 서울서부지부 게시 글, 2022. 3. 24. https://blog.naver.com/kahphongbo/222651193834 참조.

명해주는 유일한 표지인 것처럼."(93쪽) 심지어 '나'는 엄마의 구속감에 괴로워했음에도 "나는 은채가 나와 다른 사람이라는 걸 쉽게 잊곤 했다"(108쪽).

그런 점에서 유년 시절 '나'가 일주일에 하루씩 만조 아줌마를 따라 시장을 누비고 간식을 얻어먹던 일상적인 시간은 엄마의 팽팽한 신경으로부터 비켜날 수 있었던 예외적인 이완의 시간이었다. 그러나 만조 아줌마와의 시간은 '나'의 실수로 중단되고 만다. 당시 만조 아줌마는 법으로 금지된 양조주를 집안에서 만들고 있었는데, 호기심에 그것을 떠먹은 '나'가 취해버려 아줌마의 비밀이 밝혀졌기 때문이다. 특히 당시 동네 사람들이 수세水稅 문제로 당국과 갈등하고 있었기 때문에 '나'의 실수는 동네 전체에 폐를 끼치게 되었다. 공황장애의 원인이 된 미해결된 감정이란 어린 '나'가 감당해야 했던 엄마로부터의 구속감과 만조 아줌마에 대한 죄책감이었을 것이다. 이는 어른이 된 '나'가 다시 만조 아줌마의 양조장을 방문했을 때 해소된다. '나'는 홀로 아줌마의 술항아리들을 둘러보던 중 딸 '은채'의 생일이 적힌 숙성조를 발견한다. 만조 아줌마는 과거 이웃의 아이인 '나'를 돌봐줬던 것처럼, '나'의 딸에게도 마음을 주고 있었던 것이다. 그 술항아리를 보면서 '나'는 과거 만조 아줌마가 겁에 질려 있던 자신에게 해준 말을 기억해낸다.

만조 아줌마가 어떤 말을 한다 해도 나는 모든 게 내 잘못이라는 생각을 하지 않을 수 없는 상태였지만 그래도 만조 아줌마는 내게 그 말을 했다. 열두 살의 내게 그 말을 들려주었다. 나리니 탓이 아니라고. 너를 그렇게 둬서 미안하다고.

아이를 낳은 날짜가 적힌 항아리 옆에 앉아서야 나는 그 말이 지난 삼십 년간 내 어딘가에서 숨죽인 채 살아 있었다는 것을 실감할 수 있었다. 그리고 그때 나는 수미를 보았다. 저쪽 숙성실에 서서 수미가 나를 보고 있었다.(254~255쪽)

그러니까 만조 아줌마가 '나'에게 준 것은 결핵균만이 아니라, 이웃집 아이에게 향하는 돌봄의 마음도 있었던 것이다. 여기서 주의깊게 살펴야 할 부분은 단지 만조 아줌마의 사려 깊은 마음이 아니라, 그 마음이 혈연관계도 아닌 이웃 아이에게 향했다는 점이다. '나'는 바로 이 점을 이해했기 때문에 수미와 함께 만조 아줌마를 찾았던 것이고, 수미 또한 '나'의 의도를 이해했기에 만조 아줌마에게 정확한 질문을 건넬 수 있었다. "수미는 만조 아줌마한테 물었다./이웃집 아이한테 어떻게 그런 마음일 수 있었는지./그런 친절은 어떨 때에 가능한지."(282쪽) 이에 만조 아줌마는 "이나리와 이나리 엄마한테 동시에 가지고 있던 어떤 연민에 대해서"(같은 쪽) 말하고, 그 마음은 과거가 아닌 현재, '나'가 아닌 수미에게도 미친다. "나는 서하와 수미가 그들의 집이 아닌 곳에서, 그들 둘만의 고립 속에서가 아니라 사람들 사이에 섞인 채 서로를 의식했다는 것이, 대면의 시간이 다시 그들을 기다리고 있다 하더라도 그 시간을 짧게나마 경유했다는 것이, 그것이 고마웠다."(262쪽) 만조 아줌마의 양조장은 서하와 수미가 그들을 염려하는 사람들 '속에서' 서로를 '마주'하는 계기가 되었고, 이 시간은 그녀들의 문제가 오직 그녀들'만'의 문제로,

고독하고 외롭게 헤쳐가야 할 문제로 주어진 것이 아님을 넌지시 알려준다. '나' 또한 수미와 서하를 위해 "만조 아줌마가 예전의 나에게 그런 시간과 공간을 내주었던 것처럼"(같은 쪽) 자신의 공방을 기꺼이 열어두고자 한다.

> 나는 수미와 서하가 겨우내 서로를 충분히 겪길 바랐다. 두려움을 껴안고서라도 마주보길 바랐다. 수미가 실감할 수만 있다면 나는 언제까지고 내 공방 문을 열어놓을 수 있었다. 서하를 보고 있는 어른이 너뿐이 아니라고, 너만이 아니라고, 가족이어서 해줄 수 없는 게 있다는 걸 받아들이라고, 가족이 아니어서 할 수 있는 게 있다는 걸 믿어보라고, 가족 아닌 그이들이 저기 있다고, 수미가 체감할 때까지 나는 언제까지고 말해줄 수 있었다.(304쪽)

다시 한번 강조하지만, 소설의 제목이기도 한 '마주(보기)'가 가족이 아닌 사람들 사이를 통과하여 이루어진다는 점이 중요하다. 소설의 후반부로 갈수록 서로를 살피는 마음은 가족과 이웃을 넘어 확장된다. 양조장에서 만난 '선글라스 여자'는 서하에게 마음을 쏟고, 서하는 딴산 마을 노인들을 위해 글을 쓴다. '나'는 은채의 낡은 서랍장을 가져간 낯선 여자에게서 위안을 얻기도 한다. 그리고 돌봄의 전염과 함께 '나'는 은채와 서하가 자신들의 세계로 건너가는 환상을 본다. 이 상징적인 장면은 '나'가 엄마로서 '마주'해야 했던 일, 즉 '타인으로서의 딸'을 받아들인다는 뜻이자, 그녀 자신도 엄마로부터 받았던 구속감에서 벗어날 수 있게 되었다는 뜻일 것이다. 그리고 이와 같은 성장이 수미, 은채 모녀와 더불어 가능했다는 점을 기억해두어야 한다. 이로 써 '나'가 단절되어 있던 과거의 문제(엄마로부터의 구속감과 만조 아줌마에 대한 죄책감), 그리고 현재의 문제(딸 은채를 타인으로 인정하지 못하는 것)가 해결된다. 가족이 아닌 그이들과 더불어 말이다.

이질성의 인정과 공동성의 확보를 '돌봄의 탈가족주의'에서 시작하길 제안하는 『마주』는 어쩌면 최은미 소설세계의 전환을 예고하는 텍스트인지도 모른다. 민들레가 환하게 피어 있는 만조 아줌마의 비탈과수원은 전작에서 보여주었던 어둡고 그로테스크한 세계와는 확연히 다르다. 무엇보다 『마주』가 질병, 고립, 노동 등 삶을 고되게 하는 것들에 대항하는 힘을 사람들 '사이'에 오래전부터 '잠복해왔던' 것에서 발견해내고 있어 작가가 인간 공동체에 대한 신뢰를 재발견하는 것으로도 읽힌다. 재난적 상황을 다룬 근작 「그곳」에서도 확인되듯, 팬데믹, 기후 위기 등 압도적인 규모의 재앙을 직면했을 때, 작가가 눈을 돌린 곳은 '늘 있어왔던 것', 그러나 '인지하지 못했던 것'들이다. 이를테면, 이웃의 아이를 연민하는 마음, "트럭이 나를 보면 멈출 것이라는 걸 내가 알"[10]고 있다는 당연한 사실 같은 것. 역시 중요한 건, 이 소중한 마음이 실은 너무 사소하고 당연한 것이라 혈연이나 국적 혹은 그 무엇으로 사람을 나누고 배제하기 이전에 이미 저질러져버린다는 것이다. 『마주』식으로 말하자면, 그것이야말

---

10) 최은미, 「그곳」, 권여선 외, 『2023 김승옥문학상 수상작품집』, 문학동네, 2023, 161쪽.

로 평상시에는 알지 못했던 인간 공동체의 면역이다.

발효되는 인간

은채의 생일이 적힌 숙성조가 보여주듯, 만조 아줌마가 빚는 술은 사람에 대한 은유이다. 아줌마는 과수원 노임을 종종 최고급 사과로 받아갔고 그것으로 술을 담갔다. 사과는 그해의 햇빛과 바람에 따라 각기 다른 산도와 당도를 지녔을 테고, 따라서 매년 술도 다른 맛과 향으로 익었을 것이다. 그러니까 한 항아리의 술은, 혹은 한 명의 사람은 보살피는 사람의 정성에 힘입어, 그리고 항아리 안의 무수한 미생물 혹은 비자기와 들끓으며 각자 다른 빛깔로 숙성해가는 것이다. 재밌는 건, 익어가는 술은 언제나 조금씩 증발하면서 주위를 취하게 한다는 것이다. 그렇다면 다시 한번 만조 아줌마의 술은 인간에 대한, 인간 사회에 대한 완벽한 은유가 된다. 술은 혹은 사람은 냄새를 풍기고 주위에 녹아들어 공기를 메꾼다. 여기서 중요한 것은 공기 중에 녹아든 술은 가족 이데올로기나 편협한 이해관계로 혹은 폭력적인 권력으로 사람들을 가리지 않는다는 점이다. 양조장 근처에서는 천사들마저 취해 있기 마련이므로.

(2023)

그녀의 '진정한' 이름은 무엇인가[1)]
―나나[2)]

찾지 못한 이름

조해진의 『단순한 진심』은 연극배우이자 극작가인 '나'가 자신의 이름의 의미를 추적하는 과정을 그리고 있다. 그녀의 이름은 문주, 그리고 나나. 그녀는 어릴 때 기차역에서 홀로 발견되었고, 그녀를 잠시 보호해준 기관사에 의해 '문주'라 불렸다. 그

---

1) 이 글의 제목은 오카 마리의 저서 『그녀의 진정한 이름은 무엇인가(彼女の'正しい'名前とは何か)』(이재봉·사이키 가쓰히로 옮김, 현암사, 2016)에서 따왔다. 이 책에서 오카 마리는 1세계 페미니즘으로 발견할 수 없는 3세계 여성의 문제, 타자성 안에 갇히기 쉬운 여성 재현의 문제를 다루고 있다. 이 글은 다양한 재현물에서 반복적으로 등장했던 여성 인물들이 어떻게 재현되어왔는지, 어떠한 재현 구조 속에 놓여 있었는지 살피고자 하는 기획으로 쓰였다.

2) 이 글에서 다루는 작품은 다음과 같다. 소설로는 조해진, 『단순한 진심』, 민음사, 2019; 에밀 졸라, 『나나』, 김치수 옮김, 문학동네, 2014; 에드거 앨런 포, 「타원형 초상화」, 『우울과 몽상』, 홍성영 옮김, 하늘연못, 2002. 영화로는 장뤼크 고다르, 〈비브르 사 비Vivre Sa Vie〉(1962). 이하 인용시 본문에 작품명과 쪽수만 밝힌다.

리고 프랑스로 입양된 후, 그녀의 이름은 '나나'가 되었다. 어느 날 '나'(=문주, 나나)는 그녀의 옛 이름 '문주'의 의미를 찾아가는 과정을 다큐멘터리영화로 만들어보지 않겠느냐는 제의를 받는다. 그리하여 자신의 삶을 스크린에 투사된 영화 보듯 바라보곤 하던 그녀는 스크린 바깥에 상상적으로 존재했던 그녀의 과거를 만나기 위해 실제 영화 프레임 속으로 들어가게 된다. 소설은 한 축으로는 그녀가 머물렀던 보육원, 그녀를 발견한 기관사의 가족 등을 찾아가는 이야기가 전개되고, 다른 한 축으로는 '나'가 막연히 엄마라고 상상했던 여성, 그러니까 "누구라도 돈을 지불하면 살 수 있는 여자, 타인에게서 인간다운 존중을 받아본 적이 없는 여자……"(49쪽)의 운명과 닮은 여성들과 관계를 맺는 과정이 그려진다.

『단순한 진심』은 한 사람의 삶(=영화)이 만들어지기까지 스크린 바깥의 얼마나 많은 사람의 선의가 필요한 것인지 확인시켜준다. 그리하여 '나'는 "정체성이랄지 존재감이 거주하는 집"(17쪽)으로서 '문주'라는 이름의 의미를 찾은 듯하다. 그런데 소설에는 찾아가야 할 또다른 이름이 남아 있다. 바로 나나. 나나라는 이름은 어디에서 왔을까. 소설은 다음과 같은 실마리를 남겨두었다.

> 그날 밤 그들은 두 가지를 결정했다. 입양과 입양할 아이의 이름, 나나. 나나는 그들이 처음으로 데이트를 하던 날, 파리 외곽의 오래되고 허름한 극장에서 함께 본 고다르 영화의 주인공 이름이었다.(111쪽)

『단순한 진심』에서 말하는 "고다르 영화"는 1962년 작 〈비브르 사 비〉를 가리키는 것으로 보인다. 영화의 주인공은 생활고에 내몰려 자신의 성을 판매하게 된 젊은 여성 나나. 나나 역은 감독 고다르Jean Luc Godard의 당시 아내이자 '누벨바그의 여신'이라 일컬어졌던 안나 카리나Anna Karina가 연기했다. 그런데 '매춘부 나나'라는 인물은 고다르가 처음 만들어낸 것이 아니다. 잘 알려져 있듯, 나나는 마네Edouard Manet와 졸라Emile Zola, 그리고 장 르누아르Jean Renoir를 거쳐 고다르에 이르기까지 (남성) 예술가에 의해서 반복적으로 재현되었다. 이 글은 나나가 재현된 텍스트들을 따라가보고자 한다. 대상 작품들은 해석의 용적이 매우 넓은 작품들이지만, 여기에서는 나나를 둘러싼 재현과 그러한 재현의 구조를 메타적으로 드러내는 것에 초점을 맞추기로 한다.

아무도 모르는, 그러나 모두가 아는 여자

나나를 찾아 나선 자리에서 맨 앞자리에 놓일 텍스트는 단연 에밀 졸라의 『나나』다. 이 소설은 제2제정기의 프랑스 사회를 묘사한 '루공마카르 총서' 중 한 편으로, 연극배우이자 고급 매춘부인 나나와 그녀를 둘러싼 각계각층의 사람들이 파멸해가는 과정을 그리고 있다. 소설에서 나나는 그다지 영리하지도 않고 신념도 없는 인간으로 그려지지만, 그녀의 육체는 관능적이고 아름답게 묘사된다. "남자들 몸에 앉기만 하면 그들을 썩게" 하는 나나는 내면적·정신적 가치의 반대편에 있는 육체성, 곧 "자연의 힘"으로 상징되고, 사람들을 타락하게 하는 "파괴의 효소"

로 작용한다.(271쪽) 나나는 "나태와 사치와 방종과 쾌락의 상징"[3]으로 이해되어왔으며, 소설의 결말에서 그녀의 죽음과 함께 보불전쟁이 시작된다는 점에서 제2제정의 몰락으로 해석되기도 했다. 소설은 나나가 "태연하고 대담하게 나체로 등장"(42쪽)하는 것을 시작으로 하여 천연두로 곪고 문드러져 "썩은 살덩어리"(601쪽)가 되면서 끝난다. 말하자면 나나는 줄곧 육체로 환원되어 그녀를 바라보는 시선 속에 있었던 셈이다.

소설 속 나나가 연극배우인 만큼 그녀를 향한 시선은 무수히 많다. 그럼에도 나나의 육체에 응집되는 욕망의 시선을 가장 긴장감 있게 포착하는 부분은 분장실 장면이 아닌가 한다. 나나의 명성이 높아지자 영국의 왕세자는 '뮈파 백작' '슈아르 후작'과 함께 그녀의 무대를 보러 온다. 남자들은 2막이 끝난 뒤 분장실까지 찾아와 화장하고 있는 나나의 모습을 지켜보고, 나나의 육체는 남자들의 시선에서 묘사된다. "그녀는 '토끼 다리'를 쥐고 매우 조심스럽게 화장을 하고 있었는데, 화장대 위로 몸을 너무 굽혀서 하얀 속바지의 팽팽한 부분이 두드러지고 슈미즈 끝자락이 볼록해졌다."(187쪽) "왕세자는 눈을 반쯤 감고 그녀의 부푼 가슴 곡선을 전문가처럼 살펴보았고, 슈아르 후작은 저도 모르게 고개를 끄덕였다."(190쪽)

한편, '도덕 그 자체'라는 가톨릭교도 뮈파 백작은 "악으로 부풀어오른 나나의 엉덩이와 가슴과 웃음을 보니, 모르긴 해도 그녀가 악마인 것 같"(188쪽)다고 느끼면서도 "화장한 그 젊은 여

---

3) 김치수, 「아름다운 육체의 악마성과 순수성」, 『나나』 해설, 610쪽.

인에 대한 걷잡을 수 없는 욕망에 사로잡혔다"(190쪽). 그런데 나나는 남자들의 욕망을 간파하고 있는 듯, 그들의 시선을 의식하면서, 그러나 신경쓰지 않는 척 '화장'이라는 퍼포먼스를 펼친다. 나나의 육체는 남성들의 외설적인 시선에 의해 대상화되지만, 동시에 "나나는 자기 육체가 지닌 절대적인 힘"(42쪽)을 알고 이를 이용하고 있기에 남성들의 시선에 완전히 종속되지는 않는다. 그러나 나나가 "사회 내의 지배적 집단의 관점을 통해 자기를 확인하는", 즉 '타자성의 내면화'를 수용하는 인물이라는 점에서 여성을 성애화하는 성차별적 시선으로부터 완전히 자유롭다고 할 수도 없다.[4]

여기서 '졸라의 나나'를 모델로 그렸다는 마네의 〈나나〉(1877)를 겹쳐 보는 것도 좋을 듯하다.[5] 그림에서 나나는 화장 브러시를 손에 들고 거울 앞에 서 있다. 그녀의 오른쪽으로 소파

---

4) 정옥상은 조세핀 도노번을 참조하여 나나의 '타자성의 내면화'를 지적했다. 그는 나나가 "살아남기 위해 남성들의 눈을 의식하고 있는 여성이며 그들의 마음에 들기 위해 스스로를 에로틱한 대상으로 만들어 자신의 육체를 남성의 욕망의 먹이로 제공하는 여자이며, 그것을 자신의 생존 수단으로 삼고 있는 것에 전혀 모순을 느끼지 않는 여자"라고 설명한다(정옥상, 「악한 타자로서의 여성(1)―졸라의 『나나』」, 『한국프랑스학논집』 28권, 한국프랑스학회, 1999, 190~191쪽). 이러한 지적은 지배 이데올로기나 억압적 사회 구조로부터 완전히 자유로울 수 없는 여성 주체가 지배적 질서를 내면화하고 능동적인 생존 전략을 꾀하게 되는 점을 분석한 것이라고 할 수 있다.

5) 마네의 〈나나〉는 졸라의 『나나』(1880)가 출판되기 전에 전시되었으나, 전시 당시에 이미 '졸라의 다음 작품에서 그려낼 여자의 완벽한 표본'을 제시해주었다는 평가를 받았다고 한다. 이는 마네가 졸라의 『나나』의 여주인공을 모델로 그림을 그렸음을 보여준다(요시다 노리코, 「쇼윈도 안의 여자들―졸라, 마네, 티소, 드가에 나타난 근대 상업의 표상」, 박소현 옮김, 『미술사논단』 제20호, 한국미술연구소, 2005, 301쪽).

가 있는데, 한 신사가 그곳에 앉아 나나의 허리와 엉덩이께를 바라보고 있다. 나나가 화면의 중앙을 차지하고 있는 데 반해, 신사의 몸은 화면의 오른쪽 귀퉁이로 밀려나 반만 드러난다. 이러한 화면 구도는 "나나를 끼고 좌우"(185쪽)에서 뮈파 백작과 "소파에 편안히 걸터앉은 왕세자"(188쪽)가 화장하는 그녀를 바라보던 『나나』의 분장실 장면과 유사하다. 특히 신사를 구석으로 몰고 화면 중앙에 나나를 배치한 구도는 나나가 지닌 아름다운 육체의 힘을 드러내는 듯하다. 그림에서 가장 인상적인 부분은 화면의 왼쪽 거울을 향해 서 있는 나나가 마치 자신을 부르는 누군가를 돌아보듯 화면의 정면을 바라보고 있다는 점이다. 나나의 시선은 그녀가 일방적으로 응시되는 객체가 아니라 응시하는 주체임을 드러낸다. 그러나 동시에 그녀의 시선은 맞은편에 누군가가 있음을, 곧 화면 바깥에서 이 장면을 바라보고 있는 누군가가 있음을 암시하면서, 그녀가 다시 그의 시선의 대상이 되고 있음을 드러낸다. 마네의 〈나나〉는 졸라 소설의 분장실 장면에서 얽히던 시선의 주체와 대상의 문제를 텍스트 바깥으로 확장하여 재현의 구조를 메타적으로 보여준다.

소설 『나나』는 나나가 〈금발의 비너스〉로 데뷔하는 장면으로 시작한다. 공연이 시작되기 전 극장에 모인 사람들은 모두들 나나에 대해서 떠들어댄다. 그러나 "나나를 아는 사람은 아무도 없었다. 나나, 그녀는 어디서 떨어진 여자일까? 별별 이야기가 다 떠돌았고, 우스갯소리가 귀에서 귀로 속삭여졌다"(15쪽). 드디어 나나가 무대에 등장하자 그녀의 서툰 연기와 거슬리는 목소리에도 불구하고 사람들은 그녀의 아름다운 육체에 감탄한다.

1막이 끝나자 '스타이너'가 그녀를 '안다고' 했고, 3막에서 나나가 나체로 등장하자 온 파리의 남자들이 그녀를 '알게' 되었다. 그러나 분장실 장면에서 단적으로 드러나듯 나나는 그녀를 욕망하는 남성들의 시선에 둘러싸여 있었으며, 그녀가 (자신의 아름다움을 십분 활용했다고 하더라도) 거울에 비친 자기 몸을 바라보는 시선 또한 남성들과 매우 유사하였다. 그런 점에서 나나는 줄곧 그녀를 성애화하는 시선에 의해 재현된 셈이다. 모두들 나나를 안다고 하지만, 사실은 아무도 그녀를 모르는 것이다.

"아니야, 나는 아니야"

다시, 『나나』의 분장실 장면에 〈비브르 사 비〉를 이어보자. 〈비브르 사 비〉는 열두 개의 에피소드로 분할되어 있는데, 여기에는 다양한 이미지와 텍스트가 삽입되어 있다. 특히 12장에서 한 남자가 나나에게 에드거 앨런 포의 「타원형 초상화」를 읽어주는 장면은 매우 흥미롭다. 우선 「타원형 초상화」에 나오는 어느 여인의 초상화에 얽힌 이야기는 이렇다. 그림에 열정이 넘치는 화가는 자신의 어린 신부를 그리기 시작한다. 그녀는 "나날이 쇠약해지고 병들어가면서도 그 미소를 거두지 않았다. 남편이 자신을 그리는 데 밤낮으로 전력을 다하고 있다는 것을 알았기 때문이었다"(94쪽). 마침내 화가가 마지막 붓질을 끝내고 "이건 정말 인간 그 자체야!"(같은 쪽)라고 외쳤을 때, 그의 아내는 죽어 있었다. 언뜻 아내의 생명이 화가의 그림으로 옮겨가 위대한 예술을 탄생시킨 것으로 읽히기도 하지만, 거꾸로 보면 아내는 화가의 재현이라는 행위 속에서 죽임을 당하는 것으로도 읽힌다.

재미있는 지점은 포의 소설 자체가 아니라 고다르가 이를 영화에 인용하는 방식이다. 소설을 읽는 목소리가 흘러나오는 장면에서 남자 배우의 입은 가려져 있는데, 사실 여기에 삽입된 목소리는 배우의 것이 아닌 고다르 자신의 것이다. 더욱이 소설을 읽는 중에 고다르는 "이것은 우리의 이야기야"라고 말하기도 하여, 소설의 '화가-아내'의 관계를 당시 부부였던 '감독 고다르-배우 카리나'의 관계에 대응시킨다. 특히 바로 이어지는 장면에서 나나는 포주에 의해 팔려 가다 죽기 때문에 「타원형 초상」은 나나의 죽음을 암시하는 것으로 해석될 수도 있다. 수전 손태그는 "인과적으로 연결된 내러티브가 극히 임의적인 열두 개의 에피소드"로 쪼개져 있는 〈비브르 사 비〉의 형식적 측면을 강조하면서, "이 작품은 왜 그 일이 일어났는가가 아니라, 어떤 일이 일어났다는 점을 보여준다"[6]라고 고평한다. 그러나 손태그는 고다르의 목소리가 흘러나오는 장면이 "영화 외적인 사실, 즉 나나를 연기하는 젊은 여배우 안나 카리나가 자신의 아내라는 사실을 언급"하는 기능을 함으로써, "나나가 겪게 되는—어이없을 정도로 급작스런—죽음을 우리가 그냥 있는 그대로 받아들이게 하지 못하고, 막판에 이르러 일종의 잠재적인 인과관계를 제시"하고 있다고 지적한다.[7] 요컨대, 손태그는 이야기의 외부에서 삽입된 고다르의 목소리가 인과적 결말을 제시함으로써 영화의 통일성을 깨뜨렸다고 보는 것이다.

---

6) 수전 손택, 「고다르의 『그녀의 생을 살다』」, 『해석에 반대한다』, 이민아 옮김, 이후, 2002, 297쪽. 강조는 원문.

7) 같은 책, 309쪽.

그런데 포의 「타원형 초상화」를 재현자에 의해 포획되면서 생명을 잃어가는 여성의 이야기로 해석한다면, 〈비브르 사 비〉의 마지막 장면 또한 나나를 재현해온 숱한 텍스트의 흐름 위에 있는 재현에 관한 실험으로 해석할 수 있겠다. 영화에 고다르의 목소리가 삽입되는 순간 나나였던 화면 속의 여성은 '감독-배우' '남편-아내' '재현자-재현 대상'이라는 관계와 그 관계의 비대칭적 구도 아래에 놓인 인물로 보인다. 다시 말해, 이전까지 스크린 속에 비친 나나만이 감각되었으나, 고다르의 목소리가 삽입되고부터 화면 속의 여성은 극중 인물 나나이자 배우 카리나로 인식된다. 포의 소설에 대응시켜 말하자면, 화가는 감독이자 남편인 고다르이고, 그림 속의 여인은 나나, 그림 바깥의 아내는 카리나이다. 즉, 고다르의 목소리는 텍스트 바깥의 재현자(=화가, 남편)의 존재를 드러내면서 화면 속 그녀가 재현되고 있는 인물이라는 점을 각성하게 해주고, 이로써 스크린 바깥에 존재하는 여성의 존재에 대해 생각하게 한다.

화면에 비친 여성을 나나와 카리나로 분리하여 인식한 뒤 다시 포의 소설로 다시 돌아가보면, 흥미롭게도 이번에는 캔버스 안의 여인과 바깥의 아내가 달라 보인다. 사실 애초 화가는 "나날이 쇠약해지고 병들어 가"는 아내를 앞에 두고 "살아 숨쉬는 듯한" 인간을 그려냈다.(94쪽) 둘이 같을 수 없음에도 불구하고 소설을 읽으면 초상화의 여인과 아내를 쉽게 동일시하게 된다. 이는 재현이 대상을 주체의 인식 속에 포획하는 행위임을 새삼 확인시켜준다. 영화의 마지막 장면에서 나나는 총을 맞기 전에 "아니야, 나는 아니야"라고 외친다. 그렇다면 화면 속에서 소리치는 여자는 나나일까, 카리나일까? 물론 알 수 없다. 중요한 것은 우리가 안다고 믿고 있는 그녀가 아니라는 점이다.

자리바꿈—해석자의 자기재현, 그리고 관객 되기

『단순한 진심』이 나나에 부착된 의미를 얼마나 염두에 두고 쓰였는지 알 수 없다. 다만, 소설의 '나'가 출연하는 영화를 앞선 장면들과 비교하면, 그녀가 자기 자신으로 '출현'하고 있다는 점이 눈에 띈다. 재현의 관점에서 말하자면, 나나는 '자기 재현'을 하고 있는 셈이다. 이러한 전환은 마침내 다음과 같은 무대를 낳는다.

> 노파는 곧 연희나 백복희가 아니니 자신의 삶에 대해 이야기할 것이다. 나는 알 수 있었다. 노파는 내내 자신의 이야기를 하고 싶어했으니까. 내가 연희의 생애를 궁금해하고 듣고 싶어하는 것에 부러움을 넘어 질투를 감추지 못했으니까. 노파도 연희만큼 늙었다. 노파의 좋거나 좋지 않은 무언가를, 아니, 그저 자신이 이 세상에 살았다는 그 사실만이라도 다른 사람이 기억해주길 욕망할 만큼은 충분히. 이제 복희 식당은 무대가 될 것이고 식당 안으로 흘러들어오는 가로등 불빛은 배우를 비추는 조명이 될 것이다. 나는 지금 텅 빈 객석을 지키는 관객인 것이다.(204쪽)

이 장면에서 나나(='나')는 배우가 아니라 관객이다. 배우는 옛 기지촌에서 일했던 노파로, 현재는 폐지를 주우며 어렵게 살고 있다. 그녀는 자신의 삶을 이야기하고 싶어했고, 들어줄 사람을 필요로 했다. 노파의 연극은 다음과 같은 장면에서 절정에 이른다. "이래 봬도 나한텐 특권이 있었어, 알아? 나는 내가 자고 싶어하는 남자하고만 잤네. 그게 그 당시 이태원 바닥에서 얼마나 대단한 거였는지 3층 너는 죽었다 깨어나도 모를 거다. 속으로 짐승 취급하고 창녀니 갈보니 비웃던 그 치들이이! 다아! 내 발아래에에!"(211쪽) 자신의 성적 매력을 생존 전략으로 삼았던 노파의 삶은 언뜻 나나와 닮아 있다. 그런데 여기서 중요한 점은 노파의 연극에는 무대 바깥의 재현자가 존재하지 않는다는 것이다. 나나는 재현자가 아니라 관객으로 노파의 연극을 지켜보고 있다. 따라서 노파의 삶의 해석권은 그녀 자신에게 있으며, 그녀의 연극은 자기 재현이 된다. 노파는 연출자이자 배우로서 자신의 연극을 펼치고 있고, 나나는 관객이 됨으로써 노파의 무대를 독백이 아니라 연극으로 만들어주고 있는 것이다. 노파의 무대는 이 글의 종착점이자 반복되는 질문의 시작점이다. 왜냐하면 노파는 소설에서 한 번도 자신의 이름으로 불리지 않았기 때문이다. 여기서 질문은 다시 돌아온다. 그녀의 '진정한' 이름은 무엇인가?

(2020)

The Vampire Writes Back[1]

액자 속의 카밀라

조지프 셰리든 르 파뉴Joseph Sheridan Le Fanu의 『카밀라*Carmilla*』
(1872)는 최초의 여성 뱀파이어 소설로 알려져 있다. 흔히 브램
스토커Bram Stoker의 『드라큘라』(1897)를 뱀파이어 소설의 '원조'
로 떠올리기 쉽지만, 신화나 민담 속의 뱀파이어가 소설로 극화
된 최초의 장면에는 존 폴리도리John Polidori의 「뱀파이어」(1819)
와 르 파뉴의 『카밀라』가 있다. 흥미롭게도 초기 두 텍스트에서
뱀파이어는 모두 퀴어로 등장하는데, 이는 뱀파이어의 괴기성
이 성적 규범에서 벗어난 타자의 재현임을 확인시켜준다. 그러

---

1) 이 글에서 다루는 텍스트는 다음과 같다. 셰리던 르 파뉴, 『카르밀라』, 최윤
영 옮김, 초록달, 2015; 강화길, 「카밀라」, 『화이트 호스』, 문학동네, 2020; 천
희란, 「카밀라 수녀원의 유산」, 『악스트』, 2020년 1/2월호. 이하 인용시 본문에
작품명과 쪽수만 밝힌다. 다만, Carmilla는 경우에 따라 '카밀라' 또는 '카르밀
라'로 번역되는데, 본문에서는 다른 소설과 명칭을 통일하기 위하여 카밀라로
썼다.

나 뱀파이어가 단지 이성애 규범 바깥의 타자에 대한 은유라고
만 단정하면 곤란하다. 가령, 르 파뉴의 뱀파이어 카밀라는 레즈
비언일 뿐 아니라, 오스트리아의 속국인 스티리아Styria 출신으로
설정되어 있다. 그녀는 빼어난 미인으로 묘사되지만, '큰 키에
짙은 머리칼'이라는 인종적 표식을 지니고 있기도 하다. 그런가
하면 카밀라는 귀족 여성으로서, 하층민 여성의 삶을 무시하는
듯한 태도를 곧잘 보인다. 요컨대, 뱀파이어는 "계급, 젠더, 섹
슈얼리티, 국가, 그리고 인종이라는 다양한 층위에서 그 의미가
중층적으로 결정된 타자"[2]인 셈이다.

『카밀라』에서 주목해야할 점은 폭력의 교차와 가해/피해의
자리바꿈이 여성들 사이에서만 일어난다는 것이다. 식민주의
와 인종주의가 만들어낸 매혹과 공포의 대상으로서 타자는 '카
밀라'라는 여성의 모습으로 재현되고 있고, 동시에 카밀라는 남
성 사회의 또다른 타자인 여성만을 타깃으로 삼는다. 이처럼 모
순적인 폭력의 연쇄는 카밀라를 향한 남성 연대의 적개심을 분
석함으로써 해명할 수 있다. 소설에서 아버지·장군·성직자·의
사·귀족 등 남성 인물들은 '딸'을 구하기 위해(조카딸의 복수를
위해) 또는 인류Human를 보호하기 위해 공조한다. 이들은 '정숙
한' 여성에게 가하는 위협을 남성 사회에 대한 도전으로 받아들
이고 있는데, 이는 여성을 가부장제의 재생산자로 전제하기 때

2) 김순원, 「위반의 욕망과 퀴어 뱀파이어」, 『한국18세기영문학회』 제12권 제
2호, 한국18세기영문학회, 2015, 4쪽. 이 글에서 김순원은 중층적으로 결정된
타자성을 퀴어(queer) 개념으로 확장하여 「뱀파이어」와 『카밀라』를 분석하고
있다.

문이다. 카밀라는 다른 여성을 사랑하거나 죽이는 모순적 태도를 취하지만, 여성 섹슈얼리티를 통제하려고 하는 남성 사회에 이는 규범적 사회의 재생산을 불가능케 하는, '결과적으로' 동일한 위협으로 인식된다. 카밀라는 제국·인종·젠더적 타자일 뿐 아니라, 통제 불가능한 여성 섹슈얼리티에 대한 이성애 가부장제의 공포가 투영된 존재인 셈이다.

이렇게 본다면 '최초의 여성 뱀파이어 소설'이라는 수식이 무색하게, 『카밀라』는 '제국-백인-남성'의 시선이 강력하게 작동하고 있는 소설이라 할 수 있다.[3] 이는 소설을 감싸고 있는 텍스트 구조에 이미 예견되어 있다. 『카밀라』는 카밀라와 사랑을 나누었던, 그리하여 죽을 위기에 처했다 가까스로 살아난 '로라'의 시점으로 서술되지만, 소설의 프롤로그는 로라의 이야기가 "헤세리우스 박사의 연구 자료"(9쪽)의 일부임을 밝히고 있다. 나아가 이 의문의 편집자는 "이 글을 쓴 여성이라면 처음부터 자기 양심을 걸고 거짓 없이, 또 성실하고 꼼꼼하게 사건을 기술했을 것이라 믿는다"(10쪽)라는 평가도 덧붙여놓았다. 곧, 로라의 이야기는 남성 지식의 보증을 통해 믿을 만한 이야기로서 독자에게 전달된 것이다. 더불어 내화內話가 로라에 의해 서술되고 있음에도 가장 중요하다고 할 카밀라에 대한 종교재판 장면은 "공식 보고서"(164쪽)가 로라의 서술을 대신하고 있다. 남성 연대의 승리는 남성만이 참가한 의례(종교재판)와 여기서 생산된 지식(공식 보고서)을 통해서 확인되고 있는 것이다. 결국 소설의

---

3) 참고로 『카밀라』의 작가 르 파뉴는 개신교를 믿는 아일랜드계로서, 아일랜드 내 지배계급에 속해 있었다. 같은 글, 23쪽.

시작과 끝, 뱀파이어라는 위협적 존재와 이에 대한 승리의 확인
은 여성을 배제한 지식의 장場에서 이루어지고, 로라의 서술은
마치 남성 연대가 합심하여 그녀를 구해내듯, 그들이 '보증해준'
글쓰기 공간에서만 이루어지고 있다.

물론 『카밀라』에 드러나는 여성 사이의 성애적·모성적 관계
의 의미를 간과하려는 것은 아니다. 그러나 그녀들의 관계 맺기
와 성적 수행에 의미를 부여하려면, 카밀라가 잔인하게 죽임을
당하고 마는 결말에 관해서도 적절한 설명이 필요하다. 그러지
않으면 여성(=로라)의 글쓰기로 여성(=카밀라)을 악마화하는,
혹은 여성(=카밀라)에 의해 여성(=인근의 여성들) 살해가 자행
되는 이야기의 구조를 놓치게 된다. 소설 속에서 카밀라의 초상
화는 '액자 없는 그림'이라 칭해지지만, 이는 남성 연대의 승리
를 배가시켜주는 기만적 포즈로도 읽힌다. 이 소설 자체가 '남성
지식/글쓰기'라는 액자 안에 둘러싸여 있고, 이 구조 안에서 여
성은 여성을 악마화하고 죽이고 있기 때문이다. 그런데 뒤집어
보자면 바로 이 지점에서 여성 글쓰기에 내재한 불온성과 전복
성을 발견할 수도 있겠다. 남성 사회가 '공식적 승리'를 이루고
도 허락하지 못했던 것, 박사의 주석과 편집자의 검토를 거치고
나서야(어쩌면 윤색을 한 뒤에야) 유통될 수 있었던 것이 바로 로
라의 글이기 때문이다. 그렇다면 『카밀라』의 가장 급진적인 해
석은 '여성의 (다시)쓰기'일 수밖에 없지 않을까.

카밀라는 액자 바깥으로, 이야기는 끝없이―강화길의 「카밀라」
지금 여기의 뱀파이어 다시 쓰기로서 강화길의 「카밀라」를 살

펴보자. 소설은 사라진 '카밀라'와 '미아'를 '유진'(='나')과 '지우'가 추적하는 이야기다. 본디 유진과 카밀라, 지우와 미아가 연인이었으나, 어느 날 카밀라는 더이상 유진을 사랑하지 않는다는 메모를 남기고 미아와 함께 사라진다. 지우는 연인의 변절을 믿을 수 없다며, 이들에게 사고가 생긴 것이라 확신한다. 이때부터 지우는 여성을 대상으로 한 각종 사건과 괴담들을 조사해서 유진을 찾아오는데, 서사가 진행되면서 유진이 지우를 잡아두기 위해 그녀의 추리에 적당히 호응할 뿐 아니라 어쩌면 처음부터 의도적으로 지우에게 접근했던 것이 아닌가 하는 의문이 들게 된다. 그런데 강화길의 「카밀라」는 르 파뉴의 『카밀라』를 상당히 의식하고 변용한 것으로 보인다. 원작의 '카밀라-베르타' '카밀라-로라'라는 두 레즈비언 커플이 '유진-카밀라' '지우-미아'라는 짝패로 등장하는 점도 그렇거니와 서술자 유진이 카밀라와 함께 사는 동안 피가 흥건한 악몽을 자주 꾸었다고 하는 점도 원작의 로라와 상당히 닮아 있다. 더욱이 두 소설을 겹쳐 읽으면, 유진(이자 로라)이 카밀라가 아닌 다른 사람을 사랑하게 되는 것마저 예견된 일처럼 읽힌다.

"내 사랑, 네 작은 심장은 상처 입었어. 내가 잔인하다고 생각하지는 마. 나는 본능을 따를 뿐이야. 네 사랑스러운 심장이 다치면, 내 거친 심장도 너와 함께 피를 흘릴 거야. 그러면 나는 잔인무도함의 황홀함에 빠져 네 따뜻한 생명 안에서 살아갈 테고, 너는 죽어서, 달콤하게 죽어서 나처럼 될 거야. 나도 어쩔 도리가 없어. 그럼 내가 그랬던 것처럼, 너도 다른 사람에게 다가갈 테지. 그때가 되면 너도 잔인함이 주는 황홀경을 알게 될 거야. 그렇지만 그것도 사랑이야."(『카밀라』, 52쪽)

인용문은 카밀라가 로라에게 속삭인 사랑의 말로, 둘의 관계를 섹슈얼한 것으로 해석하는 자리에서 자주 인용되는 부분이다. 카밀라는 자신의 정체를 숨긴 채 암시적인 말로 자신과 로라의 관계를 드러내고 있다. 인용문에서 카밀라가 로라에게 "나처럼" 되어서 "내가 그랬던 것처럼, 너도 다른 사람에게 다가갈" 것이라 말하는 부분에 주목해보자. 이는 전염을 일으키는 뱀파이어 특유의 능력일 텐데, 카밀라는 로라가 자신처럼 될 것이며 그런 후에는 다른 사람을 사랑하게 될 것이라 말한다. 놀랍게도 이는 유진이 카밀라와 헤어진 뒤 지우를 사랑하게 되는 것과 자연스럽게 이어진다. 게다가 결말로 다가갈수록 밝혀지는 '늘 밤에 깨어 있는' 유진의 미스터리함은 카밀라의 이미지와 썩 잘 어울리기도 하고, 도시 괴담 속에 등장하는 '햇빛에 피부가 타들어가는 괴물'은 유진의 악몽에 등장하는 그녀 자신의 모습과 닮아 있기도 하다. 원작과의 연장선상에서 유진과 로라를, 유진과 카밀라를 겹쳐 읽으면 그리 중요해 보이지 않던 문장에서도 이제 음산함이 느껴지기 시작한다. 이를테면, 이런 문장. "카밀라와 나는 긴 세월을 함께 보냈다."(「카밀라」, 229쪽)

강화길이 다시 쓰기를 통해 오래전 카밀라의 예언을 실현하고 있는 것이라면, 작가는 『카밀라』를 둘러싸고 있던 '남성 지식/글쓰기의 액자'를 어떻게 돌파했을까. 지우는 사라진 미아와 카밀라를 추적하는 과정에서 인터넷에서 떠도는 페미사이드 도시 괴담을 발견한다. 괴담 속 한 여자는 "피가 다 빠져나간 듯"(230쪽)한 창백한 여자들의 시체 속에서 눈을 뜨는데, 창문으로 스민 햇빛 덕분에 가까스로 목숨을 구한다. 검고 긴 머리카락을 늘어뜨린 '그것'이 햇빛에 타들어갔기 때문이다. 지우는 미아와 카밀라가 이 사건에 희생된 것이라고 보고, 살아남은 괴담 속의 여자를 수소문한다. 그런데 그녀에게 연락을 해온 이는 생존 여성이 아니라 유사한 사건을 목격했다는 어떤 남성이었다. 그는 동이 틀 무렵 한 여자가 햇빛에 타들어가는 것을 보았으며, 그 여자의 타다 만 옷과 목걸이를 보관하고 있다고 했다. 이에 유진과 지우는 미아의 죽음을 확인하기 위해 "버려진 동네인가 싶"(232쪽)은 도시 외곽의 남자의 집에 도착한다. 그리고 그곳에서 "호리호리한 몸매의 (……) 얼굴이 매우 창백하고 입술은 붉"은, "검은 옷을 입"(246쪽)은 기이한 행색의 남자를 만난다.

여기서 강화길의 소설은 다시 한번 르 파뉴의 『카밀라』와 보조를 맞춘다. 『카밀라』의 로라와 로라의 아버지, 그리고 조카딸을 잃은 장군은 폐허가 된 카렌스테인 가문의 옛 성지를 찾아간다. 카렌스테인 백작 부인이었던 카밀라의 무덤을 찾기 위해서다. 이때 장군의 요청으로 평생 뱀파이어에 관한 증거를 모으다 가산을 탕진했다는 남작이 찾아오는데, 그의 행색 또한 꽤나 기이하다. "남자는 큰 키에 비해 어깨가 좁고 허리가 구부정했다. 길게 늘어진 검은색 옷을 입고 있던 남자의 어둡고 푸석한 얼굴에는 주름이 깊게 패어 있었다."(『카밀라』, 157쪽) 요컨대, 르 파뉴의 소설에서 장군·아버지·남작이 폐허가 된 성터에서 카밀라의 무덤을 찾는 장면은 강화길의 소설에서 유진과 지우가 미아의 죽음의 증거, 그러니까 미아의 "작은 관"(「카밀라」, 248쪽)을 찾아가는 것으로 나타나고, 『카밀라』에서 뱀파이어에 관한 결정적 단서를 제공한 기이한 남작은 강화길의 「카밀라」에서 비슷한 인상을 주는 남자로, 그러나 몰락한 귀족이 아닌 편의점 아르바이트 노동자가 되어서 나타난 것이다.

그런데 두 소설은 결말에서 완전히 갈라진다. 『카밀라』에서 장군은 카밀라와의 몸싸움에서 밀리고, 이에 장군·아버지·남작은 합세하여 종교재판을 통해 카밀라의 목을 자른다. 언급했듯, 카밀라의 최후의 순간에 로라는 없었으며, 이에 관한 서술은 '공식 보고서'로 대체되어 있다. 한편, 강화길의 「카밀라」에서도 유진과 남자 사이의 몸싸움이 벌어지고, 그 과정에서 관이 열려 목걸이와 잿빛 가루가 쏟아진다. 여기에서 중요한 차이는 죽음의 집행관이자 사건 종결을 담당하는 주체가 남성 연대에서 유진과 지우로 바뀌어 있다는 점이다. 강화길은 『카밀라』의 프롤로그에 있던 편집자의 논평만 없애버린 것이 아니라, 사건을 해결하는 남성 연대의 의례와 이를 보증하는 공식 문서 또한 삭제했다. 그리고 이를 통해 카밀라와 미아 실종 사건에 대한 판결의 권한—그 남자의 물증을 믿을 것인가 말 것인가—을 지우에게 넘겨주었다. 그러나 지우는 목걸이의 진위에 대해 함구함으로써 미스터리는 풀리지 않은 채 소설은 종결된다.

마지막 장면에서 주목해야 할 또다른 중요한 차이는 원작에서 몰락한 귀족이었던 남작이 강화길의 소설에서 편의점 야간 아르바이트 노동자로 등장한다는 점이다. 『카밀라』의 남작은 카밀라를 처단함으로써 먼 조상의 과오[4]를 청산했다고 말한다. 한편, 「카밀라」의 남자는 미아의 것이라 주장하는 목걸이를 보여주면서 계속해서 돈을 요구하고, 뜻대로 되지 않으면 "입에 담기도 끔찍한 더럽고 추잡한 욕"(「카밀라」, 251쪽)을 한다. 전자의 19세기 몰락한 귀족이 가문의 위신을 타자성의 상징인 카밀라를 처단함으로써 회복하려 한다면, 후자의 21세기 남성-프레카리아트precariat는 생존의 불안을 여성을 악마화하는 이야기를 생산하는 것으로 해소하고, 심지어 이를 통해 금전적 이익을 얻으려고 한다. 그러나 르 파뉴가 남작에게 사건 해결의 결정적인 역할을 허락하면서 응분의 보상을 부여하는 데 반해, 강화길은 남자에게 어떤 신뢰도 표시하지 않는다.

결국 「카밀라」는 확실한 결론을 내리지 않음으로써 미스터리도, 사랑도, 그리고 이야기도 계속되도록 내버려둔다. 카밀라와 미아의 행방은 여전히 알 수 없으며, 미아의 행방을 알 수 없기 때문에 지우는 계속해서 유진을 찾아올 것이다. 그렇다면 유진의 은밀한 사랑은 계속될 것이고, 사랑이 지속되는 한 이야기는 계속해서 쓰일 것이다. 결국 강화길은 『카밀라』를 둘러싼 '남성 지식/글쓰기'의 액자를 걷어내는 것에서 나아가, 여성의 이야기를 종료하지 않음으로써 계속해서 '이야기하는 자/쓰는 자'의 자리를 지킨 셈이다. 다시 말해, 카밀라와 로라의 사랑을 카밀라와 유진, 유진과 지우…… 이렇게 계속해서 이어지도록 남겨둠으로써, 괴기성의 두려운 상징이었던 뱀파이어의 '전염' 능력을

---

4) 그의 조상은 백작 부인 카밀라를 사랑하여 그의 무덤을 숨겨주었다고 한다.

여성 서사가 계속될 수 있는 동력으로 전유하는 것이다.

어머니 운명의 거부와 여성사her-story 문서고의 상속—천희란의 「카밀라 수녀원의 유산」

강화길이 『카밀라』의 서사 구조를 차용·변용하면서 원작을 전복하는 뱀파이어 서사를 보여주었다면, 천희란의 「카밀라 수녀원의 유산」은 『카밀라』에 등장했던 인물들을 새로운 배역에 배치함으로써 다시 쓰기를 수행하고 있다. 우선, 소설에 진입하기 전에 '카밀라 수녀원'이라는 조어에 설명이 필요할 것 같다. 가부장제의 여성혐오 판본 중 가장 뿌리깊게 작동하는 것이 '숙녀와 창녀의 구별'이라고 할 때, 요녀妖女의 이미지로 재현되어온 뱀파이어 카밀라의 이름을 수녀원에 붙인 것이 어색하기 때문이다. 사실 소설에서 '카밀라 수녀원'은 정식 명칭이 아니라, "출신도 사연도 알 수 없는 여자들"(96쪽)이 모여 사는 곳에 대한 멸칭이다. 이 대저택은 본디 함부로 방치되어 있던 것이었는데, 카밀라가 이를 구입하고 다듬어 "폭력으로부터 보호받지 못했거나 장기간 위협적인 현실에 노출되어 있던 여자들"(99쪽)을 위해 일종의 복지시설로 제공하였다. '카밀라 수녀원'이라는 멸칭에는 마을 사람들이 "께름칙하게"(96쪽) 여기는 여자들, "과거를 캐묻고 싶"(100쪽)은 여자들에 대한 비하가 담겨 있다. 언뜻 모순적으로 느껴지는 성과 속의 결합은 가부장제의 왜곡된 여성 인식을 아주 투명하게 보여준다. 마치 뱀파이어 카밀라가 여성을 죽이든 여성과 사랑을 하든 가부장제 재생산을 가로막는 위협이었던 것처럼, 가부장제의 논리에서 '과거가 있는 여자'든

'수녀'든 정상 가정의 재생산을 담당할 수 없다는 점에서 별반 다르지 않은 것이다.

본격적으로 '카밀라 수녀원'의 내부 사정을 살펴보면, 이곳은 여성들의 자급자족 공동체의 성격을 지니고 있다. '라우라' 모녀가 이곳에 오게 된 것도 새아버지의 폭력을 피할 곳이 필요해서였다. 소설의 갈등은 라우라의 어머니가 '피에르'와 재혼을 하려는 데서 시작된다. 라우라의 새아버지들은 하나같이 무능력하고 폭력적인 "개자식"(99쪽)이었으므로, 어머니의 재혼은 라우라에게 불행의 조짐으로 느껴졌다. 게다가 라우라의 어머니는 그녀의 불행한 운명을 딸에게 '전염'하려 했다. 아니, "엄마와 딸이란 (……) 같은 운명을 공유"(101~102쪽)하는 거라고 강조했다. 어머니는 라우라를 버리지 않겠다고 맹세했지만, 라우라는 어머니의 불행한 운명에서 벗어나지 못할까봐 두려워했다. 급기야 어머니가 라우라를 데리고 저택을 떠나려 하자 라우라는 어머니를 죽이고 만다. 이 끔찍한 살인을 카밀라가 숨겨주었고, 이를 계기로 라우라는 카밀라의 후계자가 된다. 라우라는 파트너 '베르타'와 함께 저택 운영에 힘쓰는 동시에 여자아이를 입양하여 키운다. 카밀라가 죽은 후 라우라는 저택에 대한 모든 권한을 물려받는데, 이때 라우라는 카밀라가 그녀의 어머니를 지하실에 유폐하고 있었다는 것을 알게 된다.

「카밀라 수녀원의 유산」은 줄거리만 보면 르 파뉴의 『카밀라』와 전혀 관계가 없는 소설 같지만, 실은 그렇지 않다. 우선, '라우라Laura'라는 독일식 발음의 여자 이름이 영어로 로라Laura라는 점을 상기하면, 「카밀라 수녀원의 유산」에서도 '카밀라–로라

(라우라)' 커플이 반복된다고 할 수 있다. 특히 『카밀라』에서 이들의 관계는 레즈비언 커플로 해석되기도 하지만, 모녀 관계로 해석되기도 한다.[5] 어머니를 일찍 여읜 로라의 결핍을 카밀라가 채워주고 있다는 것이다. 원작에 대해 좀더 덧붙이자면, 카밀라가 장군의 조카딸 베르타와 주인공 로라에게 접근할 때, 이들의 대저택에 침입할 수 있도록 계기를 마련하는 이는 항상 카밀라의 어머니였다. 이 외에도 『카밀라』에는 여러 측면에서 '모계'가 강조된다. 예를 들자면, 카밀라는 본디 카렌스테인 백작 부인인데, 장군의 아내와 로라의 어머니가 카렌스테인 집안의 먼 후손이다. 원작에서 카밀라는 어머니로부터 타깃(로라, 베르타)을 지정받는데, 이 새로운 희생자들은 카밀라와 유사 모녀 관계를 형성할 뿐 아니라 모계 혈연으로 이어져 있다.

원작의 (유사)모녀 관계를 염두에 두고 다시 「카밀라 수녀원의 유산」으로 돌아오면, 소설의 핵심 모티프인 '어머니 살해'의 의미가 더욱 다층적으로 해석된다. 먼저, 소설 내적 의미로만 보자면 라우라의 어머니 살해는 폭력적 가부장으로부터 고통받는 불행한 아내/어머니의 운명을 끊어내겠다는 의지다. 그러나 이것이 다가 아니다. "카밀라와 라우라, 피와 마음으로 맺어진 가계의 비극은 아주 오래전으로 거슬러올라가기 때문이다."(109쪽) 여기에 원작의 의미를 덧대어보면, 어머니 살해는 어머니로부터 '피'로써 '전염'되는 운명, 그러니까 카밀라의 어머니가 카밀라에게, 카밀라가 로라와 베르타에게 전염했던 타자의 운명을 거부하겠

5) 김진옥, 「레퍼뉴(Le Fanu)의 『카르밀라』(Carmilla)—뱀파이어 어머니」, 『신영어영문학』 제60집, 신영어영문학회, 2015 참조.

다는 뜻이기도 하다. 「카밀라 수녀원의 유산」에서 카밀라와 라우라는 자신의 어머니를 지하실에 유폐하거나 죽임으로써 운명의 대물림을 끊어낸다. 동시에 라우라는 카밀라를 어머니처럼 따르고, 또 그녀는 레즈비언 파트너 베르타와 함께 입양된 딸을 키운다. 이로써 이들은 완전한 '비혈연 모계'를 형성한다.

그런데 이때 흥미로운 점은 라우라가 자신의 딸 이름을 '카밀라'로 짓는다는 점이다. 원작에서 뱀파이어 카밀라는 로라와 친밀한 관계를 맺으면서도 그녀의 어머니가 부여한 임무—로라를 감염시킬 것—로부터 벗어나지 못했다. 여기에 비추어 본다면, 「카밀라 수녀원의 유산」에서 '어머니 살해' 이후 새로 태어난 카밀라는 그 어떤 운명의 종속도 없이 마음껏 로라를, 베르타를, 그리고 다른 여성들을 사랑할 수 있게 되었다고 할 수 있지 않을까. 더욱이 이 소설의 결말에는 내내 감추어져 있던 서술자가 드러나는데, 그녀는 다름 아닌 라우라의 딸, 새로 태어난 카밀라이다. 다시 한번 강조하지만, 『카밀라』에서 카밀라는 로라에 의해 재현되었고, 로라의 글은 '남성 지식/글쓰기'의 보증과 검열에 의해 이야기로서 자격을 얻었다. 곧, 카밀라는 어머니로부터 부여받은 운명의 속박과 재현·검열이라는 이중 구속에 처해 있었던 셈이다. 이처럼 카밀라를 둘러싼 중층 억압을 천희란은 '새로 태어난 카밀라의 글쓰기'로 해방하고 있다. 「카밀라 수녀원의 유산」에서 서술자 카밀라는 운명으로부터 벗어난 글쓰기 주체로서 목소리를 내는 것이다.

이제 마지막 질문이 남았다. 그렇다면 '카밀라 수녀원의 유산'이란 무엇인가. 라우라의 딸 카밀라는 두 어머니가 죽은 후

저택 지하실을 둘러본다. 이곳은 카밀라의 어머니가 유폐된 곳이자 카밀라의 일생이 보관된 곳이며, 어머니를 죽인 라우라의 일기가 보관된 곳이다. 또 "이 저택에 살았고, 이 저택의 안팎에서 살고 죽어간 여자들의 서로 다른 비극의 기록"(109쪽)이 넘쳐나는 곳이다. 카밀라가 상속받은 것은 바로 여자들의 비극적 역사가 보관된 문서고이다. 그렇다면 카밀라는 "이 거대한 저택의 유산을 어떻게 책임질 수 있을 것인가"(같은 쪽). 물론 소설은 이에 대해서는 답하지 못한다. 다만 앞으로 시작될 이야기를 예고할 뿐이다. 그럼에도 소설의 결말은 충분히 중요한 메시지를 전달한다. 그것은 더이상 지난 여자들의 운명에 종속되지 않는 카밀라가 그녀들의 이야기를 시작하겠다는 뜻이다. 새롭게 시작될 여성사her-story의 예고이다.

고딕소설이라는 시험대

18~19세기 영국 고딕소설은 사회 계층/계급의 변동과 젠더 규범의 공고화 등 급변하는 사회적 맥락 속에서 타자화된 존재를 가시화하고 그들의 욕망을 시험하는 장場으로서 기능했다. 소설에서 재현되는 타자의 괴물성은 불온한 역량을 담고 있기도 하지만, 바로 그렇기 때문에 통제해야 할 대상으로 인식되기도 한다. 최근 한국의 문학장에서는 어느 때보다 여성 서사가 다채롭게 전개되고 있는데, 고딕소설은 그간 숱하게 반복되어왔던 여성성 재현의 스테레오타입을 뒤집고, 이성애 가부장제를 비롯한 지배 질서를 심문하는 시험대로서 기능하는 듯하다.

이 글은 강화길의 「카밀라」와 천희란의 「카밀라 수녀원의 유산」을 '최초의 뱀파이어 소설'이라 회자되는 르 파뉴의 『카밀라』와 교차하며 독해하였다. 두 소설은 매우 상이한 방식으로 여성 뱀파이어 소설을 차용·변용하는데, 강화길이 '전염'이라는 괴물의 능력을 끝없이 이어지는 여성 서사의 동력으로 전유한다면, 천희란은 '전염'을 대물림되는 가부장제 내 여성의 운명으로 보고 '어머니 살해'를 통해서 이를 끊어낸다. 그러나 이러한 차이에도 불구하고 공통적으로 이들은 '다시 쓰기'가 온전한 '여성의 글쓰기'가 될 수 있도록 고심한다. 강화길이 '전염'을 통해 여성의 이야기가 끝이 없도록 미해결된 잔여를 남기고 있다면, 천희란은 '전염'을 끝냄으로써 여성 글쓰기를 구속하던 것들을 걷어낸다. 특히 이들 소설의 서술자가 남성 지식/글쓰기의 장에 포획된 여성으로 나타나는 것이 아니라, 사건의 집행과 해석의 주체로 등장하고 있다는 점이 중요하다. 고딕소설이 지배적 규범에 대한 가장 위협적인 위반의 욕망을 담아내는 용기라고 할 때, 이는 각종 성차별적 규범을 벗어나고자 하는 지금 여기 여성 서사에 매력적인 시험의 장소임에 틀림없다.

(2020)

여성 재현의 '몫'을 묻다[1]

이미 잃어버렸거나 잃어가고 있는 여성의 삶에 관하여

리얼리즘은 현실을 그대로 모사하는 것이 아니라 비본질적인 것으로부터 본질적인 것을 간취하고 현실이 나아가는 방향과 법칙을 파악하여 객관적으로 반영하는 것이라 한다. 이때 본질적인 것과 비본질적인 것을 구별하고 현실의 나아가는 방향과 법칙을 파악하는 지성적 작용에는 재현하는 자의 이데올로기는 물론이고 당대 사회의 지배적 담론이 투영된다. 여기에 여성을 비롯한 비가시적 존재의 재현의 어려움이 놓여 있다. 비-인간, 비-정상, 비-남성, 비-이성애자 등 '본질적인 것'으로 여겨지지

---

1) 이 글에서 다루는 작품은 다음과 같다. 최은영, 『몫』, 미메시스, 2018; 조해진, 『단순한 진심』, 민음사, 2019; 김숨, 『한 명』, 현대문학, 2016; 김숨, 『흐르는 편지』, 현대문학, 2018; 김숨, 『군인이 천사가 되기를 바란 적 있는가―일본군'위안부' 길원옥 증언집』, 현대문학, 2018; 김숨, 『숭고함은 나를 들여다보는 거야―일본군'위안부' 김복동 증언집』, 현대문학, 2018. 이하 인용시 작품명과 쪽수만 밝힌다.

않는 '비-○○'들은 현실의 방향성을 가늠하는 지표로 인식되지 못하기 때문이다. 최은영의 『몫』은 1990년대 중·후반 대학 교지 편집실의 대화를 보여주는데, '교수 성희롱 사건' '가정폭력에 시달리는 아내들'과 같은 '여성 문제'는 "일개 여성 문제가 아니라 대학원 사회의 기형적인 권력구조에 관한 문제"(20쪽)라서 채택이 되거나, 아니면 "민족 주권과 빈곤의 문제를 여성 문제로 축소해서 보려"(45쪽) 해서 폐기된다. 여성 문제는 여성 문제로 제출될 수 없고, 그것이 '본질적'이고 '현실의 방향과 법칙'을 반영하는 한에서, 즉 민족, 주권, 권력, 계급 문제에 종속되는 한에서 발화될 수 있었다.

그곳에서 당신과 희영은 미군에게 살해당한 여성의 시신 사진이 실린 유인물을 봤다. 처음에는 무슨 사진인지 이해할 수 없었지만, 자세히 보니 죽은 여자의 시신이라는 것을 알 수 있었다. 참혹하게 살해당한 사람의 몸. 그 사진 아래로 2년 전, 전국여대생대표자협의회에서 쓴 글이 짤막하게 실려 있었다.

〈그는 우리 조국의 모습입니다! 조국의 자궁에는 미국의 문화 콜라 병이 깊숙이 꽂혔고 조국의 머리는 시퍼렇게 피멍이 들어 있으며 조국의 온 산천은 이러한 모든 것을 감추려는 듯 희뿌연 세제가 뿌려져 있습니다.〉

당신은 그 유인물의 내용을 확인하자마자 두 번 접어서 가방에 넣었다. 희영도 그렇게 했다. 그렇게 접어서라도 그 사람의 몸을 가려주고 싶어서.(『몫』, 39쪽)

그리하여 여성의 죽음은 그녀를 위한 추모제에서도 '비본질적인 것'으로 누락된다. 인용한 장면은 피해자의 이름을 따 '윤금이 사건'이라 기억되는, 1992년 미군 소속 케네스 마클Kenneth Markle이 동두천 기지촌에서 일하던 여성 윤금이를 잔인하게 살해한 사건을 환기한다. 살해 방법이 너무 참혹했기에 당시 많은 사람들이 분노했고 시위에 나섰다. 소설 속 유인물의 글귀는 당시 학생운동 진영이 반미 투쟁에서 사용한 실제 문구인데,[2] 최은영은 소설 속으로 이 사건을 가지고 오면서 두 겹의 재현을 보여준다. 하나는 유인물에 적힌 대로, 기지촌 여성의 몸이 '조국의 영토'로 그녀의 죽음이 '미국에 의한 주권/영토의 침해'로 재현되는 모습이고, 다른 하나는 기지촌 여성의 죽음이 당대 대학생들에게 받아들여지는 방식이다. 두번째 층위의 재현이 가능한 것은 페미니즘이 분투하며 일깨워온 감각과 언어 위에 우리가 살고 있기 때문이다. 지금 여기 한국문학의 현장에서 비가시적 영역에 머물렀던 존재에 관한 재현이 가장 첨예한 논점인 것은 그것이 독자의 감각 변화에 대한 가장 예민한 반영인 동시에 독자의 감각 민감도를 세련하고 있기 때문이다.

그럼에도 지금 여기 여성 재현은 또다른 어려움을 지니고 있다. 하나는 아직도 보이지 않거나 혹은 특정한 방식으로만 보려고 하는 영역이 남아 있다는 점이고 다른 하나는 그동안 잃어버린 삶이 너무 많다는 점이다. 그 대표적인 것이 일본군 '위안부', 미군 '위안부'의 삶에 관한 재현이다. 세계는 한쪽에서는 여성

---

2) 정희진, 「죽어야 사는 여성들의 인권」, 한국 여성의전화 연합 엮음, 『한국 여성인권운동사』, 한울, 1999, 342쪽 참조.

섹슈얼리티를 남성성을 강화하는 수단이자 착취의 수단으로 삼으면서도, 반대편에서는 '어머니·아내·딸'과 같이 가부장제의 재생산에 적합한 여성성만을 허용한다. '위안부' 여성들은 살아 있는 동안 철저히 배제되었으면서도, 죽은 후에는 '민족의 딸'이 되어 '민족 수난'의 상징이 되어야 했다.[3] 그런데 이제 이들의 삶을 재현하고자 할 때, 안타깝게도 너무 많은 것들이 이미 세계 바깥으로 추방되어버렸고 망각되었다. 이미 잃어버렸거나 잃어 가고 있는 여성의 삶은 어떻게 그릴 수 있을까.

스크린 바깥을 상상할 수 있을까—조해진, 『단순한 진심』

애초에 내가 알고 싶었던 건 문주의 의미가 아니라 그런 것인 지도 몰랐다. 이제는 아무도 알 수 없는 스크린 바깥의 이야기였 다.(『단순한 진심』, 224쪽)

조해진의 『단순한 진심』은 프랑스로 입양된 '나'(=나나, 문주)가 자신을 주인공으로 한 다큐멘터리영화에 출현하면서 시작된다. 입양 전 이름인 '문주'의 의미를 추적하면서 진행되는 이

---

3) '제국으로부터 우리 민족의 여성을 보호해야 한다'라는 민족주의 논리는 '식민지 여성을 정복하라/구원하라'라는 제국주의 논리와 정확히 대칭적이다. 이는 여성을 주체적 존재로 인식하지 않고 '민족, 국가, 영토'와 같은 거대 기표 아래 귀속시킴으로써 억압하며, 자국 남성에 의한 성폭력을 비가시화한다. 더하여 이러한 논리는 최근 '자국 여성의 안전'을 이유로 예멘 난민을 반대했던 주장과도 상통한다. 자세한 내용은 류진희, 「난민 남성과 자국 여성」, 김선혜 외, 『경계 없는 페미니즘—제주 예멘 난민과 페미니즘의 응답』, 와온, 2019, 84~85쪽 참조.

소설에는 몇 번의 실패가 나타난다. 이를테면, '나'는 생모를 찾는 데 실패하고, 이름을 지어준 기관사를 만나는 데 실패한다. 한편, '나'가 우연히 알게 된 '추연희'는 오래전 '백복순'과 그녀가 낳은 딸 '백복희'와 함께 대안 가족을 꾸린 적이 있다. 백복순은 열다섯 살부터 공장에서 일하다 열일곱 살에 이태원으로 흘러왔고, '기지촌 여성'이라 불리는 미군 상대의 성매매/성판매 여성이 되어 열여덟 살에 백복희를 낳았다. 백복순은 딸을 낳은 지 사 년 만에 죽었고, 추연희는 온갖 차별과 폭력에 시달리는 백복희를 보다못해 입양 보낸다. 이후 추연희는 평생 그녀를 기다리지만 끝내 만나지 못한 채 뇌졸중으로 쓰러진다.

'나'와 추연희는 그리워하던 사람을 만나지 못하지만, 대신 서로를 통해 각자의 상처를 돌보게 된다. '나'는 추연희의 모습에서 자신을 돌봐주었던 기관사 '정우식'과 그의 어머니 '박수자', 양부모가 되어준 '앙리'와 '리사'를 발견했고, 반면 추연희는 '나'에게서 백복희의 얼굴을 보았다. 추연희가 '나'에게 베푼 음식들은 백복희를 향한 사랑인 동시에 '나'의 결핍을 메워주는 것이었다. '나'는 뇌졸중으로 쓰러진 추연희를 돌보는데, 이는 그녀에 대한 '나'의 연민인 동시에 '나'를 지켜주었던 리사와 박수자의 사랑이기도 하다. 이렇게 소설은 쌍방으로 교환되는 친절이 아니라 타인을 향해 퍼져나가는 돌봄과 사랑에 대해서 이야기한다.

소설에서 인물들이 형성하는 관계는 독자에게 울림과 감동을 주지만, 그것에 앞서 이들의 '만남의 실패'를 좀더 곱씹어 읽을 필요가 있다. 이들은 왜 이토록 인생의 많은 시간을 고통 속에서 보내야 했을까? 추연희는 "임신하지 못"한다는 이유로 "남편과 남편의 가족에게서 버려"(175쪽)졌고, 백복순은 "열다섯 살부터 공장에서 일"하다가 "그 망할 공장에서 하도 월급을 떼어서 직업소개소에 갔다가 이태원으로 흘러"(207쪽)갔으며, 백복희는 피부색이 다르다는 이유로 "성적 수치심과 모욕감을 주는 지독한 별명"(231쪽)으로 불려야 했다. 이 세계가 여성을 재생산의 도구로 혹은 성 착취의 대상으로 여기는 곳이 아니었다면, 피부색이 다르다고 폭력을 휘두르는 곳이 아니었다면, 추연희와 백복순, 그리고 백복희의 삶은 달라지지 않았을까?

세계의 폭력성을 감각하게 되면, 온전히 재현되지 못하는 여성들이 소설 곳곳에 존재한다는 것을 깨닫게 된다. 먼저, 소설 서두에 스치듯 지나간 '스티브'의 엄마. 그녀는 아들을 낳았다는 사실도 잊은 채 부모와 남편도 없이 노숙자 시설에 방치되어 있다. 그녀의 삶을 기억하고 있는 사람은 아무도 없다. 두번째는 '나'의 생모. '나'는 "그녀의 손끝 하나 재현할 수 없"(8쪽)다. 그녀는 "암흑 속의 여자, 까만 봉지에 봉합된 한 생애, 현재뿐 아니라 미래에도 그 무덤조차 알려지지 않을 사람"(199쪽)으로 남을 것이다. 마지막으로 이름조차 밝혀지지 않는 노파. 그녀는 기지촌 클럽에서 일하며 열한 번의 임신중지수술을 한 뒤 더이상 일을 할 수 없을 만큼 "상품성이 떨어"졌을 때 자신에게 남은 건 "클럽 사장에게 갚아야 할 빚"(205쪽)밖에 없다는 것을 깨달았다. 잠시 추연희에게 의탁했으나 임신중지의 기억이 그녀를 괴롭혀 또다시 떠났다. 그녀의 삶에는 여전히 많은 공백이 남아 있다.

기지촌 여성들은 '달러벌이'라는 명목으로 국가에 의해 체계적인 관리 및 착취의 대상이 되었으면서도, 살아 있는 동안 '양 공주' '양갈보'라는 사회적 낙인과 폭력에 시달려야 했고, 죽어 서는 '조국의 산천'이자 '민족의 딸'로 민족 주권 유린의 상징이 되었다. '달러벌이' '양공주' '민족의 딸' 어느 것에도 기지촌 여 성 개인의 이름은 기록될 수 없었고, 그녀들의 인권은 관심의 대 상이 되지 못했다. 또 그녀가 낳은 아이들은 '국가의 수치'로 치 부되면서 온갖 멸시와 차별에 노출되었다. 국가와 사회는 최소 한의 염치도 예의도 없이 "묘비도 묘석도 없는" 수많은 백복순 이들의 무덤 위에 "집도 짓고 교회도 짓고"(208~209쪽) '정상 성'에 부합되는 무수한 삶을 재생산해왔다. 이 소설에서 '나-추 연희'의 만남만큼이나 '나-생모' '스티브-생모' '추연희-백복 희' '백복순-백복희' '추연희-노파' 등 무수한 '만남의 실패'에 주목해야 하는 이유는 이미 잃어버렸거나 잃어가고 있는 여성들 의 삶을 적극적으로 상상하기 위해서다.

그런 점에서 소설이 한 사람의 인생을 한 편의 영화/연극에 비유하고, '나'가 반복적으로 스크린 바깥을 상상하는 것은 단 순히 수사가 아니다. '나'는 "이방인은 끼어들지 않아야 비로 소 완전해지는 세트장 같"(108쪽)은 세계에서 버려진 사람이라 는 감각을 지니고 있다. '나'가 배우가 된 것도 "어떤 상황을 무 대처럼 만들어 상상으로 빚어진 배우에게 내게 닥친 외로움을 전가"(15쪽)할 수 있었기 때문이다. 어쩌면 "가능한 또다른 생 애"(56쪽)로서 문주의 삶을 상상하던 '나'가 자기 삶을 추적하는 영화에 출현하면서 이야기가 시작되었다는 점을 상기할 때, 『단 순한 진심』은 이방인의 감각으로 살았던 '나'가 자기 영화의 주인공 역이 되어가는 과정이라 할 수 있다.

그런데 '나'의 영화는 오직 '나'의 이야기로 곧장 나아가지 않는다. 영화는 기관사 어머니나 백복희와의 만남, 백복순의 무덤을 찾는 장면으로 이어지면서, '나'의 삶의 스크린 바깥에 존재하던 이들을 만나는 것으로 전개된다. 그리고 이들을 만나면서 스크린 바깥은 단지 쫓겨난 존재들의 공간이 아닌 그들의 보이지 않는 사랑과 돌봄이 이루어지는 공간으로서 의미를 지니게 된다. 마침내 소설의 후반에 이르러서는 스크린 바깥에서 맺어지는 관계가 '나'의 삶(=영화)을 가능케 하는 것으로 인식된다. '나'는 자신이 출연한 영화를 보면서 "카메라가 비추지 않는 곳에서 변화하고 움직이는"(250쪽) 사람들을 느끼는데, 이들은 영화를 함께 만든 '서영' '소율' '은'뿐만 아니라 음식을 만들어준 추연희, 기관사를 대신한 그 딸 등 스크린 바깥에서 '나'의 삶을 만들어준 모든 사람이다.

소설은 '나'의 시점으로 전개되지만, 스크린 바깥에서의 호의로부터 한 사람의 삶(=영화)이 만들어진다는 메시지는 추연희의 삶에도 적용된다. 그녀는 기다리던 백복희를 만나지 못하고 의식을 잃는다. 그러나 '나'와 아동복지회 직원, 간호사 등이 조금씩 내어준 마음으로 말미암아 백복희는 병상에 있는 추연희를 찾아온다. 추연희의 삶에 이 만남이 영사되지 않더라도, '카메라가 비추지 않는 곳에서' 그녀는 백복희를 만난 것이 된다. 또, 이름도 없이 '노파'로 등장하는 여인에게도 짧은 시간이나마 무대가 마련된다. 이때 중요한 것은 무대가 관객으로부터 만들어진다는 점이다. 『단순한 진심』은 각자의 삶이 바깥으로부터 오는 호의와 사랑으로 만들어지고 있으며, 동시에 각자의 삶 역시 누군가의 스크린 바깥에 존재하고 있음을 말한다. 우리는 뗄 수 없이 연결되어 있으며 살아간다는 것은 타인의 삶의 관객이 된다는 뜻이다. 이렇게 서로가 서로에게 관객이 될 때, 함부로 잊히는 사람 없이 모두가 자신의 삶(=영화)을 가질 수 있다.

> 노파도 연희만큼 늙었다. 노파의 좋거나 좋지 않은 무언가를, 아니, 그저 자신이 이 세상에 살았다는 그 사실만이라도 다른 사람이 기억해주길 욕망할 만큼은 충분히. 이제 복희 식당은 무대가 될 것이고 식당 안으로 흘러들어오는 가로등 불빛은 배우를 비추는 조명이 될 것이다. 나는 지금 텅 빈 객석을 지키는 관객인 것이다.
> 노파가 이야기하기 시작했다.(204~205쪽)

우리의 말을 이어갈 수 있을까—조선인 '위안부'의 삶을 다룬 김숨의 저작들[4]

일본군 '위안부'의 삶을 다룬 김숨의 일련의 작업은 잊어가는 것들에 대한 다급함에서 시작되었다. 장편소설『한 명』은 "세월이 흘러, 생존해 계시는 일본군 위안부 피해자가 단 한 분뿐인 그 어느 날을 시점으로"(7쪽), '생존자 이후 증언의 가능성'에

---

4) 조선인 '위안부'를 다룬 김숨의 저작들에 관해서는 다른 지면을 통해 발표한 바 있다. 이 자리에서는 '생존자 이후의 증언 가능성'에 초점을 맞추어 간략하게만 제시한다. 자세한 내용은 이지은,「증언은 어떻게 문학이 되는가, 문학은 어떻게 증언이 되는가」,『학산문학』 2019년 봄호 참조.

대한 물음을 제기한다. 작가는 삼백십여 개의 주석을 통해 피해 생존자들의 증언을 텍스트에 삽입하고, 이를 통해 생존자들의 이름 하나하나를 텍스트에 새긴다. 소설에 등장하는 '풍길' '군자' '애순이' '탄실이' '장실 언니' 등은 수많은 '위안부'들의 목소리가 기워져 탄생한 인물들이다. 그럼에도『한 명』은 애초의 문제의식/질문에는 충분한 답을 하지 못하는데, 소설의 결말이 또다른 생존자의 등장으로 막음 됨으로써 주어진 시간이 얼마간 '유예'될 뿐 '이후'를 상상하지는 못하기 때문이다.

그러나 김숨은『한 명』에서 멈추지 않고 '위안부'의 삶을 재현하는 일을 계속해서 밀고 나간다.『숭고함은 나를 들여다보는 거야』(이하『숭고』)와『군인이 천사가 되기를 바란 적 있는가』(이하『군인』)에 이르면 '위안부'의 삶은 '과거-현재' '인터뷰이-인터뷰어'가 대화하면서 구성된다. 이들 책은 표면적으로 증언자의 목소리로만 채워져 있지만, 증언자의 목소리를 따라가다 보면 서술자가 증언집 전체를 아우르며 존재함을 느낄 수 있다. 증언자는 '너'라는 말로 서술자를 지칭하기도 하고, 물음, 한탄, 당부 등을 통해 드러나지 않는 누군가를 암시하기도 한다. 서술자가 증언자의 대화 상대로서 행간에 녹아 있기 때문에 이들 책은 '독백'이 아니라 '대화'의 기록이라 할 수 있다.

'증언'이라는 말이 법적 용어이기도 한 탓에, 증언은 사건을 '있는 그대로' 재현해야 한다는 강박을 불러일으킨다. 특히 일본군 '위안부' 문제에 있어 '증언'은 다른 사료가 불충분했던 운동 초기에 강력한 '증거'로서 제시되었고, 법적 투쟁이 주요한 운동 방법이 되면서 '증거로서의 증언'의 성격은 더욱 강화되었다.

실제로 '한국정신대문제대책협의회'에서 발간한 증언집의 변모를 살펴보면, 진상 규명이 긴급한 목표였던 1권의 경우[5] 징모 과정, 위안소 시스템 등을 파악할 수 있도록 증언 형식을 통일하고 문장을 가필한 흔적이 엿보인다. 증언은 대개 "나는 ~했다"라는 문어체로 시간순으로 전개된다. 그러나 증언에 대한 이러한 관점은 2000년대에 접어들면서 확연히 변하게 된다. 증언집 4권에 이르면 "사건 자체가 아니라 증인이 거기에 관해 어떠한 의미를 부여하고 있는가에 주의를 기울인다".[6] '증언' 역시 자기 재현이며, 경험에 대한 증언자의 해석임을 분명히 하는 것이다. 나아가 증언집은 면접자, 편집자, 편집팀원들의 선택과 편집을 거칠 수밖에 없음을 명시한다. 따라서 "증언 텍스트는 녹취의 수록이 아니라 생산된 증언이다."[7] 이러한 관점에서 "인터뷰는 독백이 아니라 대화" "증언집은 조사자와 피해자의 상호 대화와 소통의 산물"[8]이다. 곧잘 간과되곤 하지만 증언은 증언자의 자

---

5) 정진성은 1권 해설에서 "군위안부 문제의 주안점을 우선 진상을 밝혀내는 일"이라고 하면서, "우리나라의 입장에서 이 문제에 접근할 수 있는 가능하고 우선적인 과제는 피해자들의 경험을 되살리는 것"이며 "이들의 생생한 체험담은 기존의 문서자료에서 밝혀진 사실을 재확인하는 데 그치는 것이 아니라, 아직까지 밝혀지지 않은 역사적 사실을 밝힘으로써 새로운 문서자료의 발굴을 선도할 수 있을 것"이라고 썼다(정진성, 「군위안부의 실상」, 한국정신대문제대책협의회·한국정신대연구소 엮음, 『강제로 끌려간 조선인 군위안부들 1―증언집』 해설, 한울, 1993, 15쪽).

6) 한국정신대문제대책협의회 2000년 일본군 성노예 전범 여성국제법정 한국위원회 증언팀, 『강제로 끌려간 조선인 군위안부들 4―기억으로 다시 쓰는 역사』, 풀빛, 2001, 11쪽.

7) 같은 책, 22쪽.

8) 한국정신대문제대책협의회 2000년 일본군 성노예 전범 여성국제법정 한국

기 해석과 재현의 결과이자 듣는 이와 말하는 이 사이의 공동작업collaboration이다.

김숨의 일련의 작업도 이러한 인식 변화와 궤를 같이한다. 『한 명』이 주석의 방식으로 기존 '위안부'의 증언을 삽입하고 있다면, 『숭고』와 『군인』은 현재의 시점에서 '위안부' 생존자와 서술자의 '관계'를 통해 구성된다. 서술자를 향한 증언자의 질문이라든가 '너'라는 지칭을 지적하지 않더라도, 『숭고』와 『군인』은 '김숨-김복동' '김숨-길원옥'의 만남을 통해서 '생산'된 것이라 할 수 있다. 만약 다른 만남이었다면 여기엔 다른 말들이 존재했을 것이다. 그러나 아직 일본 정부의 공식적 사과와 법적 배상이 이루어지지 않은 현실로 인해 증언을 당사자의 육성肉聲에 한정하지 않는 것은 모종의 불안을 야기한다. 또 증언에 대한 이러한 관점이 자칫 상대주의적 진실관으로 귀결되는 것이 아닌가 하는 우려도 있을 수 있다.

『흐르는 편지』에는 이러한 고민이 녹아 있는 듯하다. 이 소설은 위안소에서 임신을 한 열다섯 살 금자의 이야기인데, 읽다보면 곳곳에서 김학순, 문옥주, 박두리, 강덕경, 김복동, 길원옥 등 '위안부' 생존자들의 증언이 환기된다. 이 증언들은 『한 명』처럼 각주의 형식으로 텍스트에 '보존'된 것이 아니고, 작가에게 "체화"[9]되어 텍스트에 틈입한다. 덧붙이자면, 『흐르는 편지』에는

위원회 · 한국정신대연구소, 『강제로 끌려간 조선인 군위안부들 5』, 풀빛, 2002, 16쪽.

9) "『한 명』을 쓰면서 찾아 읽은 증언들과 자료들이 그 소설을 펴낸 지 2년여가 지나서야 겨우 내 안에서 체화되었다. 그 과정에서 위안소를 배경으로 한 소설을 쓸 용기가 생겼다."(김숨, 「작가의 말」, 『흐르는 편지』, 308쪽)

다양한 종류의 언어들이 부딪치고 있다. 위안소 업자와 군인의 일본말, 조바(중국인 심부름꾼)의 중국말, 조선인 '위안부'의 서툰 일본말, 조선말, "전라도 억양과 울먹임이 (……) 섞여들어 일본말도, 조선말도, 중국말도 아닌 이상한 말"(198쪽), 영혼을 빼앗기지 않으려는 금자의 침묵까지. 이들의 말은 대체로 소통되지 못하고, 드물게 문'법'을 넘어 서로 소통되기도 하지만 제국-식민지 '법'의 분할선에 의해 다시 적대 관계로 놓인다.

『흐르는 편지』가 보여주는 다양한 주체들의 언어 가운데 끝순의 '땅에 쓴 편지'와 금자의 '강물에 쓴 편지'는 '증거로서의 증언'과 '증언 이후의 증언'의 은유처럼 읽힌다.

> 끝순은 땅에 편지를 쓴다. 녹슨 못을 연필 삼아, 손에 묻어나는 녹 가루를 옷에 문질러 닦아가며.
> 강물에 쓰는 편지는 쓰자마자 흘러가버리지만 땅에 쓰는 편지는 흘러가지 않고 한곳에 머물러 있다. 비석에 새긴 글처럼.(72쪽)

글을 아는 끝순은 "집 주소와 아버지 이름을 꼭 써넣"(73쪽)은 편지를 땅에 눌러쓴다. 끝순의 편지는 비석에 새긴 글처럼 선명하지만, 흘러가지 못하고 한곳에 머물러 있다. 반면, 글을 모르는 금자는 손가락으로 흐르는 강물 위에 편지를 쓴다. 금자는 "편지에 고향 집 주소를 써넣고 싶지만…… 주소를 모른다"(13쪽). 또 "강물에 편지를 쓸 때마다 어머니 이름을 써넣고 싶지만 어머니에게는 이름이 없다"(같은 쪽). "강물이 어디서 흘러오는지" "어디로 흘러가는지, 얼마나 멀리까지 흘러가는지도 모르면서"(12쪽) 띄운 편지는 수신지도 수신인도 적히지 않은 채 흘러다닌다. 끝순의 편지가 '비석처럼 새겨져야 할' 역사의 부분으로, 곧 '사료로서의 증언'이라면, 금자의 편지는 수신인과 수신지가 정해지지 않은 '위안부'의 말, 세대와 국가를 넘어 흘러다닐 '증언 이후의 증언'이다. 지금 여기의 우리의 말과 섞여 새롭게 해석되고 생산될 수 있는 증언, 그리하여 더 멀리 오래 흐를 수 있는 증언, '이후'의 시간을 기약할 수 있는 증언인 것이다. 문학적 증언의 '몫'이 있다면 그것은 당연히 후자일 것이다.

여성 재현의 '몫'을 묻다—최은영, 『몫』

끝으로 최은영이 『몫』을 통해 제기한 문제에 답하며 이 글을 닫도록 하자. 『몫』은 1990년대 중후반 대학가 담론과 여성주의의 변모 등 주목할 지점이 많고, 무엇보다 '정윤'과 '희영'의 관계는 세밀하게 읽어낼 필요가 있다. 그러나 이 자리에서는 소설이 주되게 묻고 있는 글쓰기의 '몫'에 대해서만 논의해보고자 한다. 대학 교지 기자였던 정윤, 희영, '해진'은 졸업 후 각자 다른 삶을 살게 된다. 정윤은 결혼하여 남편 뒷바라지를 위해 학업을 중단했고, 희영은 몇 년간 기지촌 활동가로 살다가 일찍 세상을 떠났다. 늘 정윤과 희영의 글을 동경했던 해진만이 기자가 되어 글쓰기를 이어가고 있다. 소설은 해진을 '당신'이라 부르며, 독자를 '쓰는 이'의 자리로 이끌고 와 다음과 같이 묻는다.

글이라는 게 그렇게 대단한 건지 모르겠어. 정말 그런가……
내가 여기서 언니들이랑 밥하고 청소하고 애들 보는 일보다 글
쓰는 게 더 숭고한 일인가. 그렇게 대단한 일인가 누가 내게 물으
면 난 잘 모르겠다고 답할 것 같아. (……)

나는 그런 사람이 되기 싫었어. 읽고 쓰는 것만으로 나는 어
느 정도 내 몫을 했다, 하고 부채감 털어 버리고 사는 사람들 있
잖아. 부정의를 비판하는 것만으로 자신이 정의롭다는 느낌을
얻고 영영 자신이 옳다는 생각만으로 사는 사람들. 편집부 할
때, 나는 어느 정도까지는 그런 사람이었던 것 같아. 내가 그랬
다는 거야. 다른 사람은 달랐겠지만.

희영은 거기까지 말하고 당신을 부드럽게 바라봤다.(58쪽)

편집부 시절 희영은 기지촌 여성에 관해 글을 쓰겠다고 했
다가 "대학 교육까지 받고 좋은 옷 입고 좋은 신발 신으면서
(……) 같은 여자랍시고 그 문제에 대해 이야기할 수 있다고 생
각"(48쪽)하느냐는 정윤의 질문에 그 주제를 포기했다. 졸업 후
희영은 기지촌 활동가가 되었고 글쓰기에 대해 회의하게 되었
다. 정윤과 희영은 전혀 다른 입장에 있지만 당사자성을 '말할
자격'으로 왜곡하여 이해하고 있다는 점에서는 유사하다. 실천
이 결여된 읽고 쓰기, 부채감 해소를 위한 읽고 쓰기는 비판해야
마땅하나 당사자가 아님을 문제삼아 글쓰기의 자격을 묻는 것은
윤리를 가장한 입막음으로 작동할 수 있다. 글쓰기의 자격을 심
문하거나 그 실효성을 완전히 부정해버리면 각기 다른 조건 속
에서 공통의 가치에 대해서 이야기할 수 있는 가능성 자체가 차

단되고 만다. '글쓰기의 몫이란 무엇인가'라는 어려운 질문에 응답해야 하는 이유가 여기에 있다.

조해진의 『단순한 진심』에 기대 말해보자면, '글쓰기의 몫'은 세계 바깥으로 추방되고 지워진 삶에 무대를 주는 일이다. 이때 무대는 그것을 지켜봐주는 관객으로 완성되는데, 이는 '이름'과 그 존재방식이 매우 유사하다. 이름은 '나'를 나타내는 것이지만 타인에게 불릴 때에만 기능할 수 있기 때문이다. 더불어 소설에 의하면, 이름은 존재의 '집'이고, 그 이름을 기억하는 일은 이 세계를 함께 살았던 존재들에 대한 예의다. 소설 속에서 '나'는 뱃속의 아기에게 '우주'라는 이름을 주고, 그가 세상에 오는 모든 순간의 증인이 되겠다고 한다. 이는 '나'가 생모로부터 받지 못한 환대, 그러나 기관사와 추연희로부터 받은 환대를 아기에게 주는 것이지만, '집'이라는 말을 두 번 겹쳐놓은 우주宇宙라는 이름은 '모든 존재들의 집'이라는 상징적 의미로도 읽을 필요가 있다. 소설에서 '나'의 영화가 이름의 의미를 추적하는 이야기로 설정된 것은 우연이 아닐 텐데, 『단순한 진심』은 모든 존재의 집인 이름을 찾고 기억하는 데 함께함으로써 글쓰기의 몫을 감당하고 있다.

한편, 김숨에게 글쓰기의 '몫'이란, 화석화된 증언을 지금 여기의 말로 바꾸는 일이며 '그들'의 말을 '우리'의 말로 바꾸는 일이다. 성폭력, 인신매매 성착취, 결혼 이주 여성들에 대한 폭력과 학대, 비동의 성적촬영물의 유포, 성적 수치심을 유발하는 혐오 발화 등 여성 신체에 대한 폭력이 자행되고 여성 섹슈얼리티가 착취의 대상이 되고 있는 한, 일본군 '위안부'의 증언은 과거의 일로 치부될 수 없다. 길원옥의 증언집이자 김숨의 소설인 『군인이 천사가 되기를 바란 적 있는가』에는 베트남전쟁 학살 생존자 응우옌티탄, IS 성노예 피해자 마르바 알-알리코, 콩고전쟁의 성폭력 희생자 레베카 마시카 카추바의 목소리가 직·간접적으로 드러난다. 이렇게 '길원옥-김숨'의 목소리는 국가와 시대를 넘어 지금 여기 우리의 삶의 지평에서 현재적 의미를 획득하고, 세계의 폭력에 저항하는 우리의 말과 연대하고 있다.

최은영은 소설 속에서 뚜렷한 답을 제시하지는 않지만 계속해서 글쓰기를 감당해나갈 '당신'을 남겨두었다. '글쓰기의 몫이란 무엇인가'라는 질문은 하나의 답안으로 막음될 수 없고, 글을 쓰는 내내 안고 가야 할 물음일 것이다. 그런 점에서 '쓰는 이'를 '당신'으로 남겨둔 『몫』은 '실천으로서의 글쓰기'라는 그 나름의 잠정적인 답을 제출한 것이자, 읽고 쓰는 실천의 장에 독자를 초청한 것이라 할 수 있다. 우리의 읽고 쓰는 과정 중에 이 질문은 반복적으로 돌아올 것이다. 질문과 답을 반복하는 한에서 글쓰기는 실천적 의미를 잃지 않을 수 있다. 또, 읽고 쓰는 공동체로서 함께 상상할 수 있고 더 오래 이야기할 수 있다.

(2020)

역사적 존재의 탈역사화, 그 '불공정'함에 대하여
―'램지어 사태'와 『파친코』열풍에 대한 비판적 고찰

.

미국에서 발신된 두 개의 재일조선인 (히)스토리

최근 한국계 작가 이민진의 『파친코Pachinko』가 국내외에서 화제가 되고 있다. "역사가 우리를 망쳐놨지만 그래도 상관없다 History has failed us, no matter"라는 도발적인 문장으로 시작하는 이 소설은 식민지민, 비국민 신분으로 온갖 어려움을 겪어야 했던 재일조선인 가족의 삶을 그려낸다. 『파친코』는 미국 현지에서 뉴욕 타임스 선정 베스트셀러, 전미도서상 파이널리스트에 오르는 등 호평을 받았고, 이후 유명 미디어 플랫폼이 거액을 투자해 드라마로 제작하면서 세계적으로 알려졌다. 특히 한국에서는 소위 'K-콘텐츠'의 세계적 경쟁력을 입증하는 사례로 다소 과열된 환영을 받기도 했고, 이민의 어려움을 몸소 경험한 한국계 작가가 또다른 코리안 디아스포라인 재일조선인의 삶을 그렸다는 점에서 주목되기도 했다. 그리고 세계적인 흥행에 힘입어 역사부정론에 대한 '대항 서사'로서 인식되는 경우도 목격

되었다.[1]

그런데 『파친코』에 대한 이러한 반응에는 다소 의아한 데가 있다. 소설은 역사보다는 가족사에, 국민보다는 비국민과 소수자의 삶에 주목하고 있기 때문이다. 『파친코』를 자랑스러운 'K-콘텐츠'로 소비하고자 하는 국가주의적 욕망은 소설의 주제를 전면적으로 배신한다. 다른 한편, 『파친코』가 역사부정론에 대한 대항 서사로 이해되는 것도 고민해볼 지점이다. 소설이 1910년부터 1989년까지 4대에 걸친 재일조선인 가족의 생존기를 다루긴 하지만, 이 모든 이야기는 첫 문장이 상징적으로 보여주듯 역사가 우리를 어떻게 망치든 '상관없다'라는 선언 이후에 시작된다. 후술하겠지만, 소설에서 역사는 그야말로 '배경'으로 물러나 있고, 소설 속 가장家長들은 일관되게 역사가 어떻게 되든 '상관없다'라는 태도를 견지한다. 사정이 이러한데도 『파친코』가 대항 서사로 인식된 데에는 '램지어 사태'라 불리는 역사부정론에 대한 반작용이 있었으리라 생각한다.

미국 하버드대 교수 존 마크 램지어J. Mark Ramseyer는 「태평양전쟁의 성 계약Contracting for sex in the Pacific War」이라는 논문에서 일본군 '위안소'가 업주와 여성 사이의 '합리적 계약'에 의해 운영된 것이라 주장하였다. 이러한 결론은 여성이 업주와 동등한 위

---

1) "이민진 작가의 〈파친코〉와 하버드의 '위안부' 논쟁은 향후 글로벌 시민 정치에 엄청난 파장과 영향을 미칠 한-일 간 문화전쟁의 시작"(정승훈, 「일본의 집요한 역사왜곡…단숨에 뒤집은 '파친코' 효과」, 한겨레, 2022. 5. 7.)이라는 진단에서 『파친코』가 역사부정론의 대항 서사로 호명되고 있음이 단적으로 드러난다. 다만, 이 기사에서는 드라마와 소설을 명확하게 분리하고 있지 않다. 현재 드라마는 시즌 1까지 제작되었으며, 소설과는 다소 차이가 있다.

치에 놓일 수 없었던 역사적 맥락을 말끔하게 삭제한 후에 도출
된 것이었다.[2] 램지어에 대한 한국사회의 반응이 '위안부' 논의
에만 집중된 감이 있으나, 사실 그는 재일조선인, 부라쿠민, 오
키나와인 등 일본 내 소수집단에 대한 차별적 논의를 지속적으
로 생산해왔다.[3] 그는 소수집단에 대한 주류 집단의 차별이 인

---

2) J. Mark Ramseyer, "Contracting for sex in the Pacific War", *International Review of Law and Economics* vol. 56, 2021. 이 글에서 램지어는 업주와 여성 사이의 계약상의 신뢰성 문제를 선불금과 다년 노역 계약 (multi-year indenture agreement)으로 해결했다고 본다. 업주는 여성에게 고수익을 약속하면서 고용 계약을 맺으려 하지만, 여성은 믿을 수가 없다. 전쟁 지역에서의 성매매는 위험이 배가될 뿐 아니라, 업주가 지불을 이행하지 않을 경우 호소할 방법도 없기 때문이다. 무엇보다 여성은 단기간이라도 성매매에 종사할 경우 평판이 실추되기 때문에 업주의 신뢰를 시험할 수 없다. 램지어는 이러한 신뢰 문제와 기회비용을 상쇄하기 선불금 제도가 운용되었다고 주장한다. 요컨대, 램지어는 성매매 여성을 구속하는 주된 기제였던 전차금 제도를 여성과 포주의 상호 이익 추구에 의한 결과로 분석한 것이다. 그러나 역사학자 박정애에 따르면, 이러한 논의는 이미 1991년 램지어가 발표한 논문 「일본 제국에서의 성매매—상업적인 성산업에서의 신뢰할 수 있는 약속(Indentured Prostitution in Imperial Japan: Credible Commitments in the Commercial Sex Industry)」 (*The Journal of Law, Economics & Organization* 7(1), 1991)의 반복이다. 그는 삼십 년간 누적된 근대 일본의 공창제 연구를 반영하지 않았을 뿐 아니라, 자료를 편의에 따라 절취하여 근거로 사용하였다. 가령, 그가 인용한 창기계약서에서도 창기의 자유를 빼앗는다는 조문이 포함되어 있으며, 빚이 남은 채로 폐업하거나 추가 빚을 지고 다른 업소로 팔려가는 사례가 나온다. 곧, 계약부터 폐업까지 여성들은 스스로 선택할 수 없었던 사회구조 속에 놓여 있었고, 따라서 업주와 동등한 '자유로운 경제 행위 주체'라 할 수 없다. 당시의 계약구조상 창기계약은 포주와 창기 양자간의 '게임'이 아니었다(박정애, 「교차하는 권력들과 일본군 '위안부' 역사—램지어와 역사수정주의 비판」, 『여성과역사』 제34호, 한국여성사학회, 2021, 10~13쪽 참조).
3) 램지어의 소수자 혐오 논의에 대한 비판으로는 조경희의 「마크 램지어의 역사부정과 소수자 혐오—관동대지진 조선인 학살, 재일조선인, 부라쿠민 서술

종주의에 따른 것이 아니라 소수집단의 특징과 구성원의 행동 양식에 따른 합리적 대응이라 주장한다. 이 역시 소수집단이나 사회적 약자가 처한 구조적 차별을 삭제하고, 역사적 사실을 표백하면서 차별을 합리화하는 전략이다.

요컨대, 2020년대에 들어서며 미국에서 발신된 두 개의 (히)스토리는 뜨거운 논쟁의 중심에 서게 되었고, 국내에서 그것은 다소 대립적으로 이해되고 있는 듯하다. 그런데 곰곰이 따져보면 둘은 역사가 소거되고 생존경쟁만이 지상 과제로 남은 세계에서 인간의 삶을 상상한다는 공통점이 있다. 소수자 정체성이 형성된 역사적 과정과 그 의미를 등한시하면서, 한쪽이 소수자에 대한 차별을 정당화한다면, 다른 한쪽은 소수자의 '살아남기'에만 집중하고 있다. 양자는 공히 소수집단에 대한 차별의 역사성을 부차적인 것으로 여기면서 '노력'을 통해 상위 계층으로 이동할 수 있(어야 한)다는 '믿음'을 공유한다. 그러니 '역사부정론 vs 『파친코』'와 같은 단순한 구도는 탈역사적 세계관이 양산하는 문제들을 감정적으로 손쉽게 해소할 뿐 아니라, 생존주의 속에서 편협해지고 있는 우리 자신의 모습을 살피지 못하게 한다. 이 글은 두 개의 (히)스토리가 은밀하게 조우하는 역사부정/부재의 지대를 탐사하고, 나아가 세계에 대한 탈역사적 인식이 지금 여기의 차별 담론과도 직결되어 있음을 밝힐 것이다.

비판」(같은 책)을 참조할 수 있다.

신자유주의 역사관의 레테르, 불량선인不良鮮人

먼저, 램지어의 「하위계층의 감시이론—피차별 부라쿠, 재일코리안, 오키나와인의 사례A Monitoring Theory of the Underclass : With Examples from Outcastes, Koreans, and Okinawans in Japan」(2020)를 통해 그의 소수집단 차별의 논리 구조를 살펴보자. 전술하였듯, 그는 소수집단에 대한 차별을 민족이나 혈통과 같은 외인성外因性 요소에서 찾지 않고, 소수집단의 특성과 구성원의 행동 방식의 탓으로 돌린다. 이때 집단의 특징을 설명하기 위해 램지어가 도입한 개념은 사회자본social capital이다. 사회자본이란 사회구성원 상호 간의 이익을 위해 조정 및 협동을 촉진하는 규범, 신뢰, 네트워크로, 물리적·인적 자본과 달리 인간관계 내에 존재하는 것을 의미한다. 그런데 사회자본은 그 자체로 관찰되는 것이 아니므로 대리 지표를 통해 우회적으로 측정될 수 있다. 소수집단의 사회자본을 분석하기 위해 램지어가 제시하는 지표는 범죄율, 실업률, 가족 응집력이다. 지표에 대한 부연 설명을 참조하면 이렇다. 사회자본이 높은 곳에서 범죄율은 낮게 유지되고, 실업률이 상승하면 사회자본이 하락한다. 또, 높은 수준의 사회적 자본을 가진 지역사회들은 그들의 구성원들로 하여금 온전한 가족 안에서 아이들을 키울 수 있도록 장려한다. 램지어가 보기에 소수집단은 범죄율과 실업률이 높고, 가족 와해가 두드러지는 집단, 곧 사회자본이 낮은 집단이다. 따라서 주류 집단은 '통계적인' 판단에 따라 소수집단을 기피하게 된다. 이것이 바로 '통계적 차별statistical discrimination'이다.

가령, 일본 주류 사회가 부라쿠민을 차별하는 것은 도살이나

가죽 가공 등 그들의 직업을 천하게 여겨서가 아니다. 부라쿠민 커뮤니티는 범죄율, 이혼율이 높은데, 일본 주류 사회는 범죄자와 비범죄자 부라쿠민을 구별하지 못한다. 그러니 통계가 보여주는 집단의 지위에 따라 대응하게 된다. 마찬가지로 재일조선인에 대한 고용 차별 또한 민족적 차별이 아니라, 그들이 교육받지 못하고 노동 숙련도가 낮았기 때문이라 설명한다. 조선인이라 집을 임대해주지 않은 게 아니라, 조선인이 집을 빌려주지 않게끔 행동했다는 거다.[4] 이렇게 소수집단이 통계적 차별에 노출되면, 구성원 중 주류 사회에 편입할 능력이 있는 이들은 집단을 떠난다. 그러면 소수집단은 더욱 낮은 사회자본을 가지게 되고, 급기야 '기능 부전dysfunction'에 빠지게 된다. 이때 소수집단의 엘리트들은 정체성을 '발명'하여 국가로부터 보조금 등의 혜택을 취하는 한편, 이를 지속하기 위해 구성원들이 집단을 이탈하지 못하게 한다. '능력 있는' 이들은 주류 사회로 편입했기 때문에 집단 내부에는 엘리트들을 비판하고 경계할 수 있는 사람이 없다. 결국 지금까지 소수집단에 남은 구성원들은 주류 사회에 편입할 능력이 없거나, '정체성 정치'로 공공기금을 '약탈'하는 이들이라는 결론이 도출된다.

 램지어의 논의대로 하자면, 소수집단의 정체성을 유지하는 이들은 주류 사회에 편입하지 '못한' 이들이다. 이러한 분석엔 소수집단의 정체성이 주류 사회보다 열등한 것이자, 능력과 이

---

4) J. Mark Ramseyer, "A Monitoring Theory of the Underclass: With Examples from Outcastes, Koreans, and Okinawans in Japan", 2020, pp. 18~19.

해관계에 따라 선택 가능한 것으로 전제되어 있다. 경제적 합리성이나 통계를 통해 인간 사회와 역사를 해석하려 드는 난폭한 시도는 기실 '신자유주의의 역사 만들기'라는 거대한 기획의 일부다. 램지어의 전공 분야인 '법경제학Law and Economics' 담론은 인간을 경제적 행위 주체로 전제하고, 역사적 사건을 합리적 계산에 의한 자원 분배 문제로 접근한다. 경제적 분석을 범죄나 차별 같은 비-시장non-market 영역으로 확장하면서, 권력관계와 같은 사건의 이면에 숨겨진 비-경제적 요소들의 의미 작용을 소거해버리는 것이다.[5] 그러나 정체성이란 손익으로 말끔하게 환산될 수 있는 것도 아니거니와 자의적으로 결정할 수 있는 것도 아니다. 핍박에도 불구하고 버릴 수 없는 것이 있는가 하면, 버리고 싶어도 버려지지 않는 것이 있을 테다. 그럼에도 램지어는 소수집단의 역사적 형성 과정을 무시하고 경제적인 것으로만 환원하여 원인(=사회적 차별과 배제)과 결과(=실업률과 범죄율)를 도치한다.

무엇보다 문제적인 것은 이러한 논리가 차별을 합리적인 행위로 정당화한다는 점이다. 램지어는 범죄, 실업, 이혼 등 주체의 '행위'를 심문하면서 '책임을 묻는' 형식을 취한다. 그리고 이러한 '합리성'의 기반 위에서 소수집단 구성원 개인의 행위(의 통계)를 집단의 특징과 등치시킨다. "부라쿠민은 부라쿠민이었기 때문에 가난하지 않았다. 그 대신에 다른 일본인들은 거주자의 대다수가 심하게 기능 부전이 있는 규범에 따라 생활하는 경

---

5) 김승우, 「미국 신자유주의의 역사 만들기—시카고학파와 '램지어 사태'의 과거와 현재」, 『역사비평』 2021년 겨울호 참조.

우 빈곤한 이웃을 부라쿠민이라고 불렀다."[6] 특정 구성원들의 경제적 능력, 준법성 등을 집단의 특징으로 일반화하여 '인종화'하고, 이에 대한 주류 사회의 차별을 합리화하는 것이다. 여기서 역전이 발생하는데, 램지어는 논문의 첫머리에서부터 주류 사회의 소수집단에 대한 대응이 인종차별이 아니라고 선을 그었으나 도출된 결론은 인종주의적 성격을 강하게 띤다. 정확히 말하자면, 인종적 요소를 문제삼지 않고 거꾸로 실업률, 범죄율 등의 통계를 특정 집단의 성격으로 왜곡함으로써 인종주의로 귀착한다. 이제 '재일조선인'이라는 소수집단은 민족적 정체성이 아니라, 행동거지가 나쁘고 사회질서를 어지럽히는 불량 집단으로 규정된다. 일본 제국주의가 사상성을 평계삼아 압제의 표식으로 붙였던 '불령선인不逞鮮人'이라는 레테르는 신자유주의 역사관에 이르러 차별의 합리적 정당화를 위해 '불량선인不良鮮人'으로 갱신된다.

『파친코』, '가족-생존주의' 서사의 역사 표백

이번엔 반대편에서 출발해본다. 『파친코』[7]는 '선자'를 중심으로 그녀의 부모 '훈이'와 '양진', 첫사랑 '고한수'와 남편 '백이삭', 각각의 남자에게서 얻은 아들 '백노아'와 '백모자수', 그리고 모자수의 아들 '백솔로몬'까지 이어지는 4대의 가족사를 그린다. 선자는 일제강점기에 영도에서 태어나 고한수를 만나 혼

---

6) J. Mark Ramseyer, *ibid*., p. 13.

7) 이민진, 『파친코』 1·2, 이미정 옮김, 문학사상, 2018. 이하 인용시 본문에 권수와 쪽수만 밝힌다.

외자를 임신하지만, 그에게 처자식이 있다는 걸 알고 결별한다. 이러한 사정을 알게 된 백이삭이 선자를 딱하게 여겨 결혼을 하고, 자신의 형이 있는 일본으로 데려간다. 선자는 고한수를 받아들이지 않지만, 그는 선자의 주변을 맴돌며 중요한 시기마다 도움을 준다. 선자네 가족은 고한수 덕에 전화戰禍를 피하고, 파친코 사업으로 성공한 모자수덕에 중산층 이상의 부를 획득하게 된다. 모자수는 아들 솔로몬이 자신과 같은 차별을 받지 않게 하기 위해 국제 학교에 보내고, 미국 유학을 보내는 등 노력하지만, 솔로몬은 아버지를 도와 파친코 사업을 하겠다고 한다. 『파친코』는 1910년부터 1989년까지 한국 현대사를 관통하고 있으나, 흥미롭게도 소설에는 해방이나 한국전쟁과 같은 주요한 역사적 사건들이 매우 흐릿해져 있다.

『파친코』의 역사의식은 가장 역할을 하는 남성 인물들에게서 단적으로 나타난다. 이들은 역사적 수난을 마주하여도 '상관없다'라는 태도를 일관되게 유지한다. 가령, 식민지 조선에서 하숙을 쳤던 훈이는 간혹 하숙인들을 통해 국제정세를 들을 때면 이렇게 중얼거렸다. "상관없데이, 상관없다고" "중국이 항복을 하든지 복수를 하든지 자기와 상관없다는 거였다. 세상이 어찌 변하든 그들은 그저 텃밭의 잡초를 뽑아야 했고, 신발이라도 신고 다니려면 짚신을 만들어야 했으며, 닭을 훔치러 들어오는 도둑들을 쫓아내야 했다."(1권, 25쪽) 오사카에서 선자 가족의 가장이었던 백이삭의 형 '백요셉'은 동생이 일본에 오자마자 "정치적인 문제들이나 노동 조직에 관계된 것들, 그리고 그 밖에 다른 쓸데없는 것들하고는 엮이지"(1권, 168쪽) 말라고 몇 번이고 강조했다. "요셉은 조국을 위해 목숨을 바치거나 뭔가 더 위대한 이상을 위해 목숨을 거는 것은 무의미한 짓이라고 생각했다. 살아남아 가족을 지키는 것이 중요했다."(1권, 236쪽) 한편, 야쿠자이자 막대한 재력을 지닌 선자의 첫사랑 고한수는 평생 그녀 주위를 맴돈 인물이다. 그는 고위 인사들로부터 전황이나 국제 정세에 관한 정보를 얻어와 위기 때마다 선자를 도와주는데, 선자는 매번 그의 도움을 거부하지만 결국 "아이들을 선택"(1권, 311쪽)하라는 말에 설득된다. 사실만 따져보자면 고한수는 폭력적이고 비열한 인간이지만, 그가 악인이라기보다 차라리 구원자의 이미지를 지닌 것은 "내 자신과 내 사람들을 돌"(1권, 328쪽)보는 인물이기 때문이다. 이때 '내 사람'이라 함은 그의 가족과 가족 같은 부하를 의미한다.

이처럼 국가나 민족, 혹은 소수집단의 정체성이 삭제된 자리에는 가족 중심의 생존주의가 구심점으로 작동하고 있다. 그런데 '가족-생존주의'가 현실의 파고를 헤쳐나가는 원칙이 될 때 가족관계 안팎에는 문제가 발생한다. 먼저, 가족 내적으로는 차별적 성역할이 공고해진다. 양진은 딸 선자에게 "여자는 항상 저축을 해야 한"(1권, 151쪽)다거나 "남편을 즐겁게 해줘야 한"(1권, 171쪽)다는 등 아내의 덕목을 강조하고, 선자의 동서인 '경희'는 "남편을 위해 집을 청결하고 사람의 마음을 끄는 장소로 꾸미라고 배"(1권, 163쪽)운 여자다. 가장을 대신한 여자들의 생계 활동은 주체적 행위로 읽히기도 하지만, 가족의 생존이 차별적 성역할을 충실히 이행함으로써 '효율적'으로 달성되고 있음을 비판적으로 독해할 필요가 있다. 더욱이 소설엔 여성의 순

결이 목사 앞에서 심문받는 장면이 두 번이나 등장한다. 한 번은 고한수의 아이를 임신한 선자이고, 다른 한 번은 일본인 관리자 남성에게 돈을 받은 가난한 재일조선인 여공이다. 선자의 경우 상대를 속인 사람은 고한수였고, 여공의 경우 받은 돈을 모두 고향의 가난한 가족에게 보냈다. 그럼에도 이들은 목사 앞에서 '죄인'으로서 회개하길 강요받는다. 이처럼 여성 섹슈얼리티를 죄악시하는 것은 그 자체로 억압적이기도 하거니와 결국 '정상 가족'을 수호하는 데 이바지하게 된다.

『파친코』는 재일조선인뿐 아니라 일본 내 소수자들, 예컨대 부라쿠민, 퀴어, 장애인 등으로 돌봄과 연대의 관계를 확장하는 서사를 보여준다는 평가를 받는다. 그런데 유독 일본인 소수자들이 '정상성' 바깥의 존재로 그려지는데,[8] 더욱 문제적인 지점은 이들도 가족제도가 강제하는 성규범을 내면화하고 있다는 점이다. 가령, 모자수의 친구 '하루키'는 게이이지만, 장애가 있는 동생 "다이스케와 늙어가는 엄마를 잘 돌봐줄 사람인지 아닌지로 결혼할 상대를 결정할 생각"(2권, 96쪽)이다. 그런가 하면, 하루키와 결혼한 '아야메'는 남편의 성적 정체성을 알지 못한 채 "보통의 남자들은 여자와는 달리 성욕을 풀어야 한"다고, 그런

---

8) 나보령, 「모범 소수자를 넘어―이민진의 『파친코』를 통해 본 이주민 소수자 서사의 도전과 과제」, 『인문논총』 제79권 제1호, 서울대학교 인문학연구원, 2022. 이 글에서 나보령은 『파친코』가 "재일조선인 문제를 조선/일본, 남한/북한이라는 상대적으로 익숙한 국가 간 대립의 맥락에서 벗어나, 동시대 일본 사회의 소수자 문제라는 제3의 맥락 속에 위치"(443쪽)시켰다는 점을 평가하면서도, 소수자성이 일본인 집단에 전가되어 있음을 분석한다. 특히 『파친코』가 "선자 가족의 모범성을 역설하는 한편에서, 은연중에 모범적이지 않은 소수자들이 차별받고 혐오당하는 현실의 문제를 간과"(453쪽)할 수 있음을 지적한다.

데 남편이 "자신과 더이상 관계를 갖지 않는다면 그건 자신의 탓"(2권, 201쪽)이라고 생각한다. 곧, 이성애를 기반으로 하는 가족 시스템을 통해 퀴어의 가계가 '운영'되고, 장애인의 돌봄이 '해결'되고 있는 셈이다. 이러한 서사는 단순히 정상 가족 이데올로기를 (재)생산하는 것을 넘어 퀴어, 장애인 등과 같은 소수자 정체성을 '구색 갖추기'로 소비해버린다는 혐의를 받을 수밖에 없다. 현실과의 갈등이나 내적 고민 없이 정상 가족 제도에 의탁한 퀴어란 가계 운영의 '효율성'을 위해 성적 정체성이 삭제된 존재로 보이기 때문이다.

한편, '가족-생존주의'는 가족관계 바깥의 커뮤니티에 대한 관심과 애정을 삭제해버린다. 선자와 백이삭이 오사카에서 정착한 곳은 이카이노猪飼野다. 1922년 제주도와 오사카 사이에 정기 연락선이 운항을 시작하면서 이카이노는 대규모 조선인 집주 지역으로 형성되었다. 김시종의 『이카이노 시집猪飼野詩集』(1978), 김창생의 『나의 이카이노わたしの猪飼野』(1982), 종추월의 『이카이노 타령猪飼野タリョン』(1986), 원수일의 『이카이노 이야기猪飼野物語』(1987) 등에서 알 수 있듯, "오사카 '이카이노'를 삶의 배경으로 한 재일조선인에게 있어 이곳의 경험과 기억은 일본인들과 구별되는 역사적·문화적 정체성을 형성하게 된 원체험의 장소로 각인되어 있다".[9] 그러나 『파친코』에는 이러한 이카이노의 장소성과 공동체의 의미가 완전히 소거되어 있다. 여기서 이카이노는 오직 '빈민가' 혹은 '우범 지역'으로서만 의미를 지닌다.

---

9) 양명심, 「재일조선인과 '이카이노(猪飼野)'라는 장소—재일조선인발행 잡지를 중심으로」, 『동악어문학』 제67집, 동악어문학회, 2016, 156쪽.

선자와 이삭이 처음 이카이노에 당도했을 때, 형 요셉의 반복되는 경계의 말을 인용하면 이렇다. "이웃들과는 이야기를 나누지 않는 게 좋아. 집안에 낯선 사람을 절대 들이지 말고." "우리한테 여분의 돈이 있다는 걸 사람들이 알면 우리집에 도둑이 들 거야." "우린 모두 굶주리고 있어. 그들은 도둑질을 한 거야. 그들이 조선인이라고 우리 친구는 아니야. 다른 조선인들을 조심해야 해."(1권, 164~165쪽)

가난한 조선인들이 모인 빈민가에 범죄가 발생할 수도 있겠으나, 마을의 성격과 이웃과의 관계가 가난이나 범죄만으로 설명될 순 없을 것이다. 그러나 『파친코』에는 꼭 민족적 유대감이 아니더라도 차별받는 비국민들 사이의 공감대도 잘 드러나지 않는다. 조선 사람 혹은 동향 사람끼리 공유하는 문화적 관습이나 의례도 거의 없다. 경희나 이삭이 이웃에게 온정적인 태도를 보이긴 하나, 이는 기독교 윤리에 따른 베풂에 가깝다. 오히려 소설의 서술자는 선자 가족을 이카이노 빈민들과 구별하려 애쓴다. 요셉은 이카이노에서 유일하게 자가自家를 소유하고 있으나, 가난한 이웃을 경계하여 이 사실을 비밀에 부치고 있다. "요셉의 집에서 멀지 않은 현관 계단에서는 어린아이가 변을 보고 있"(1권, 160쪽)지만, 요셉의 집은 "이 동네 수준에서는 전례가 없는" 넓은 평수이고, "많은 하인이 있는 집안에서 자란"(1권, 163쪽) 경희가 아내의 덕목을 착실히 수행하고 있는 덕에 집은 항상 청결하다. 뿐만 아니라 "이카이노에 사는 대부분의 조선인 여성들과는 달리 경희는 품위 있는 일본어를 사용했고"(1권, 197쪽), "깨끗하게 다린 옷을 차려입은 노아는 부유한 동네 출신의 중산층 일본인

아이처럼 보였다. 씻지도 않은 채로 길거리를 돌아다니는 빈민
가 아이들과는 전적으로 달랐다"(1권, 269쪽). 전쟁이 끝나고 다
시 이카이노로 돌아왔을 때, "이번에도 요셉은 이웃사람들에게
자신이 집주인이라는 사실을 절대 말하지 않았다. 실제보다 더
가난한 척하는 것은 언제나 현명한 행동이었다"(1권, 357쪽).

선자 가족은 재일조선인으로서 겪는 고난과 차별을 계속해
서 말하지만, 이들은 재일조선인의 역사적·문화적 정체성을 공
유하지 않는다. 재일조선인 커뮤니티와 분리되어 있을 뿐 아니
라, 한국에서 벌어지는 역사적 사건들도 단지 귀향의 걸림돌이
되는 선에서만 의미화된다.[10] 그러나 이카이노가 직접적인 전장
戰場이 아니었다고 해서 재일조선인에게 한국전쟁이 없었던 것
은 아니다. 원수일은 『이카이노 이야기』에서 북쪽 지지자와 남
쪽 지지자 사이의 형세가 전황에 따라 오락가락하는 장면을 익
살맞게 그렸다. "속이 새빨갛든 시커멓든 동족이라는 정분으로
환담을 나누는 것이 습관처럼 되어 있"는 대중탕에서도 "삼팔
선을 사이에 두고 전쟁이 발발하자 '공산주의 사상'과 '자유주
의 사상'이 정면으로 대립했"[11]던 것이다. 대중탕의 우스꽝스러
운 세력 다툼이든, 재일본조선인총연합회와 재일본조선인거류
민단 사이의 이념 대립이든 한국전쟁과 분단에 이르는 역사적
과정 동안 재일조선인은 한국의 역사와 단절되어 있지만은 않

---

10) 소설에서 역사의식을 보이는 인물로는 김창호가 유일하지만, 그는 정치의
식을 드러내자 이내 소설에서 퇴장하고 만다. 더욱이 그가 고국으로 돌아가는
보다 근본적인 이유는 사랑의 실패 때문이다.

11) 원수일, 『이카이노 이야기』, 김정혜·박정이 옮김, 새미, 2006, 12쪽.

았다. 한국의 역사적 사건은 어떤 방식으로든 재일조선인의 삶에 여파를 미쳤다.

역사부정론과 역사 부재 서사의 은밀한 조우

그렇다면 『파친코』의 인물들이 호소하는 차별이란 무엇인지 되물을 수밖에 없다. 이들에겐 역사적으로 형성되고, 문화적으로 공유되는 '재일조선인'이라는 소수집단의 정체성이 사실상 표백되어 있기 때문이다. 바로 이 지점에서 가족의 생존을 지상 과제로 설정한 역사 부재의 서사는 역사부정론과 조우한다.[12] 앞서 살펴보았듯, 역사부정론은 주류 사회에 편입할 능력이 있는 사람들은 소수집단을 떠날 것이라는 '합리적'인 가정을 한다. 소수집단 정체성을 유지하고 있는 이들은 능력이 없는 이들이자, 협동과 신뢰 등 사회자본이 기능하지 않는 집단의 구성원이다. 이에 주류 사회는 소수집단의 범죄율과 실업률의 통계를 기반으로 하여 그들을 차별한다. 그렇다면 『파친코』는 이러한 논

---

12) 덧붙여 『파친코』가 재일조선인의 문화적·역사적 정체성을 등한시하는 반면, 미국에 대한 지향을 아주 노골적으로 그리고 반복적으로 나타내고 있음을 지적할 필요가 있다. 솔로몬의 생모 유미는 "그곳(미국—인용자)에서는 사람이 차별받지 않는다"(2권, 96쪽)라는 믿음으로 미국 이민을 평생의 꿈으로 가지고 있었고, 모자수가 파친코 사업으로 축적한 부는 집이 "가죽 안락의자까지 모두 미국식"(2권, 179쪽)으로 바뀌었다는 표현을 통해서 드러난다. "모자수는 서구인들의 사상을 좋아해서 솔로몬을 요코하마에 있는 국제 학교"에 보냈고, "뉴욕은 모자수가 한 번도 가보지 못했지만 모든 사람들을 공정하게 대우해주는 곳이라고 생각"(2권, 261쪽)하여 솔로몬이 미국에서 일하길 바란다. 급기야 솔로몬이 영국계 은행에서 부당 해고를 당하자 "미국 은행에서 일해야"(2권, 359쪽) 한다고 말하기도 한다.

리로부터 얼마나 멀리 있는가. 『파친코』는 이카이노의 사람들이 현관에서 용변을 보고, 집안에서 돼지를 키우고, 술을 마시고, 도둑질을 한다고 묘사하지만, 그들이 왜 그곳에 왔고, 왜 극단적인 가난에 시달리며, 왜 남의 것을 훔치게 되었는지에 대해선 별반 관심이 없다. 대신 이웃을 집안에 들여선 안 되고, 이웃에게 음식을 주어선 안 되며, 이웃보다 넉넉하다는 것을 들키면 안 된다고 경고한다. 가난한 이웃들이 살고 있으니 각별히 사기와 범죄에 조심해야 한다는 요셉의 경고는 램지어가 말하는 '통계적 차별'과 얼마나 다른가.

> 이카이노에는 아주 다양한 조선인들이 살았고, 두 사람은 그런 사람들 틈에서 사기와 범죄를 조심하는 법을 배웠다.
> "아무한테도 돈을 빌려주지 마." 요셉은 자신의 말에 어리둥절해하는 이삭을 똑바로 쳐다보면서 말했다.
> "먹고 나서 이야기하는 게 어때요? 다들 방금 도착했잖아요." 경희가 간청했다.
> "여분의 돈이나 귀중품이 있다면 알려줘. 따로 보관해줄게. 난 은행 계좌를 가지고 있어. 여기 사는 사람들은 모두 돈과 옷, 살 곳과 음식이 필요해. 네가 그들의 모든 문제를 해결해줄 수는 없어. 우리가 어떤 식으로 자라났든 상관없어. 우리는 교회에 기부를 해왔고 교회는 사람들에게 가진 것을 나누어줘야만 했지. 넌 여기 상황이 어떤지 잘 이해하지 못할 거야. 이웃들과는 이야기를 나누지 않는 게 좋아. 집안에 낯선 사람을 절대 들이지 말고." 요셉은 이삭과 선자에게 냉정하게 말했다.(1권, 163~164쪽)

나아가 소설은 이카이노의 가난한 조선인들과 선자의 가족을 구별하려고 애썼다. 그렇다면 이카이노의 사람들과 '구별되는' 선자네 가족이 겪는 차별을 재일조선인이 처한 취약한 조건이라고 할 수 있는가. 혹은 역사적·문화적 정체성이 표백된 선자 가족의 서사가 재일조선인 서사로 대표될 때, 소수집단에 대한 차별은 경제적 곤경이나 상위 계층으로의 이동을 막는 신분적 제약 정도로 왜소해지는 것은 아닌가. 물론『파친코』또한 재일조선인이 겪는 다양한 차별을 보여준다. 백이삭은 국권 피탈 시기 동료의 신사참배 거부로 옥살이를 했고, 이로 인해 병사한다. 백모자수는 가난한 조선인을 놀려대는 또래 아이들 때문에 학교에서 매번 싸움에 휘말렸으며, 백솔로몬은 조선인이라는 정체성을 이용만 당한 채 회사에서 부당하게 해고된다. 이들 일화는 재일조선인이 겪는 차별을 보여주지만, 그렇다고 차별을 겪는 이들이 문화적·역사적 기반 위에서 정체성 고민을 하진 않는다. 차별에 대해 분노하지만, 차별의 역사적 연원이나 사회구조적 의미를 알려고 들지는 않는다.

　등장인물 중 그나마 정체성을 가장 고통스럽게 고민했던 인물은 백노아다. 그는 어려운 환경에서도 성실히 노력하여 와세다대학에 합격했다. 노아는 멸시든 배려든 어디서나 '조선인'이라는 정체성이 우선되는 상황에 갑갑함을 느끼며 "단지 자기 자신으로 있고 싶었다"(2권, 118쪽). 그러나 그는 "제 피는 조선인의 것"이자, 심지어 고한수라는 "야쿠자의 피"(2권, 124쪽)라는 것을 알고 가족과 연을 끊는다. 시원으로부터 멀리 떠나 일본인으로 속이고 자신의 새로운 가정을 꾸리지만, 엄마 선자가 찾아와 정체성이 탄로날 위기에 놓이자 그는 자살하고 만다. 노아의 정체성에 대한 고민은 실패로 귀결되는데, 이때 실패라 함은 그의 죽음과 죽음으로 인한 일본인 되기의 실패만을 의미하지 않는다. 노아는 '단지 자신'이고 싶었다고 하지만 역사적·문화적 진공에서 만들어지는 주체는 없다. 노아는 학교에 다니면서 "일본인이 되고 싶다"(1권, 271쪽)는 은밀한 소망을 가졌고, 대학에서 영문학에 심취하면서는 "옛날로 돌아가 유럽인이 되는"(2권, 70쪽) 꿈을 꾸었다. 정체성이 현실적 문제뿐 아니라 지식과 교양에 따라서도 달리 지향될 수 있다는 점에서 노아의 은밀한 소망에 공감하기는 어렵지 않다. 문제는 그러한 노아에게 '조선인'이라는 정체성은 오직 혈통의 의미만을 지닌다는 것이다. 그가 버리고자 하는 '조선인'이라는 정체성에는 어머니의 조선어 어감이나 조선 음식의 고유한 맛과 향, 빈곤한 이웃들과 함께 한 명절놀이 등과 같은 문화적 기반이 없다. 그것은 앞서 지적했듯, 선자 가족에게는 공동체가 공유하는 역사의식이나 문화적 관습 같은 정체성의 구성요소들이 대부분 소거되어 있기 때문이다. 노아를 괴롭게 하는 건 '더러운 피', 곧 민족과 아버지라는 혈통의 문제다. 따라서 노아가 실패한 정확한 지점은 그가 조선인이라는 사실을 거부한 것이 아니라, 조선인이라는 정체성이 오직 혈통으로만 인지되었다는 데 있다.

그리고 바로 이 지점에서 또하나의 실패가 발생한다. 똑똑하고 성실한 노아가 혈통으로 인해 좌절하는 서사는 오늘날 왜곡된 차별 담론을 재생산할 수 있다. 한국사회에서 램지어의 주장은 반일 감정에 기대 손쉽게 악마화되었지만, 반성적으로 살펴보건대 그의 논리 구조는 신자유주의 자장 속에서 형성된 차별 혹은 공정에 대한 우리의 감각과 그리 다르지 않다. 현재 한국사회에서 가장 뜨거운 개념인 '공정'에는 능력주의가 강하게 작동하고 있다. 세습 신분을 의미하는 '수저 계급론'이 불평등의 대명사라면, 개인의 노력과 성취에 따라 '차별적으로' 보상이 주어지는 능력주의는 불평등에 대한 안티테제로 이해되고 있다. '타고난 것'을 문제삼지 않는 대신, 주체의 행위에 '응분의 책임/보상'을 지우는 것이 '공정하다'라는 감각이다. '차별이 곧 공정'이라는 모순적 문구는 차별과 공정 사이에 주체의 능력이나 노력이 매개됨으로써 '정의'가 된다. 이와 같은 신자유주의적 공정론의 관점에서 보자면 재일조선인 노아는 세계의 '불공정'에 희생된 인물이다. 그는 누구보다 성실하게 노력했고, 자신이 선택할수 없었던 민족적 혈통으로 인해 차별을 받았기 때문이다. 이는 모자수나 솔로몬에게도 적용된다. 모자수는 '착한 조선인' 따위는 되지 않겠다고 했지만, 그는 파친코 사업에 뛰어든 뒤부터 누구보다 성실하게 일했으며, 법적 허용 범위 내에서 가게를 운영했다. 솔로몬 또한 좋은 학벌과 뛰어난 능력을 갖추어 영국계 금융회사에 취직했다. 그러나 모자수는 '더러운 사업을 하는 조선인'이라는 꼬리표를 달고 다녀야 했고, 솔로몬은 부당하게 해고당했다. 이들 서사에서 공통적으로 도출되는 '차별'의 함의란, '혈통'으로 인해 '응당한 대가'를 받지 못하는 것을 의미한다.

　문제는 재일조선인에 대한 차별을 부각하기 위해 강조된 성실, 노력, 능력 등과 같은 개인적 자질이 차별이 발생하는 사회적·역사적 권력구조를 가린다는 것이다. 다시 말해, 일본 제국주의와 함께 발생한 재일조선인에 대한 배제와 차별은 개인의 성실성과 상관없이 시정되어야 할 문제이다. 더욱이 『파친코』에서는 차별과 배제가 인간의 능력을 원천적으로 억압한다는 것이 문제되지 않는다. 노아가 극단적인 가난과 차별의 상황에서 어떻게 학업에 노력을 경주하고 뛰어난 능력을 발휘할 수 있었는지 의심하지 않는다는 것이다. 오직 뛰어난 개인의 자질과 그가 겪은 민족주의적 차별이 부각될 뿐이다. 『파친코』는 노력이나 능력이 주변 환경이나 조건을 초월하여 주체의 의지에 의해 발휘될 수 있다는 환상에 기반하고 있고, 이 환상은 역사적·구조적 차별을 은폐하는 기능을 한다. 그리고 오늘날 우리 사회의 능력주의 공정론 또한 이러한 환상을 공유하고 있다.

열악한 조건을 극복하고 뛰어난 능력을 발휘했던 노아가 혈통 때문에 좌절할 때, 노아가 겪는 차별에 대한 분노는 무엇을 겨냥하는가. 혹시 그 분노가 '응당한 대가'를 지불하지 않는 층위에만 머물러 있는 것은 아닌가. 또, 소수집단의 정체성이 경제적 요소로만 환원되는 이 소설에서 '빈민가 아이들과는 전적으로 달랐던' 노아의 삶이 재일조선인이 처한 차별과 정체성 고민을 대표할 때, 소설이 주목하지 않는 '여느 빈민가 아이들'에 대해서는 어떠한 인식적 효과를 생산하는가. 이러한 질문들은 소수집단 차별에 대한 『파친코』의 항의가 피상적인 이해에 기반하고 있을 뿐 아니라, 신자유주의 담론 속에서 형성된 왜곡된 차별 담론의 자장에서 자유롭지 못함을 드러낸다. 의도했든 의도하지 않았든 역사부정론과 역사 부재 서사가 조우할 수밖에 없는 건 소수집단이 형성되고 사회적 차별이 강제된 역사가 삭제되어 있기 때문이다.

탈역사화된 세계의 '공정론'을 넘어

조선인들은 이 나라를 위해서 좋은 일을 많이 하고 있어요. 일본인들이 하기 싫어하는 힘든 일을 하죠. 세금을 내고, 법을 지키고, 훌륭한 가족을 꾸려나가고, 일자리를 만들어주고……
(2권, 249쪽)

재일조선인 3세인 솔로몬은 1952년 이후에 일본에서 태어났기에 열네 살 생일에 지방 관청으로 가서 거주 허가를 받아야 한다. 모자수는 허가를 받는 과정에 어려움이 있을까봐 연인 '에쓰코'에게 동행을 요청했는데, 우려했던 대로 관청 직원은 조선인 혐오 발화를 한다. 위의 인용문은 이러한 상황에서 에쓰코가 모자수와 솔로몬을 두둔하려는 의도로 한 말이다. 그러나 에쓰코의 '선량한' 의도와 관계없이 위의 발언은 비국민이나 외국인에 대한 왜곡된 인식을 심어준다. 재일조선인은 "일본인들이 하기 싫어하는 힘든 일"을 해서 차별받지 않아야 하는 존재가 아니다. 일본의 제국주의가 피식민지민의 대량 이주를 발생시켰다는 역사적 사실에 근거하여, 나아가 누구든 자신이 살고 있는 땅의 거주민으로서의 권리를 가질 수 있다는 공동체적 이념에 근거하여, 차별은 철폐되어야 한다. 위의 두둔의 논리는 비국민에게만 부당한 의무나 희생을 부과하는 한편, 그것이 이행되지 않을 때

언제든지 혐오로 돌아설 수 있다. 비국민의 희생에 기반한 시혜적인 배려는 비국민이 국민보다 더 나은 위치로 올라서는 순간 소위 '역차별'이라는 얄팍한 '공정론'으로 전환되기 쉽다.

그런데 에쓰코의 발화는 오늘날 외국인 노동자를 '배려'하는 우리 사회의 언어와 매우 유사하다. 외국인 노동자에 대해 우호적인 사람들조차 외국인을 이 땅에 함께 살아가는 공동체의 일원으로 인식하는 게 아니라, 한국(인)을 위해 고된 일을 하는 사람들, 그러므로 거주가 '용인'되어야 하는 사람들이라 여기는 경우가 많다. 때로 위기 상황에서 외국인이 한국인을 구한 미담이 전해지면, 해당 외국인에게 예외적으로 국적을 '허락'해주라는 여론이 형성되기도 한다. 반대로 특정 국가·민족 출신의 외국인이 범죄를 저지르면, 그가 속한 집단 전체를 범죄 집단으로 매도하고 혐오하는 현상도 자주 목격할 수 있다. 이러한 반응에는 외국인의 '행위'에 대한 '응분의 보상/처벌'을 주어야 한다는 '공정' 감각이 작동하고 있지만, 우리의 '공정론'은 노동계급의 지구적 이동이 발생한 이유가 무엇인지, 그것이 각자의 삶과 어떻게 결부되어 있는지, 비국민이 처한 취약한 조건이 왜 발생했으며, 그것이 어떠한 행위를 유발하는지 묻지 않는다. 이러한 질문을 생략한 채 특정 개인의 범죄를 해당 집단 전체의 성격으로 규정하고, 소수집단을 차별하는 태도는 한국인이 그토록 분노했던 램지어의 논리와 다르지 않다.

본질적인 질문이 소거되고, 역사적 이해가 결여된 오늘날 우리 사회의 '공정론'은 초라하고 누추하다. 그 누더기는 우리의 눈을 가려 불평등한 권력구조를 보지 못하게 한다. '응분의 보상/처벌'이 곧바로 공정이나 평등으로 이해되는 것은 부와 권력의 불평등을 야기할 뿐 아니라, 차별의 구조를 은폐하고 개인의 공동체의식과 정의 감각을 훼손한다. 이러한 공정 감각은 약자·소수자가 처한 역사적·구조적 취약성을 도외시한 채 능력과 성취를 잣대로 집단을 차별하면서 그것을 '정당한' 대우라 여기고, 구조적 불합리함을 교정하려는 조치들을 '역차별'이나 '불공정'으로, 혹은 '정체성 팔이'로 매도한다.[13] '응분의 대가'라는 공정 감각으로부터 소수집단에 대한 공격까지 미끄러지는 일련의 과정은 역사부정론의 논리와 크게 다르지 않다.

이 글은 램지어의 역사부정론과 이민진의 『파친코』를 비판적으로 독해하고, 대립적으로 이해되는 두 개의 (히)스토리가 은밀하게 조우하는 지점을 분석하였다. 많은 부분을 역사부정론과 『파친코』의 한계를 지적하는 데 할애했으나, 이 글의 목적은 두 개의 (히)스토리를 비판하는 데에만 있지 않다. 정말 중요하게 강조하고자 하는 점은 역사부정론의 논리가 오늘날 우리의 차별 담론이나 공정 감각과 매우 유사하다는 것이고, 대항 서사로 이해되는 소수자 서사에조차 차별의 합리화 논리가 은밀하게 기입되어 있다는 점이다. 『파친코』가 과도한 환영을 받고 대항 서사로 이해되는 맥락에는 이를 한국문학으로 포섭하려는 국가주의적 욕망이 작동한 탓도 있겠지만, 다른 한편 『파친코』의 탈역사성에 문제의식을 갖지 못할 만큼 세계에 대한 우리의 인식이 가족주의와 생존주의에 짓눌려 있기 때문이기도 할 테다. 두 개의

---

13) 박권일, 「한국의 능력주의 인식과 특징」, 『시민과세계』 2021년 상반기호 참조.

(히)스토리의 은밀한 조우는 오늘날 우리의 공정 감각을 되돌아보게 해주고, 동시에 공정이나 정의와 같은 공동체적 가치들이 역사에 대한 몰이해 위에서 성립할 수 없음을 시사한다. 그러니 이제 우리의 첫 문장은 다시 쓰여야 한다. History has failed us, It does matter.

(2022)

에일리언 캠프alien camp의 지구인들

　최정화의 『메모리 익스체인지』[1]는 '기억 교환'을 통해 화성인이 된 니키의 이야기다. 그녀의 가족은 황폐해진 지구를 떠나 화성에 도착했다. 그러나 '아이디얼 카드'가 없는 그들은 출입국 밖으로 한 발자국도 나갈 수 없었다. 애초 "화성이 지구인들에게 입국을 허가해준 것은 지구인들만큼 싼값에 노동을 제공하는 종족이 드물기 때문"(9쪽)이었다. 화성인들은 '헐값'에 들여온 지구인들에게 생명체에 대한 최소한의 존중도 보이지 않았다. "그들은 우리가 옆에 서 있거나 지나가는 것조차 거슬려했다. 단지 곁을 지나갔다는 이유만으로, 욕설이나 폭행을 당하지 않으면 다행이었다."(10쪽) 150여 명의 지구인들은 어깨를 맞대고 모로 붙어 누워도 다리를 펼 수 없는 공간에 구겨넣어졌고, "방장은 지구인에, 여성에, 미성년은 이곳 화성에서 범죄를 당하기 가장

---

1) 최정화, 『메모리 익스체인지』, 현대문학, 2020. 이하 인용시 본문에 쪽수만 밝힌다.

쉬운 대상이니 조심해야 한다고 단단히 일렀다"(13쪽).

아이디얼 카드가 없는 지구인은 기본권을 박탈당하고 차별과 혐오에 무방비로 노출된다. 지구인은 오직 '(값싼) 노동력'으로 사용될 수 있을 때에만 받아들여진다. 이제 '지구인'의 자리에 좀더 구체적인 이름을 적어보자. 이를테면, 시리아, 아프가니스탄, 남수단, 로힝야, 이집트, 팔레스타인, 예멘, 북한…… 전쟁·기아·탄압 등으로 살던 곳을 떠난 이들은 난민이 되어 이웃 나라의 입국 허가를 기다렸지만 많은 경우 추방되었고 일부는 난민 캠프에 수용되어 사람들의 시야에서 사라졌다. 이는 우리가 사는 지구에서 벌어지고 있는 일이다. 그러니 『메모리 익스체인지』는 화성에 도착한 지구 출신 외계인alien에 관한 SF이자, 지금 여기 지구 전역의 출입국에 존재하는 외국인alien에 관한 이야기다.

가족과 친구를 모두 잃고 수용소에서 외롭게 버티던 '니키'는 결국 화성인이 되기로 결심한다. '화성인 되기'란 니키처럼 아이디얼 카드를 발급받지 못한 이주민이 경제 사정이 어려운 화성인의 신분증을 사는 것이다. 이는 단순히 신분증 거래가 아니라 화성인과 이주민 간의 기억 자체를 교환—'메모리 익스체인지'—하는 일이다. 니키는 화성인 '반다'와 기억을 교환하고 화성 사회로 진입한다. 이주민의 기억을 받은 화성인은 (자신이 이주민이라 믿으며) 수용소에서 감시와 통제 아래 남은 삶을 마감하고, 화성인의 기억을 가진 이주민은 (자신이 화성인이라 믿으며) 화성 사회에 편입하게 된다. 이러한 프로세스를 통해 화성은 화성인(이라 믿는 사람)들로만 이루어진 사회가 된다. 이 균질한 사회에서 화성인들은 "자기가 화성인이 아닐 가능성에 대해 단한 번도 의심해본 일이 없"(93쪽)다. "상당수의 화성인들이 사실은 다른 행성에서 온 외부인들이라는 것을 알고 있으면서도 그게 자신일 수도 있다는 생각을 해본 일이 없"(같은 쪽)는 것이다. 즉, '화성인/이주민'의 구획은 (인)종의 문제가 아니라 '화성인의 화성'을 유지케 하는 '적합성'과 '쓸모'에 있으며, 이때 '동질성'이란 타자를 배제하면서 만들어지는 '믿음'에 불과한 것이다.

다시 한번 소설을 지구의 현실 위로 끌어당겨 읽어보자. 우리는 난민을 어떻게 상상하는가? 국경 바깥으로부터 고무보트를 타고 밀려오는 이방인들, 비좁은 땅을 나누어 가지려는 침입자, 국민의 부양 부담을 가중시키는 초대받지 못한 자로 상상하고 있지 않은가? 이와 같은 이미지들 속엔 '우리'의 '확고하고 고정된' 위치가 전제되어 있다. '국민'이라는 것이 그렇게 균질적인 사람들의 집합일까? 부랑자, 홈리스, 무직자, 노인, 아이, 성소수자, 장애인…… 허용된 공간에만 존재할 수 있는 사람들, 또는 금지된 공간에는 존재할 수 없는 사람들은 국민인가 아닌가? 기실 '내부/외부'의 실질적 분리는 '정상성'과 경제적 능력에서 비롯되고, 우리는 타자를 배제함으로써 균질적인 '국민'이라는 허상을 만들어낸다. 그러나 세계는 더이상 우리에게 이 기준으로부터 탈락하지 않으리라는 확신을 주지 않는다. 그럼에도 우리는 화성인들처럼 좀체 자기가 내부인이 아닐 가능성에 대해 의심하지 않는다. 스스로를 의심하는 것보다 국가·인종·종교·성별·신체 등으로 가시화되는 '내부/외부'의 경계를 믿는 것이 훨씬 쉬운 일이기 때문이다.

지그문트 바우만은 조지 오웰의 '빅브라더'를 원용해 다음과 같이 기술한 바 있다.

옛날의 빅브라더는 포함—사람들을 대열에 정렬시키고 그곳에서 벗어나지 않도록 하는 통합—하는 데 열중했다. 오늘날의 새로운 빅브라더의 관심은 배제——그들이 있는 자리에 '어울리지 않는' 사람들을 골라내, 거기서 쫓아내면서 '그들에게 어울리는 곳'으로 추방하거나 (더욱 바람직한 것은) 아예 처음부터 근처에도 오지 못하게 하는 것—이다.[2]

'옛날 빅브라더'가 사람들을 감시하고 통제하여 사람들을 권력의 시선 아래 포획한다면, '새로운 빅브라더'는 덜 적합하고, 덜 영리한 '자투리' 인간들을 골라내 사회 밖으로 배제한다. 이어지는 서술에서 바우만은 '옛날 빅브라더'가 아직 살아 있고 이전 어느 때보다 더 큰 능력을 갖추고 있음을 강조한다. 다만 '옛날 빅브라더'는 한정된 구역, 즉 도시의 게토, 난민 캠프, 감옥과 같은 주변화된 사회 공간에서 발견된다. '새로운 빅브라더'가 '탈락'된 잉여 인간들을 솎아내면, '옛날 빅브라더'가 그들을 주변화된 공간에 몰아넣고 감시·통제하는 것이다. 빅브라더는 이렇게 우리를 분할하고 통치한다.

『메모리 익스체인지』에서 '탈락'한 화성인을 이주민과 '교환'하고, 이주민의 이질성을 삭제하여 이들을 '적합한' 화성인으

---

2) 지그문트 바우만, 『쓰레기가 되는 삶들―모더니티와 그 추방자들』, 정일준 옮김, 새물결, 2008, 241쪽, 강조는 원문.

로 만드는 프로세스가 '새로운 빅브라더'의 일이라면, 파산한 화성인에게 이주민의 기억을 심어 수용소에 가두고 감시·통제하는 것이 '옛날 빅브라더'의 역할이다. 반다가 니키에게 기억을 판 뒤 살게 된 수용소의 모습을 살펴보자. 모든 수감자들은 각성파·수면파와 같은 전파를 통해 똑같은 사이클로 움직이도록 통제되고, 고통·기쁨·슬픔 등 사소한 감정마저도 감시의 대상이 된다. 수감자들은 "제각기 달리 생겼는데도 같은 것을 느끼고 있었고, 같은 반응을 보였다. 다른 반응을 보이는 것은 오류였고, 감시와 치료의 대상이었다"(69~70쪽). 그렇다면 반다의 기억을 가지고 화성 사회에 진입한 니키의 삶은 어떨까? 니키는 지구에서의 기억을 지우고 자신을 화성인 '도라'라 믿으며 살고 있다. 그녀는 이주민과 화성인의 기억을 교환하는 '체인저'가 되었다. 니키는 직장에서 우수한 성과를 거두고 있지만, 워커홀릭이 된 그녀의 삶이 행복해 보이지는 않는다. 니키의 연인 '큐'는 이미 다른 사람과 새로운 가정을 꾸렸으나, 니키는 그와 헤어졌다는 사실조차 기억하지 못한다. 니키가 자신의 삶을 의심하기 시작했을 때 그녀의 실존을 기억하고 증명해줄 사람은 아무도 없었다.

여기서 강조하여 독해하고 싶은 지점은 반다와 니키의 삶이 그리 다르지 않다는 것이다. 수용소에 갇힌 반다에게 노동의 대가는 단지 '생존'인데, 수용소는 "세계를 완전히 휩쓸고 갈 위력의 소용돌이"(65쪽)로부터 수감자에게 '안전'을 제공한다. 그러나 수용소가 제공하는 안전과 생존이란, 수감자를 위한 것이 아니라 그들을 격리·감금하여 노동력을 착취하기 위함이다.

한편, 워커홀릭이 된 니키는 자신이 사무실에 "늘 갇혀 있다고 느"(108쪽)낀다. 몇 벌의 옷이 있어도 출근할 때 입는 '유니폼'—오직 한 벌만 고집하여 동료들이 유니폼이라 부르게 된 남색 정장—만을 고집한다. 그녀에겐 어떤 개인적 삶도 없다. 그녀는 자신의 직업에 가책을 느끼면서도 화성 내부로 받아들여진 이주민들을 생각하며 책임감을 덜어낸다. 그녀의 삶은 화성의 탈락자들을 이주민으로 '교환'하는 '새로운 빅브라더'의 부품처럼 보인다. '타자의 배제'라는 대가를 지불하고 성공적으로 사회에 안착했으나 그 삶이 배제된 자들의 삶과 크게 다르지 않은 것이다.

그렇다면 우리의 삶은 어떤가? '빅브라더'에 의해 분리·관리·통제되는 세계에서 내부와 외부, 국민과 이방인의 삶이 근본적으로 다를까? 수용소에 갇힌 반다와 사회에 속한 니키를 완전히 같은 조건에 처해 있는 것으로 치부할 수는 없다. 말하자면, (실질적으로 '구금' 시설인) 각종 보호소 바깥으로 한 발자국도 나가지 못하는 사람들과 (언제 밀려날지 모른다 하더라도) 우리 사회 내부에서 살아가는 사람들을 동일한 지평에서 단순 비교를 할 수는 없다는 뜻이다. 그럼에도 불구하고 시스템에 의해 분할되는 '내부인/외부인'이라는 허상을 비판하고, 우리가 처한 공통 조건을 객관적으로 인식할 필요가 있지 않을까? 최정화의 『메모리 익스체인지』의 빛나는 지점은 '내부'라는 균질한 집단이 사실은 시스템의 구획과 기만적인 망각에 의해 만들어진 허상일 뿐임을, 나아가 삶을 포획하는 힘으로부터 벗어나지 못하는 이상 우리가 안과 바깥 어느 쪽에 있든 가치 있는 삶을 영위할 수 없음을 보여준다는 데 있다.

반다는 수용소의 전파 오류 사고를 계기로 그곳을 탈출한다. 그는 수용소 바깥에서 자유를 만끽하며 비로소 살아 있음을 느낀다. 그리고 반다는 위험을 무릅쓰고 자신과 기억을 바꾼 니키를 찾아간다. 반다는 생애 마지막 남은 삼십여 분을 니키의 기억을 돌려주고 자신의 기억을 돌려받는 데 쓰기로 한 것이다.

> "내 기억을, 그러니까 내 기억을 가져간 다른 이에게 그가 내게 넘겨주었던 기억을 돌려주고 싶어요. 그걸 그에게 주고 싶습니다. 난 그자가 내 기억을 가지고 자신을 잊은 채 살기를 바라지 않아요. 내가 가지고 있는 당신 기억을 당신에게 주고 싶어요."(105쪽)

반다는 자신의 기억(=자신에게 이식된 니키의 기억)을 니키에게 이야기해주고, 니키 역시 자신의 유년(=니키에게 이식된 반다의 유년)을 반다에게 들려준다. 과거의 기억을 돌려받은 반다는 백여 명의 무장 경비원에 포위된 건물을 탈출하려다 그 자리에서 사살된다. "돌발 행동을 할 경우에는 발포한다는 경고를 수십 차례 했"으나 "그는 달렸다"(109쪽). 그리고 "몇 걸음 뛰어가지 못한 채 그 자리에서 쓰러졌다."(같은 쪽) 죽음을 무릅쓴 반다의 질주는 몇 걸음 못 가 좌절되었지만, 이는 죽음보다 못한 삶에 대한 완강한 거부이며 자유를 향한 결단이다. 니키는 텔레비전으로 중계되는 반다의 죽음을 보면서, 자신이 죽었다는 생각을 하는 동시에 "두 사람의 기억을 가진 채 살아남았"(110쪽)다는 느낌을 갖는다.

소설의 마지막에서 니키는 자기 안의 반다를 발견하는데, 사실 '나'에서 '나-너'로의 확장은 소설 전체의 기획이다. 『메모리 익스체인지』는 총 3장으로 구성되어 있고 각 장은 모두 '나'의 시점으로 서술된다. 그러나 '나'가 누구인가는 각기 다르다. 1장이 화성에 도착한 '나-니키'의 시점으로 서술된다면, 2장은 니키와 기억을 교환하고 수용소로 간 반다의 이야기로, '나'는 반다이자 니키다.(나-반다-니키) 마지막 3장에서는 반다가 ('도라'로 살고 있는) 니키를 찾아옴으로써 반다와 니키의 기억은 상호 교환된다. 니키의 말처럼, 그녀는 "두 사람의 기억을 가진 채 살아남았"(110쪽)기 때문에 서술자는 최종적으로 '나=니키= 반다'가 된다. 앞서 소설은 시스템이 분할하는 사회 안과 바깥의 삶이 결국은 체제 유지를 위한 수단으로 전락함으로써 그리 다르지 않다는 것을 보여주었는데, 이번에는 정반대의 방향에서 사회 안과 바깥의 삶이 공통성을 마련하는 장면을 보여준다. 반다가 시스템의 통제를 벗어나 니키에게 기억을 돌려줌으로써 둘에겐 공동의 기억이 생긴 것이다.

반다와의 짧은 대화로 니키가 예전의 기억을 모두 되찾고 정체성의 혼란에서 벗어날 수는 없을 것이다. 그녀는 여전히 자신을 '도라'라고 믿으며 예전과 다름없는 삶을 살아가게 될지도 모른다. 그러나 화성 내부에는 이방인이 존재한다는 것, 그 이방인이 바로 자신일 수 있다는 것을 확인했다는 점은 중요하다. 니키는 반다와 함께 탈옥한 '가가'가 재판을 받는 장면을 지켜보며, 그가 모든 상황을 지나치게 자세하게 설명하려는 이유를 헤아린다. 가가의 진술은 자신의 자유의지로 선택하고 행위한 모든 일을 망각하지 않으려는 노력일 테다. 가가는 그 일들을 기억하는 한 자기 자신으로 남을 수 있음을 알고 있는 것이다. '빅브라더' 가 체제의 '안과 바깥' '국민과 이방인' '파산자와 노동자' 등으로 우리의 삶을 분할하면서 동시에 체제 유지를 위한 도구로 전락시킨다면, 이러한 통치에 반하는 자유의지는 우리 각자를 개별자로 실존하게 하면서 자유를 억압하는 힘에 함께 저항하도록 한다. 니키가 여전히 혼란한 가운데, 자기 내부의 반다를 느끼고 가가에게 응원을 보내는 것은 미미하게나마 감지되는 연대감일 것이다.

> "자금 막 삼촌이 내게 해줬던 말이 떠올랐어."
> "그 말이 뭐였는데?"
> "네가 존중받아야 할 인간이라는 걸 잊지 말아라."
> 랄라의 반응은 심드렁했다. 내 말을 듣지 못한 게 아닌가 싶었다.
> "어때? 아주 따뜻한 말이지?"
> "아니, 그건 너무 무서운 말이다, 얘."
> 랄라는 어깨를 움츠리며 시선을 바닥에 떨구었다. 하도 손톱을 물어뜯어서 짓물러버린 손가락 끝을 문지르며 조심스럽게 내게 물었다.
> "그건 아마 우리가 인간이 아니게 될 수 있다는 뜻인 것 같은데?"
> "아니, 난 그렇게 생각 안 해. 삼촌의 말을 기억하는 한 난 인간일 거야. 어떤 일이 일어난다고 해도 말이야."(22쪽)

'자유롭고 존중받아야 할 인간'이라는 말은 소설에서 몇 번이나 반복된다. 그런데 이 말은 우리가 자유롭고 존중받아야 할 인간임을 일깨우는 동시에, 그 반대편, 그러니까 자유가 없고 존중받지 못하는 존재는 인간이 아니라는 것, 혹은 자유와 존중은 자격을 갖춘 일부 인간에게만 주어진다는 것으로도 해석될 수 있다. 그래서 '랄라'는 이를 두고 "무서운 말"이라고 한다. 이처럼 '자유롭고 존중받아야 할 인간'이라는 말에 양면이 있다면, 우리의 세계는 어느 쪽일까? 지구인을 '자유가 없고 존중받지 못하는 비-인간'과 '자유롭고 존중받아야 할 인간'으로 분할하고 있지는 않을까? 죽음을 무릅쓰고 자유를 향해 나아가는 반다의 걸음은 숭고하지만, 그 걸음이 목숨을 담보로만 가능하다면 너무 끔찍한 세계가 아닐까? 우리의 세계는 어디를 향해 가고 있을까? 모두가 자유롭고 존중받는 세계로 나아가고 있는 것일까? 아니면 타자를 배제한 대가로 자유와 존중을 특권처럼 향유하고 있는 곳일까? 이것이 바로 『메모리 익스체인지』가 지구인에게 던지는 적실하고 긴급한 질문이다.

(2020)

슬픔의 '이곳'에서

대기가 차가워지면 사람들은 목을 가리고 다니기 시작한다. 사람들이 목을 가리면 나는 안심이 된다. 계절이 바뀌고 사람들이 다시 목을 드러내면, 그때부턴 가슴이 뛴다. 여름이면 나는 매일 가슴이 뛴다. 사람들이 저렇게 쉽게 급소를 드러내고 다닌다는 것에 놀라움을 느낀다.[1]

잃어버리고 나서야 보이는 것들이 있다. 아직 끝나지 않은 여름 속에서 나는 그동안 우리가 얼마나 무방비로 길을 걷고 공원을 산책하고 혼잡한 대중 시설을 드나들었는지 생각한다. 갑각류와 같은 단단한 껍질도 없이, 찌르면 피가 나는 얇고 보드라운 피부를 지니고서 말이다. 나는 이제서야 '무방비'가 '신뢰'의 다른 이름이었음을 깨닫는다. 맞은편에서 걸어오는 타인이 나를

---

1) 최은미, 「그곳」, 권여선 외, 『2023 김승옥문학상 수상작품집』, 문학동네, 2023, 135쪽. 이하 인용시 본문에 쪽수만 밝힌다.

해치지 않을 것이라는 믿음, 혹은 나의 구조 요청에 일면식이 없는 누구라도 기꺼이 응답할 것이라는 믿음. 연일 폭염이 내리쬐었던 여름, 우리는 함께 살아가기 위한 전제조건으로서 무언의 약속이 허물어지는 것을 보았다. 최은미의 「그곳」은 배우기 전에 아는 것, 약속하기 전에 지켜지는 것, 그래서 우리가 잃어버리고 나서야 뒤늦게 찾고 있는 것에 관한, 우리의 지옥 같은 여름을 앞질러 도착한 소설이다.

「그곳」은 재난 상황 속에서 불현듯 출현한 사람들 사이의 돌봄과 친절을 포착해 그려낸다. 그러나 소설은 이를 재난/일상, 선/악과 같은 단순한 이분법을 통해 보지 않는다. 오히려 위해/안전, 고립/연결 등의 피상적인 대립을 적극적으로 흔든다. 단적으로 소설의 주인공인 '나'의 캐릭터가 그렇다. 동네 체육센터를 애용하는 '나'는 "언제 어디서든 극혐 행동을 포착할 수 있고 신고에도 적극적인" "이 구역의 최다 민원인"(136쪽)이다. 그런 '나'는 폭염 대피소가 된 체육센터에서 곳곳의 눈에 거슬리는 사람들의 행위에 잔소리를 해대고, "씩씩거리며 쓰레기를 다시 분리"하며, "구청으로 시간 맞춰 전화를 했다"(144쪽). 어느새 '나'는 흡사 자원봉사자가 되었고, 심지어 자율방재단원에 가입하라는 제안을 받기도 한다. 재밌는 것은 그 제안을 한 사람이 "나한테 매일같이 신고를 당하던 노인"(145쪽)이라는 점이다. 노인은 덤벨 운동을 할 때마다 양 손바닥에 침을 뱉곤 했고, '나'는 감염병 위기가 끝나지 않은 시점에서 공용 덤벨에 자기 침을 묻히는 행위를 참아줄 수가 없었다. 물론 노인이 "최소한의 시국 감수성"(같은 쪽)을 갖추지 못했다고 해서 재난 안전 지킴이 활동에 진심이 없어 보이진 않는다. 그러니까 '나'나 노인이나 공동체를 위해 솔선수범하는 고마운 사람들이지만, 동시에 꽤나 불편한 이웃들이라는 거다. 공동체를 지키는 사람들이 늘 '사람 좋은' 얼굴을 하고 있을 거라는 건 환상이다.

또, 「그곳」은 '생명 보호'가 상당히 차별적으로 이루어지고 있음을 계속해서 환기한다. 소설 도입부에는 몇 해 전 여름 '나'가 계곡에서 구조되던 장면이 삽입되어 있다. '나'와 중년 여자와 아기를 안은 남자가 로프에 의지해 불어난 강을 건널 때, "뒤쪽에선 개가 짖었다"(134쪽). 이후 잠이 오지 않는 여름밤이면 '나'는 "계곡 저쪽에 혼자 남겨졌던 개에 대해서"(137쪽) 생각한다. '나'의 동네 친구 '수석'이 대피소로 오지 못한 것도 "반려동물의 출입을 허용하는 대피소는 한 군데도 없"(152쪽)기 때문이다. "시력과 신장이 안 좋은 개를 어딘가로 보내놓고 혼자 대피소로 오는 건 수석씨한테 가능한 일이 아니었다."(153쪽) 구조되는 생명과 구조되지 않는 생명 사이의 분할이 오직 종 차별에 기인하는 것만도 아니다. 사람들이 더위를 피하기 위해 모여 있는 이곳은 본래 '국민체육센터'로 "국가유공자뿐만 아니라 가임기 여성에게도 십 퍼센트 할인을 해준다"(136쪽). 체육센터의 목적인 건강관리와 신체 기능 증진은 애초 '국민'이라는 제한된 대상을 위한 것이었으며, 그중에서도 국가 건설(국가유공자)이나 국민 재생산(가임기 여성)에 관여하는 신체는 보다 특별한 관리를 받는다. 결국 '보호'되는 인간 또한 통치 권력에 의해 층층이 나뉘어 있는 것이다.

나아가 소설은 '재난'이 모두에게 동일한 사건을 지칭하지 않는다는 것도 드러낸다. 폭염 대피소에 모인 사람들은 엎친 데 덮친 격으로 인근 농가에서 곰 두 마리가 탈출했다는 소식을 듣는다. "그 곰들은 국립공원공단에서 이름을 붙여주고 골절 수술을 해주는 그런 반달곰이 아니었다. 도축 허용 나이인 십 년생이 될 때까지 야외 뜬장에 갇혀 살던 곰들이었다."(148쪽) 한 마리가 사살되고, 행방이 묘연했던 다른 한 마리의 흔적이 대피소 주위의 말리산에서 발견되자 사람들의 외출이 제한된다. 곰이 잡혀야만 사람들은 밀폐된 체육센터 바깥으로 나갈 수 있다. 소설이 설정한 이 극단적 상황은 우리가 재난이라 부르는 그것이 갇힌 채 사육되어온 곰에겐 단 한 번의 외출일 뿐이고, 그저 사는 것처럼 살아본 한 순간이었음을 드러낸다. 이는 달리 말해 우리의 일상이 다른 존재를 가두고 격리하고 침해함으로써 유지되고 있다는 뜻이기도 하다.

이처럼 소설은 '재난'을 겹겹이 둘러싸고 있는 모순들을 직시한 다음, 그럼에도 마냥 절망하거나 체념할 수 없게 하는 힘에 관하여 이야기한다. 사람들이 밀집된 폭염 대피소에 어느 순간 전기가 끊어진다. 아직 곰이 잡히지 않아서 사람들은 바깥으로 나갈 수도 없는데다, 얼마 전부터 출몰한 정체불명의 벌레로 인해 창을 열 수도 없다. 사람들은 완전히 고립되었을 뿐 아니라, "옆 사람이 뿜어내는 체온이 그대로 내 고통이 되어가는 상황이었다"(157쪽). 몇몇 사람들은 옆 사람을 피하거나 혹은 비난하면서 자신의 생존을 지키려고 했다. 그러나 가장 극한의 상황에 '나'의 눈에는 다른 것도 보이기 시작한다. "대피소가 쾌적할 땐 데면데면 흩어져 말도 안 섞던 사람들이 상황이 나빠질수록 옆 사람들을 보기 시작"(158쪽)한 것이다. 사람들은 취약한 사람들을 돌보고, 기저 질환자에게 약을 공급했다. 또, 만약을 대비해 응급 처치법을 공유하고, 텐트를 돌며 환자가 없는지 살폈다. '나' 또한 사람들의 친절에 힘입어 탈진할 때까지 텐트를 돌고 또 돌았던 것이다. 이 장면이 감동적인 것은 겉으로 보기에 개인적이고 단절된 것 같아도 실은 사람들 사이에 연대와 유대가 언제나 잠재되어 있음을 드러내기 때문이다.

아이러니하게도 곰이 사살되는 총성은 대피소에 갇혀 있던 사람들에겐 구조의 신호가 되었다. 총성을 신호로 사람들은 제각기 집으로 돌아갈 준비를 한다. 그때 '나'는 곰에게 초코파이를 놔주었던 빈 은박 접시를 두고 갑자기 절을 한다. 그러자 몇몇 사람들이 다가와 함께 절을 했고, 또 어떤 사람들은 소소한 간식들을 빈 접시 위에 올려놓았다. 이 제사는 표면적으로는 죽은 곰을 위한 것일 테지만, 사람들의 마음은 처음으로 사육장 바깥에 나왔다가 사살된 그 곰뿐 아니라, 우리가 살기 위해 가두고 버리고 죽인 모든 존재들을 향할 것이다. 이들은 인간/비인간의 분할에 의해 계곡 저편에 버려졌던 개를 위해, 국민/비국민, 남성/비남성의 차별로 인하여 말리산에 버려진 한 많은 유골들을 위해 절을 했을 것이다. 여기서도 죽은 존재를 기리는 하나의 마음이 여러 사람들의 애도를 불러일으켰다는 사실이 가슴을 울린다. '나'의 절은 여러 사람들의 마음을 겉으로 촉발하는 하나의 계기가 되었을 뿐, 자신의 생존이 누군가를 죽임으로써 가능해졌다는 데 대한 슬픔이 사람들 마음에 이미 있었다는 것이 중요하다.

타인에 대한 배려와 타인을 해치지 않으려는 마음. 이것이 겉으로 드러나지 않더라도 우리 안에 내재해 있을 것이라는 당연한 믿음. "잠을 자려고 누우면 그 사실에 갑자기 눈물이 날 때가 있었다. 트럭이 나를 보면 멈출 것이라는 걸 내가 알았다는 사실에."(161쪽) 지금 이곳에서는 그 신뢰가 흐릿해지고 있고, 그 신뢰는 흐릿해진 다음에야 우리에게 보이기 시작했다. 그러니 슬픔의 '이곳'에서 「그곳」은 어느 때보다 절실하다.

내가 의지했던 친절의 순간도. 나를 살린 것들도.
그것들은 여전히 그곳에 남아 있다.(162쪽)

(2023)

다른 세계로

이현석의 「다른 세계에서도」[1]는 2019년 4월 11일 헌법재판소의 '낙태죄 헌법불합치 결정'을 배경으로 임신중지 및 재생산권에 관한 어려운 질문을 던진다. 소설은 동생의 갑작스러운 임신을 걱정하는 산부인과 의사 '나'(정지수)가 아직 태어나지 않은 조카(동생 '해수'의 태아)에게 보내는 전언의 형식으로 전개되는데, 이러한 소설의 구도는 얼핏 '여성의 자기결정권 대 태아의 생명권'이라는 오래된 대립 구도를 반복하는 듯해 보인다. 그러나 「다른 세계에서도」는 하나의 단일한 서사로 통합되지 않는 복수 여성의 목소리를 삽입하고 이들의 차이에서 비롯되는 '다른 세계'를 희망함으로써 임신중지에 대한 전형적인 재현을 넘어서고자 한다. 따라서 독해의 중심에 해수의 임신과 선택이라는 하나의 사건이 아닌 임신(중지)에 대한 이질적인 시선들을 놓

1) 이현석, 「다른 세계에서도」, 강화길 외, 『2020년 제11회 젊은작가상 수상작품집』, 문학동네, 2020(2판). 이하 인용시 본문에 쪽수만 밝힌다.

아보고자 한다.

먼저, '해수'의 엄마는 딸의 임신을 반기지 않는다. 이는 혼전임신을 '남사스러운 일'로 여기는 가치관 때문이기도 하지만 무엇보다도 딸이 겪을 경제적 곤란과 경력 단절이 걱정되기 때문이다. 엄마는 딸이 "제대로 있는 집에 시집가서 편하게"(115쪽) 살길, 혹은 "더 좋은 엄마 될 만큼, 다―준비된 다음"(116쪽)에 결혼·출산·육아의 과정을 겪을 수 있길 바란다. 여성에게 전공 선택을 제한하는 의대 풍토 때문에 군이 상경하여 종합병원에 근무하는 해수의 사정을 헤아린다면 엄마의 걱정을 극성이라고 치부할 수 없다. 오히려 일반적인 고용조건보다 나을 것이라 기대되는 전문직 분야에서마저 여성 차별이 공고히 작동하고 있음을 확인할 때, 여성에게 임신과 출산이 얼마나 많은 것들을 포기하게 하는지 새삼 깨닫게 된다. 그러나 당사자인 해수는 사랑하는 사람을 놓치고 싶지 않고 임신도 그녀에게 주어진 '복'이라 여기므로 출산과 결혼을 "선택"(139쪽)하겠다고 한다.

한편, '나'가 참여하고 있는 칼럼 필자 모임의 산부인과 전문의들도 임신중지에 대해 조금씩 다른 시각을 보인다. 이들은 헌법재판소의 판결을 앞두고 낙태죄 폐지에 대한 대중적 공감을 넓히기 위해 매주 한 편의 칼럼을 연재하고 있다. 그런데 필진 모두가 '낙태죄 폐지'에 동의한다고 하더라도 그러한 결론에 도달하기까지 각자가 구사하는 언어는 다르다. '희진'은 보다 안전하고 간편한 약물적 임신중지법이 널리 알려져야 한다고 주장하며, 이에 필요한 약물의 시판 허가를 촉구하는 글을 쓴다. 그런데 희진은 '간편한 임신중지'에 대한 대중의 반감을 우려한 듯,

"어떤 여성도 임신중지를 결코 쉽게 결정하지 않"으며 임신중지는 "미래의 아이들을 위해 고심 끝에"(110쪽) 내린 결정이라는 점을 강조한다. 또, '정민'은 자신이 임신중일 때 미성년자 산모의 임신중지 시술을 맡았던 경험을 고백하며 임신중지가 불가피한 일임을 역설한다. 정민은 당시 상당한 죄책감에 시달렸다고 멤버들에게 토로하기도 한다.

'나'는 이러한 재현 방식에 불편함을 감추지 못한다. 희진의 논리대로 약물적 임신중지법이 "차기 임신에 영향을 주지 않아 더 나은 미래를 보장"(같은 쪽)하기 위해 추구되는 것이라면, 여성은 임신중지를 택하는 순간에도 '(미래의) 모성'에 속박되고 말기 때문이다. 정민이 들고 있는 사례 또한 임신중지에 대한 기존의 편향된 이미지를 강화할 위험이 있다. 임신중지의 비범죄화가 성폭력 피해, 미성년의 신분, 경제적 어려움 등 시술이 매우 절박한 경우만을 근거로 주장되면, 여성이 자기 삶을 결정하는 권리로서의 임신중지의 의미는 삭제된다. 더하여 정민은 임신 8주 차 산모의 임신중지 시술을 한 뒤 "아기의 초음파 이미지"(123쪽)에 시달렸다고 하는데, 전문가마저도 "그냥 덩어리"(124쪽) 형태일 배아를 '아기의 형상'으로 인식하며 죄책감을 느끼는 이 장면은 임신중지에 대한 관습적인 재현이 우리 인식 속에 얼마나 뿌리깊게 박혀 있는지, 그러한 재현이 여성의 자기결정권을 얼마나 억압해왔을지 짐작하게 한다. 이에 '나'는 희진에게 산부인과 의사로서 우리가 만난 산모들의 사연은 훨씬 더 다양하지 않았느냐 묻는다. "임신 소식을 전했을 때, 기혼이라도 당혹감과 우울을 숨기지 못하는 산모들, 반대로 뜻밖의 유

산에도 안도감이나 위안을 감추지 못하는 얼굴들"(129쪽), '나'
는 자신이 본 수많은 표정들을 희진이나 정민의 언어로는 담아
낼 수 없음을 안다.

그러나 희진은 "옳다고 여기는 거랑 말해져야 하는 게 늘 같
을 수는 없"(같은 쪽)다고 말한다. '낙태죄 폐지'라는 현실적 목
표를 이루기 위해서는 "도덕적 우위를 잃으면 안 된다"(같은 쪽)
는 것이다. 이 말을 들으며 '나'는 더이상 희진과 함께할 수 없으
리라는 것을 깨닫는다. 희진은 '도덕적 우위'를 잃지 않으려 할
뿐 '도덕' 그 자체를 심문하지는 않기 때문이다. 주지하듯, 도덕
이란 한 사회에서 바람직하다고 여겨지는 행동의 기준이고, 이
규범은 그 사회에서 오랫동안 전해 내려오는 생활 습관과 관습
에서 비롯된다. 도덕은 그 자체로서 선이 보증되는 것이 아니며,
오히려 사회·역사적 조건이나 다수의 권력에 의해 만들어진 규
범이 '도덕'이라는 이름으로 의심 없이 존속될 수 있다. 따라서
도덕을 심문하지 않고 도덕적 우위를 확보하려 한다면 필연적으
로 기존의 관습과 규범에 적극적으로 영합하게 된다. 임신중지
는 어머니 되기의 거부가 아니라 잠재적인 어머니 되기를 전제
함으로써 용인되고, 사람들에게 연민을 불러일으킬 만한 경우에
한해 정당화되는 것이다. 이런 식으로는 이성애 규범을 해체할
수 없음은 물론이고 여성의 섹슈얼리티를 생식으로부터 분리하
지도 못한다.

복수의 여성의 목소리를 기입하는 가운데「다른 세계에서도」
가 던지는 가장 어려운 질문이 여기서 제기된다. 희진이 꾸리는
'낙태죄 폐지 운동'이 도덕을 심문하지 않고 도덕적 우위를 확

보하려 할 때, 다시 말해 이성애 규범과 여성 섹슈얼리티에 대한 억압에 근본적으로 저항하지 않을 때, 이 운동에 레즈비언인 '나'의 자리도 있는 것일까? '나'는 누구보다도 희진을 좋아하고 따르지만, "기약할 수 없는 언제인가가 아닌 지금 당장이어야"(133쪽) 한다는 생각으로 자신의 주장을 피력해나간다. 임신중지가 모든 여성에게 동일하게 경험될 수 없으며, 당사자들에게 획일적으로 덧씌워지는 비감이야말로 사회가 임신중지를 결정한 여성을 비윤리적 존재로 상상하는 방식이라는 것. 여성이 절박한 상황에서 임신중지를 '어쩔 수 없이' 선택한다는 서사는 거꾸로 절박한 상황에서만 임신중지를 선택해야 한다는 규범을 만들어낸다는 것. 절박함을 내세워 타인의 선의에 호소하는 것은 여성을 나약한 존재로 재현하며, 임신중지를 여성의 자기결정 '권리'가 아니라 법과 사회에 의한 '허용/관용'으로 인식하게 만든다는 것. 그리하여 여성의 주체성은 삭제되고 만다는 것. 이러한 '나'의 생각에 사람들은 "큰 틀에서는 동의하나 지금 시점에서는 다소 위험하지 않으냐"(134쪽)고 우려를 표한다. 다만 '은빛'만이 "이런 목소리도 소거되어서는 안 된다"(같은 쪽)며 '나'를 두둔한다. 결국 '나'는 칼럼의 필진에서 빠지게 되고, 2019년 4월 11일 헌법재판소는 낙태죄에 대해 헌법불합치 결정을 내린다.

'나'는 희진을 존경하고 사랑하면서도 그녀에게서 거리감을 느끼고 겉도는데, 이는 비단 희진과의 관계에서만 나타나는 감정은 아니다. 소설 속에서 '나'는 때때로 '서늘한 기운'이 엄습함을 느낀다. '나'에게 이 정체 모를 기운이 찾아오는 순간들을 일별해보면, 갓난아기에 대해 해수와 '나' 사이에 감정의 "간극"(108쪽)이 감지될 때, 혹은 해수의 임신을 축하하면서도 임신중지라는 선택지를 떠올릴 때다. 곧, 세상의 아름다운 것들을 '나'가 온전히 사랑할 수 없을 때, '나'가 세상 사람들과 '다르다'고 느낄 때 그 기운은 찾아온다. 그런데 이 낯선 기운은 '나'가 해수의 태아에게 인사를 건네고, "이후가 아니라 바로 지금" "전해지지 않더라도 전할 수밖에 없는"(133쪽) '나'의 진심을 써내려가면서 사라진다. 알 수 없는 서늘함이 '나'가 '이 세계'에 완전히 합류할 수 없는 데서 오는 이질감이라면, 소설의 말미에서 '나'가 이 감정으로부터 놓여나게 되었다는 것은 '다른 세계'를 적극적으로 꿈꾸게 되었음을 의미한다. 중요한 점은 '다른 세계'의 의미가 태어날 조카를 기쁘게 맞이하는 세계 혹은 동생 해수의 임신중지를 지지하는 세계, 이 둘 중 하나의 세계가 아니라, 어느 쪽이든 자유롭게 선택할 수 있고 진심으로 사랑할 수 있는 세계라는 것이다.

소설의 결말에서 배가 한껏 부른 해수는 낙태죄 폐지 뉴스를 보고 '나'에게 축하의 인사를 전한다. 그리고 자신이 출산을 결심하게 된 이유를 말하며, "그냥 행복하고 싶"(139쪽)었다고 고백한다. 해수의 말에 '나'는 희진과의 일을 떠올리며 선뜻 답하지 못한다. 행복이란 많은 경우 어떤 대상 그 자체를 통해서라기보다 한 사회가 행복이라 여기는 것을 추구함으로써 얻어진다. '결혼하고 아이를 낳고 양육하는 것'이 소박한 행복이라 일컬어지듯, 행복의 기준은 사회·문화적 규범에 매우 밀착되어 있다. 해수가 말하는 행복이란 무엇일까. 그것은 그녀가 선택한 것이기도 하지만 동시에 끊임없이 규범 속으로 미끄러지는 것이기도 할 테다. 그것을 알기에 '나'는 해수의 말을 듣고 도덕으로 회수되어갔던 희진을 떠올렸을 것이다. '나'는 잠시 머뭇거린 후에 "나도 우리가 행복했으면 좋겠"(같은 쪽)다고 답한다. 해수의 행복과 '나'의 행복이 같을 수 없으며, 그럴 필요도 없다. 그러나 행복을 위한 해수의 선택만큼 '나'의 선택도 자유롭고 가벼울 수 있을 때, 해수의 행복은 '나'의 행복과 더불어 오롯이 그녀 자신의 선택이 될 수 있다. 「다른 세계에서도」는 낙태죄 폐지에 이르는 무수한 서사의 맨 마지막 장이 아니라 낙태죄 폐지로부터 시작될 새로운 서사의 첫머리에 놓여 있다. 이제 시작될 이야기 속에서는 누구라도 '이후가 아니라 바로 지금' 자신의 목소리를 낼 수 있길, '자기결정권'이 이성애 가부장제 규범으로부터의 해방을 꿈꾸는 모든 몸을 향하여 최대한으로 열리길 바란다. 함께 갔으면 좋겠다. 아니 함께라야 갈 수 있다. 다른 세계로.

(2020)

* 이 글을 쓰면서 아래의 책들을 참고했다.
백영경 외, 『배틀그라운드─낙태죄를 둘러싼 성과 재생산의 정치』, 후마니타스, 2018.
에리카 밀러, 『임신중지─재생산을 둘러싼 감정의 정치사』, 이민경 옮김, 아르테, 2019.

두 번의 파묘와 남은 것들

파묘와 비평

얼마 전 영화 〈파묘〉(2024)의 흥행 소식을 듣고 황정은의 소설 「파묘」를 떠올렸다. 'K-오컬트'라는 수식에 걸맞게 영화에는 장의사, 풍수사, 무당 등 현상계의 원인을 찾아 이면 세계를 탐색하는 이들이 주인공으로 등장한다. 기대와 달리 영화 〈파묘〉는 소설 「파묘」와 그다지 관련이 없었지만, 의외로 영화는 '비평'이라는 장르 그 자체를 보여주는 듯했다. 오컬트occult란 '숨겨진' '감추어진'이라는 라틴어 'occúltus'에서 온 말로 보통 신비주의로 번역된다. 세계를 하나의 텍스트로 보고 '숨겨진' 의미를 독해하는 주인공들의 활약이야말로 텍스트 이면의 의미를 탐사하는 비평가의 일과 유사했다. 아이의 울음소리에서 조상의 원한을 알아차리고, 자연의 형세에서 길흉화복을 읽어내는 무당과 풍수사는 소설에 감추어진 복선과 암시를 통해 인물의 운명을 점치는 용한 비평가와 비슷해 보였다. 게다가 '파묘'란 무엇인가. 표층에서 드러나지 않는 '진실'을 파헤치는 행위가 아닌가. 지표면 아래의 세계를 텍스트의 심층이라 하든, 의식 너머의 무의식이라 하든, 아니면 사회적 현상의 근원적 원인이라 하든, 그 '너머'의 것들이야말로 비평가들이 찾아 헤매는 게 아닌가. 이쯤 되면 이쪽세계와 저쪽 세계 중간에 걸쳐 산다는 무당의 자기소개는 비평가의 것으로도 손색이 없어 보인다. '동종 업계' 종사자로서 비평가는 심령술사들이 저쪽 세계의 비-존재들과 대면하고 진실을 파헤치는 과정을 선망과 의혹의 눈길로 주시할 수밖에 없다.

'험한 것'이 나온 경우

의뢰인 집안의 '장남 돌림병'이 묏자리 탓이라는 무당 '이화림'(김고은 분)의 처방에 따라 LA 거부가 한국에 (버려)두고 간할아버지 무덤의 파묘가 시작된다. 먼저 끌어올려진 것은 의뢰인 할아버지의 관이다. 분노한 할아버지 혼령이 폭주하는 바람에 몇 사람이 죽긴 했지만, 주인공들은 집안의 대를 이을 갓난아기를 무사히 구한다. 여기까지 심령술사들은 예사롭지 않은 악지惡地에 난관을 겪었을 뿐, 윤리적 시험이라든가 존재론적 위기에 봉착하지는 않는다. 그러나 할아버지의 관을 불태워 없앤다고 해서 모든 문제가 명쾌하게 해결되지는 않는다. 현실의 알 수 없는 증상, 즉 갓난아기를 괴롭히는 병증은 사라졌지만, 할아버지 혼령이 자손의 목숨을 거두어갈 만큼 고통스러웠던 이유는 밝혀지지 않는다. 현실에 하나의 레이어가 더 생겨나면서 심층은 여전히 미지의 것으로 남는다. 그러나 오컬트영화에 장르적문법이 있듯, 해석의 세계에도 룰이 있다. 현실 너머의 진리는 실체로서 드러나지 않는다는 게 업계의 정설 아닌가. 실재real는 포착되지 않는 공백으로서 효과로 포착될 뿐이다. 실재와 조우하는 이는 필경 파멸에 이르게 된다.

영화가 심상치 않은 길로 나아가는 건 바로 여기부터다. 풍수사 '김상덕'(최민식 분)은 파헤쳐진 못자리에 다시 찾아간다. 그리고 그곳에서 예상하지 못했던 또하나의 관을 발견한다. 의미심장하게도 거대한 관은 안에 있는 '무엇'이 바깥으로 나오지 못하도록, 혹은 바깥에서 감히 관을 열어 '무엇'을 확인할 수 없도록 봉인된 채, 마치 의미의 그물망을 찢는 듯 묻혔다기보다 박혔다고 해야 옳을 듯이 땅속에 세로로 서 있다. '험한 것'이 나왔다. 계약 조건에 없었던 험한 것을 이화림은 그냥 두자고 한다. 김상덕은 끌어내자고 한다. 결국 김상덕의 뜻에 따라 관은 지상으로 올라오고, 대신 영화의 주인공들은 오래전 제 눈을 찌른 남자의 비극으로 떨어진다. 그러나 파멸을 감수하고서라도 진실을 확인하고자 하는 욕망, 이것이야말로 이해타산적 합리성과 타협하지 않는 인간의 선택이자, 도덕적 관습이나 지배적 이데올로기로부터도 벗어난 인간의 자유가 아닌가. 〈파묘〉는 다시 한번 비평을, 아니 보다 구체적으로 한국문학 비평장과 궤를 맞춘다.

한국문학이 이와 같은 의미의 '윤리'를 사유하기 시작한 시점을 묻는 일은 가능할까? 가능한 한 근(近)과거로 당겨잡는다면 90년대 초반의 지형을 주목해야 한다. 우리에게 선택과 행위의 준거를 제공해주는 이념이 있었던 시대는 차라리 '좋았던 옛 시절'이었다. 그러나 90년대가 되면서 이념이라는 좌표는 희미해졌

다. 좌표가 사라지면 자유가 오는 것이 아니라 좌표를 만들어야
하는 책임이 온다. 폐허에서부터 다시 시작하기 위해 '자기 입법'
의 자유와 책임을 떠맡아야 했다. 비로소 도덕이 아니라 윤리를
사유해야 하는 시기가 왔다고 작가들은 생각했을 것이다.
　　　　　　　　　　　　　　　──신형철, 『몰락의 에티카』에서[1]

　신형철은 거대 이데올로기가 상실된 1990년대 문학의 과제를
자기 입법의 자유와 책임으로 진단했다. 이때 이념과 도덕으로
부터 해방된 인간에게 주어진 자유와 책임은 '윤리'라는 이름으
로 사유되었다. 문학은 이제 "주체 내부에 존재하는 어떤 미지
(X)의 심연을 고집스레 답파하고 거기에서부터 우리가 다시 시
작할 근거가 되는 진실을 찾아낸다. 아름답지만 위선적인 도덕
이 아니라 참혹하지만 진실한 윤리가 문학의 몫"[2]이 되었다. 그
리고 '참혹하지만 진실한 윤리'를 찾아낸 인간의 전범으로 반복
적으로 호출된 이가 바로 오이디푸스였다. "상징적 질서 그 자
체를 폭파시킬 수 있는, 상징화될 수 없는 '불가능성'의 가장 급
진적인 표상"인 근친상간을 저지른 자, 그리하여 "그 자신이 바
로 실재적 사물the Thing 그 자체, 혹은 'the Thing'의 흔한 의역
그대로 '괴물怪物'이 되어버린"[3] 오이디푸스 말이다.

1) 신형철, 「당신의 X, 그것은 에티카──김영하의 90년대와 배수아의 2000년
　대」, 『몰락의 에티카』, 문학동네, 2008, 143쪽.
2) 같은 글, 144쪽.
3) 신형철, 「오이디푸스 누아르──영화 〈올드보이〉를 위한 10개의 주석」, 같은
　책, 82쪽, 강조는 원문.

첫 평론집에 묶인 원고들을 다시 읽으면서 놀란 적이 한두 번
이 아니었다. 그중에서 이 남자, 오이디푸스에 대해 정말 많은 이
야기를 했고, 또 그 이야기를 자주 반복했다는 것을 알았다. "인
간이기를 포기한 이 순간 나는 인간이 되는 것인가?"(소포클레
스, 『콜로노스의 오이디푸스』) 어떻게 보면 이 책은 오이디푸스의
절규 어린 이 한마디에 대한 비평적 주석이라고 해도 좋을지 모
르겠다. 비유하자면, 오늘날의 한국문학은 자신의 두 눈을 찌른
후 어둠 속을 응시하면서 정처 없는 방랑을 떠나게 된 오이디푸
스와 처지가 비슷하지 않을까. 두 눈을 찌르기 전, 그는 자신의
운명에 대해 눈면 자였지만 두 눈을 찌른 후에야 비로소 자신의
삶에 대한 뼈아픈 통찰을 얻게 되었다.

　　　　　　　　　　　　　　— 복도훈, 『눈먼 자의 초상』에서[4]

　신형철과 같은 해 같은 지면으로 비평을 시작한 복도훈 역시
자신의 비평이란 곧 오이디푸스에 대한 긴 주석이라 썼다. 물론
비평장이 주목한 것은 한 인간의 파멸이 아니라, 파멸을 감수하
면서도 포기하지 않은 진실을 향한 욕망이자 몰락 속에서 발견
된 심연의 진실이었다. 그즈음 '진실의 윤리학'[5]이 특히 절박했

　4) 복도훈, 「책머리에」, 『눈먼 자의 초상』, 문학동네, 2010, 7쪽.
　5) 신형철, 「우리가 '소설의 윤리'를 말할 때 너무 많이 한 말과 거의 안 한 말—
세 편의 평론에 대한 노트」, 같은 책, 165~166쪽. 이 글에서 신형철은 '윤리의
세 층위'로 스피노자의 기쁨의 윤리학, 레비나스의 타자의 윤리학, 라캉의 진실
의 윤리학을 소개한다. 이 글은 복도훈, 강유정, 허윤진의 논의에 대한 메타비
평이지만, 다른 글에서 반복적으로 나타나건대 신형철은 '진실의 윤리학'을 통

던 까닭은 근대문학에 내려진 예언, 곧 '문학의 종언'이 불러일으킨 위기감 때문이었다. 신형철은 문학을 대문자 정치에서 분리하고, 소설의 방향을 역사적 전망 대신 개인의 심연으로 전환함으로써 종언의 종언을 선언하고자 했다.[6] 거대 이념이 물러간 자리에서 문학은 옳고 그름을 판단하는 도덕, 그리하여 시스템 유지에 복무하고 마는 선의 윤리가 아니라, 주체를 파멸로 이끌지도 모르는, 그러나 매혹적인 진실의 윤리를 추구하게 된다. 이렇게 2000년대 한국문학은 '근대문학'이라는 침몰하는 배로부터 극적으로 구출되는 듯했다.[7]

그러나 위기는 2010년대 중반 텍스트 안팎에서 동시다발적으로 찾아온다. 2015년 신경숙 표절 사태와 비슷한 시기 불어온 페미니즘 열풍, 그리고 문단 내 성폭력 고발 운동은 '문단'이라는 제도 그 자체를 심문하게 하였다. 특히 '젠더'라는 렌즈는 자연화되어 있던 권력구조를 가시화했으며, 소외된 존재들을 취약하게 만드는 조건에 대해 사유하게 했다. 바야흐로 파묘가 시작되었다. 그 발굴 작업은 텍스트 내부만이 아니라, 텍스트를 생

해 정치와 도덕으로부터 해방된 문학의 윤리를 정립하고자 한다.

6) 신형철, 「몰락의 에티카—21세기 문학 사용법」, 같은 책, 18~19쪽.

7) 최근 2010년대 비평적 문제의식을 바탕으로 1990~2000년대 비평장이 분석의 대상이 되고 있다. 참고로 한영인은 1990~2000년대 개인/자아의 윤리가 어떻게 '일탈적' '반사회적' 위반성을 문학적인 것으로 자리매김시켰는지 분석하며, 인아영은 2000년대 한국문학의 주요 테제였던 '타자' '진정성' '문학적 진실' 등이 이미 젠더화된 개념임을 지적한다. 이에 관해서는 한영인, 「윤리의 행방—'몰락의 에티카'에서 '정치적 올바름'까지」, 『문학들』 2019년 봄호; 인아영, 「눈물, 진정성, 윤리—한국문학의 착한 남자들」, 『진창과 별』, 문학동네, 2023.

산·유통·소비하는 문학장과 그 구성원에 이르기까지 전방위적으로 진행되었다. 그 결과 험한 것이 나왔다. 문단의 존경받는 원로와 시인 선생님이 휘두른 성폭력이 나왔다. 폐쇄적이고 권력적인 시스템으로서의 문단, 문학이라는 이름으로 용인되었던 재현의 폭력, 편집 노동에 대한 경시, 소수자 혐오…… 문학이라는 이름의 영토의 아래에서 험한 것들이 쏟아졌다. 팔 때마다 나왔다. 심연에서 끌어올려진 것들 가운데 아름다운 것은 없었다. 흉하고 졸렬한 것들이었다.

〈파묘〉의 심령술사들 또한 흉물스럽다못해 다소 우스꽝스럽기까지 한 것을 마주한다. 식민지 시기 일제가 한반도의 정기를 끊고자 각지에 박았다는 쇠침, 그 쇠침의 정령이 나왔다. '험한 진실'이 실체로서 등장할 때, 그것은 필연적으로 세속화되어 나타난다. 여기서 심령술사–비평가 앞에는 '윤리의 세속화'라는 덫이 놓인다. 2010년대 중반부터 지표면으로 끌어올려진 험한 것들, 그것들은 세속적이다못해 사법적인 것이었다. 2000년대 비평이 '문학의 종언'에 맞서 주체의 심연에서 발견되는 윤리, 그것을 기반으로 다시 시작하려 했다면, 2010년대 비평은 심연을 탐사한다는 빌미로 생산된 폭력, 심연의 진실이라 믿어졌던 흉물스러운 실체를 캐낸다. 이 과정에서 '진실의 윤리학'은 사법적 진실의 수준으로, 옳고 그름의 도덕적 수준으로 얄팍해질 수밖에 없었다. 사법적 정의의 실현조차 어려운 현실은 윤리를 세속적 층위에 단단히 붙들어 맸다.[8]

---

8) '윤리의 세속화'와 관련해서는 '정치적 올바름(political correctness)'이라는 말로 의제화된 논의를 상기해볼 수 있겠다. 소수자에 대한 차별 철폐 운동인

그러나 2010년대 문학의 윤리가 단지 세속화된 것만은 아니라는 점을 기억해야 한다. 2000년대 비평장에서 오이디푸스가 끊임없이 호출된 것은 그가 파국적 진실을 회피하지 않고, 끝끝내 그것을 '알아'냈기 때문이다. 그런데 이러한 '인식론으로서의 윤리학'이 2000년대 비평장의 기획이었음은 문학사를 조금만 멀리서 살펴보면 어렵지 않게 깨달을 수 있다. 단적인 예로 '진리와 정의'를 추구했던 문인들이 무크지 형태로 1980년 3월 창간한 잡지의 제호는 '실천문학'이었으며, 이는 1995년 '주식회사' 체제로 전환됨으로써 한 시대와 그 시대의 문학적 테제를 일단락하였다. 1980년대 '진리'가 '실천'을 통해 추구될 수 있었다면, 2000년대 '진실'은 주체의 내면으로 천착함으로써 '발견'될 수 있었던 것이다. 그에 반해 2010년대 비평은 문단 시스템의 탈권위화, 문단 내 성폭력 고발 운동과의 연대, 젠더적 관점에서 미학의 재구축, 소외된 존재의 가시화 등 일련의 실천적 작업으

정치적 올바름은 한국사회의 권력구조를 전방위적으로 심문에 부쳤으나, 당시로서도 '방법론적인' 측면에 대한 비판적 우려가 없지 않았다. 대표적으로 정치적 올바름이 미학적 가치를 떨어뜨리고, 문학에 특정 신념만을 허용하는 일종의 치안으로 작용할 수 있음을 지적하는 논의들이 제출되었다. 이들 지적은 타당한 측면이 있고, 또 이 글에서 지적하는 '윤리의 세속화'와 닿아 있는 지점이 없지 않지만, 여기에서는 논쟁을 탈역사화·탈맥락화하여 사후적으로 독해하는 것에 특히 경계를 하고자 한다. 당시 문학, 문학 제도, 문학인 등에 대한 문제제기가 본격화되고 있었던 시점에서, 다시 말해 "반성적 시각들이 가시적인 성과를 축적하기도 전에" 제기된 정치적 올바름에 대한 비판은 "젠더 이슈가 벌써부터 문학을 억압하는 부당한 '신념'으로 취급되려는 것은 아닌가 하는 우려"(조연정, 「문학의 미래보다 현실의 우리를」, 문장 웹진 2017년 8월호)를 낳을 수밖에 없었다. '윤리의 세속화'라는 문제는 2010년대 탈/재구축된 문학장의 성과/한계 위에서 향후 한국문학(비평)의 과제로 다루어져야 한다고 생각한다.

로써 수행되었다.[9]

　문학의 윤리가 2000년대 인식론의 영역에서 2010년대 세속적·실천적 영역으로 이동해갔다고 단순하게 말하려는 것은 아니다. 기실 오이디푸스가 마주한 진실(=상징계에 포착되지 않는 것)을 통해 윤리를 정립하려는 시도 또한 윤리를 상징계 질서(=법)에 종속시키는 측면이 있다. 윤리의 세속화는 각각 다른 층위에서 2000년대(윤리의 상징계-법에의 종속)에서 2010년대(윤리의 현행-법에의 종속)로 이행한 것이다. 그런 점에서 그간 오이디푸스 서사의 해석에서 누락되어온 한 측면을 강조할 필요가 있다. 그것은 바로 "오이디푸스가 스스로의 파국을 불사하면서까지 끝까지 살인범을 추적하고 결국 모든 진실을 백일하에 드

---

9) 예컨대, 김미정은 2010년대 문학장에 "1990년대 이후 내내 한국의 이론, 담론 현장에서 전개된 타자, 소수자 논의가 비로소 얼굴과 신체를 매개한 구체성으로 등장"했음을 지적하면서, "지금 여성, 퀴어의 목소리는 문단 안팎의 분산된 힘들과 다양하게 교차, 교류하며 역량을 발한다"라고 진단했다(김미정, 「움직이는 별자리들—포스트 대의제의 현장과 문학들」, 『움직이는 별자리들』, 갈무리, 2019, 33~34쪽). 이와 같은 문학장의 운동성은 조남주의 『82년생 김지영』(민음사, 2016)을 둘러싸고 '문학 대 정치' '예술 대 메시지' 등과 같은 오래된 논쟁 구도로 회수되는 양상을 보이기도 하였다. 그러나 '김지영 현상'이라 일컬어지는 독자들의 열광은 기존의 미학적 규범으로 설명하기 어려운 것이었고, 이에 주목한 비평(가)들은 '문학과 삶이 맺는 방식'의 재고찰로 나아갔다. 특히 김미정은 한국문학이 세계/삶과 맺는 재현(representation)의 문제를 2016~2017년 촛불집회 및 정권교체의 시간 속에서 제기된 대의(representation) 정치의 문제 속에 위치시켰다(김미정, 「흔들리는 재현·대의의 시간—2017년 한국소설의 안팎」, 같은 책). 이 외에도 등단과 청탁 시스템, 글쓰기/편집 노동, 문학상 수상작의 저작권 등 문학 제도의 불합리한 측면들이 폭로되면서 2010년대에는 제도 개선을 촉구하는 메타비평, 제도비평이 활발하게 이루어졌다.

러낸 것은 (대부분의 연구자들이 주장하듯) 진실 추구 자체에 목적을 두기 때문이 아니라, 역병으로부터 테베를 구해내겠다는 시민들과의 약속을 이행하기 위해서"[10]라는 점이다. 더욱이 소포클레스의 〈오이디푸스 왕〉이 공연되던 시기 실제로 아테네는 전쟁과 역병이라는 이중의 재난에 처해 있었다. "그리스비극은 동시대적 사건과 신화적 과거의 병치를 통해 현재를 재정의하는 시도"[11]이기도 했다. 〈오이디푸스 왕〉에는 텍스트 외적으로나 내적으로나 공동체가 처한 문제의 원인을 파악하고 그것을 해결하려는 실천적 의도가 강하게 깔려 있었다.

물론 이렇게 설명하더라도 오이디푸스의 '실천'이 도덕이나 법에 종속되는 것은 마찬가지일 것이다. 그는 시민과의 약속을 지키기 위해서, 선왕의 살인자가 자기 자신인지도 모르고 스스로가 내뱉은 말(=국법), 그것을 실현하기 위해서 테베를 떠났기 때문이다. 다만 새로운 문학의 윤리를 모색하기 위해 이 글에서 강조하고자 하는 바는 진실 추구의 계기가 되는 '역병' 그 자체가 상징계 질서에 포섭되지 않는, 법의 통제에서 벗어난 것이라는 점이다. 또, 사건의 전모가 차차 드러나기 시작함에 따라 진실을 알고 있는 모든 사람들─예언자, 왕비 이오카스테, 목자牧者 등─이 이를 말하기를 꺼리고 오이디푸스가 그것을 알아내는 것을 만류할 때, 오이디푸스는 진실을 향한 강한 '충동'을 표출한다. 그는 자신의 운명을 헤아리거나 사건의 추이

---

10) 최성희, 「〈오이디푸스 왕〉에서의 역병 읽기」, 『한국연극학』 제81호, 한국연극학회, 2022, 119쪽.
11) 같은 글, 120쪽.

를 생각하기 전에 이미 진실을 향해 나아가고 있었다. 진실을 향해 나아가는 계기(역병)와 동력(충동)은 모두 상징계의 질서를 초과한 것인 셈이다. 오이디푸스가 끝끝내 진실을 '알게' 되었다는 것 보다 그 진실을 향한 돌진이 '충동'이었다는 점을 강조할 때, 윤리학ethics은 진실을 향한 인간의 충동이라는 행동학 ethologie으로 다루어질 수 있으며, 윤리가 행동학으로 사유될 때 그것은 인간 존재론적 심급으로 육박할 수 있다. 따라서 한국문학(비평)이 새롭게 발견해야 할 오이디푸스란 진실을 향한 충동을 가진 인간일 것이다.

한편, 심령술사-비평가에게 놓인 또다른 덫은 '윤리의 세속화'와 연동되는 것으로, 기껏 파낸 험한 것이 진정 (위)험한 것이 아닐 수 있다는 함정이다. 진실을 향한 여정에는 언제나 실패가 도사리고 있다. 인식론적 층위의 윤리라면 이는 반성적 사유의 대상이 되는 실재와 언어의 과잉으로 만들어진 유사-실재의 판별 불가능 사태일 것이다. 현실적 실천의 층위에서 윤리라면 진실이라 믿었던 것이 실은 기존의 지배적 규범으로 손쉽게 회수되고 마는 사태일 것이다. 어느 쪽이든 문제는 유사-진실을 계속해서 진실의 최종 심급으로 오인하는 것이다. 풍수사 김상덕이 목숨을 걸고 일본 귀신과 끝까지 대결하려고 했던 데에는 이 땅을 온전하게 다음 세대에 물려주고자 했던 사명감이 있었다. 그러나 심령술사의 수고로움에 비해 그 결과는 상당히 미심쩍다. 아무래도 그 땅은 의뢰인 집안의 다음 세대에게 부동산으로서 상속될 뿐, 실제 그곳에서 발붙이고 살아가는 사람들에게 돌아가지 않을 것 같기 때문이다. 그럼에도 이 영화는 국가주의적

파토스에 기대 모든 원인을 명확한 타자에게 돌려버리고 진실을 발굴해냈다고 여기게 하는 오인 구조를 작동시킨다. 마치 유사-실재에 골몰하면서 실재를 망각하듯, 친일 문제를 청산하지 못한 채 반일 감정만을 강화하고 '진실'을 다시 묻어버린다. 물론 이 지면에서 〈파묘〉의 실패를 통해 제기하고자 하는 것은 친일 청산의 문제가 아니다. 이 실패를 반면교사 삼아 한국문학(비평) 장에 주어진 질문은 이런 것일 테다. 2010년대 비평은 수고로이 캐어낸 험한 것들의 향방을 끝까지 주시했는가. 그것은 어느새 권력구조 속에 몸을 숨기고 지배적 질서를 강화하고 있는 건 아닌가. 한국문학은 사법적·도덕적 심급 이상의 윤리를 탐구할 준비가 되었는가.

나와야 할 것이 나오지 않은 경우

지난 파묘의 과제를 이어받으며 또다른 파묘를 따라가본다. 황정은의 소설 「파묘」[12] 또한 할아버지 무덤의 파묘를 주요 사건으로 그린다. '이순일'은 6·25전쟁으로 부모와 사별한 뒤, 할아버지 손에서 컸다. 열다섯 살 때 객지로 나왔으나, 할아버지가 죽은 후엔 잊지 않고 성묘를 다녔다. 그러나 이제 일흔두 살의 할머니가 된 이순일은 돌봐줄 자손도 없이 버려질 산소가 걱정되어 할아버지 유골을 파묘해 화장하려 한다. 소설은 이순일과 그녀의 딸 '한세진'이 제사 음식을 챙겨 집을 나서는 데서 시작하여, 그날 하루 파묘, 화장, 제사에 이르는 과정을 순차적으

---

12) 황정은, 「파묘」, 『연년세세』, 창비, 2020. 이하 인용시 본문에 쪽수만 밝힌다.

로 전개한다.

그런데 소설에는 의미심장하게도 파묘 과정 사이사이에 가족 안팎에서 벌어지고 있는, 역시 '파묘'라고 불러도 될 법한 상징적인 에피소드들이 삽입된다. 먼저, 조금 멀리서 바라보면 이렇다. 이순일의 아들이자 한세진의 동생인 '한만수'는 대학 졸업 후 구직에 번번이 실패하다 "내 나라에서 찾지 못한 가능성과 기회"(35쪽)를 좇아 뉴질랜드로 갔다. 오랜만에 집에 온 그는 뉴질랜드의 이웃들이 "최근 한국의 정치, 사회적 상황에 대단히 관심을 보이고 있다며, 다가오는 토요일에 촛불집회가 열리는 서울 도심으로 나갈 거냐고 한세진에게 물었다"(36쪽). 그리하여 「파묘」에는 "2016년…… 12월 17일"(같은 쪽) 광화문광장이 비춰진다. 당시는 부정한 정치권력을 '캐내려는' 시민들의 집회가 주말마다 열리던 때로, 2016년 12월 9일 대통령 탄핵소추안이 국회에서 가결되어 17일 광장에는 '대통령 퇴진'에서 나아가 '탄핵 인용'이라는 구호가 등장했다.

파묘의 원경遠境으로 현실 정치의 권력이 파헤쳐지고 있었다면, 근경近境으로는 가족제도 내부의 권력구조가 가시화된다. 사실 「파묘」는 내용적·형식적 양 측면에서 파헤쳐야 할 대상으로 가부장제 가족제도를 강조한다. 소설은 이순일의 가족 구성원을 각자의 이름으로 호명함으로써 의도적으로 독자가 이들 관계를 단번에 이해하기 어렵게 만든다. 이때 독해의 지연은 자연화되어 있던 가족관계를 낯설게 재인식하게 하는 시간을 확보한다. 독자가 전제하고 있는 엄마의 역할을 소설에 그대로 적용하여 이해하게 내버려두지 않고, 가족 내에서 어떠어떠한 역할을 하는 사람을 우리가 어머니, 아버지, 아들, 딸 등으로 여기고 있음을 재확인하게 만드는 것이다. 이 지연과 재확인의 시차時差/視差를 통해 소설은 가족제도를 비판적으로 볼 수 있는 시각을 마련한다. 더하여 소설은 전통적으로 남성 가장의 역할이라 여겨지는 파묘를 손녀와 그 딸(증손녀) 둘이서 수행하도록 함으로써 (증)손녀들에 의해 파헤쳐지는 할아버지의 유골, 곧 여성들에 의해 발굴되는 가부장(제도)이라는 서사적 골격을 취한다.

　이렇게 '파묘'라는 소설의 주된 사건과 한국사회의 두 개의 상징적 파묘—현실 정치/가족제도의 권력에 대한 문제제기—는 서사 구조에 의해 하나의 운명으로 묶인다. 그렇다면 이들 파묘는 과연 성공적으로 마무리되었을까. 안타깝게도 "삽을 대기 전에 마지막 상을 올"(15쪽)리겠다는 이순일의 소박한 바람은 계속해서 좌절된다. 이순일과 한세진이 묘지 아래 마을에 도착했을 때엔 이미 인부들이 산으로 올라간 후였고, 묘에 도착했을 때엔 "봉분은 이미 파헤쳐 사라졌고, 그 자리엔 길쭉하고 좁고 깊은 구덩이가 있었다"(25쪽). "아니 아저씨들, 나 우리 할아버지한테 제사 먼저 드리려고 했는데"(같은 쪽)라며 이순일이 애써 명랑한 어조로 인부들을 탓해도, 인부들은 이따 화장할 때 제사를 올리면 된다며 이순일의 타박을 간단히 물리친다. 오히려 그들은 "유골이 여태 나오질 않는다며 방향을 잘못 잡은 것은 아닌지를 걱정하고 있었다"(26쪽). 당시엔 관을 쓸 여유가 없어서 시신만 넣고 소나무 가지로 덮은 터라 이미 한참 썩어 흙과 섞였을 유골을 파내는 게 쉽지 않았다.

안 나와요?

안 나오네. 꺼면 흙이 나와야 되는데.

깊이도 묻었나봐.

그렇지 뭐.

……노인네 불쌍하게 고생만 하다가 갔는데.(30~31쪽)

이윽고 "색이 다른 흙덩어리들이 나오"고, 파묘꾼들은 "흙을 뒤져 뼈를 골라냈다"(31쪽). "인견 보자기가 펼쳐졌고 그 위에 뼈가 모였다. 비교적 온전하게 남은 정강이뼈 두점과 코코넛 껍질 같은 두개골 조각과 공깃돌만 한 작은 조각들. 몇점 없었다."(같은 쪽) 유골을 수습한 파묘꾼들을 따라 이순일과 한세진도 산에서 내려왔지만, 그들은 또다시 뒤처졌다. 이순일은 불안한 걸음을 재촉하며 "먼저 산을 내려간 아저씨들을 너무 놓칠까 걱정했다. 그들 손에 뼈를 맡기는 게 아니었다고 후회했다. (……) 그 아저씨들이 또 맘대로 해버리면 어떡하나, 내가 도착하지도 않았는데. 조바심으로 허둥대며 내려가느라고 두어번은 아슬아슬하게 낙상을 면했다"(38~39쪽). 이순일과 한세진이 산을 다 내려왔을 때엔 이미 "파묘꾼들과 김근일이 화로에 넣은 뼈를 토치의 불길로 태우고 있었다"(40쪽). 결국 한세진과 이순일은 논바닥에 다급히 돗자리를 펴고 제사상을 차렸다. 이순일은 한세진의 부축을 받으며 절을 한 뒤, 한세진에게도 절을 권했다. 할아버지에게 마지막 인사를 하고, 손녀와 그 딸이 하는 일이 잘되게 해달라고 빌라고 했다. "한세진은 아무것도 빌지 않고 절을 올리면서, 그쪽 방향엔 그의 뼈가 이미 없다는 것을 생

268

각했다."(42쪽)

애도mourning가 상실한 대상에 대한 애착을 거두어들이는 일, 그리하여 상실한 대상으로부터 자신을 분리하는 일이라고 할 때, 이순일의 제의는 온전한 애도의 의례가 되지 못한다. 오히려 소설은 황급하게 진행된 그 제의에 유골이 빠져 있음을 놓치지 않는다. 그런 점에서 이순일의 제의는 아직 대상의 일부가 땅속에 잔존하고 있음을 혹은 온전히 애도되지 못한 채 이미 상실되어버렸음을 망각하게끔 봉합한다. 그렇다면 그것과 하나의 운명으로 묶여 있는 또다른 두 개의 상징적인 파묘는 어떨까. 2017년 3월 10일 헌법재판소는 대통령의 행위가 국민의 신임을 배반하고 헌법에 위배되는 것으로 판단하여 탄핵소추를 인용했다. 한편, 차별적 성규범과 비-남성 섹슈얼리티의 취약성에 대한 문제 제기는 페미니즘 담론에 힘입어 전 세계적인 미투 운동으로 번졌다. 뒤늦게나마 가해자들이 사법적 심판대에 올랐고, 보다 발본적으로 억압적 성규범을 재생산하는 가족제도가 심문에 부쳐졌다. 변화가 없지 않았음에도 2016년이 지나고 (아마도 이듬해) "11월 둘째 주"(11쪽)를 현재로 하는 「파묘」는, 다시 말해 대통령이 탄핵된 후 새 대통령이 선출된 이후를 시점으로 하는 이 소설은 지난 파묘가 완전한 것일 수 없으며, 나아가 그 파묘를 위한 제의가 어쩌면 아직 남아 있는 것, 혹은 이미 상실된 것을 망각하게 하는 의례였을지도 모른다는 의혹을 보내고 있다.

사실 소설에는 화장터에서의 제사만이 아니라 한국사회의 상징적인 파묘에 대한 일종의 '유사-제의'들이 그려진다. 한만수가 일 년이나 이 년에 한 번 집에 올 때면, "제사 때 사용하는 상두개를 붙여 거실에 긴 식탁을 만든 뒤 거기 음식을 차리고 실컷 먹"(34쪽)는 의례가 이뤄졌다. 물론 식사가 전부는 아니고, 한만수는 이순일에게 "어머니는 위대하다, 당신은 위대하다"(같은쪽)라는 메시지와 함께 "홀을 쥔 왕이 (······) 하사하듯"(35쪽) 오클랜드 백인 할아버지가 보낸 선물을 전했다. 또, 그 주 토요일엔 광화문 촛불집회에 가서 "한만수는 그 많은 사람을 보고 감탄하며 끊임없이 핸드폰을 머리 위로 치켜들어 사진을 찍었고 한세진에게 핸드폰을 건네며 주변이 잘 나오게 자기를 찍어달라고 부탁했다. 한세진은 세종문화회관 앞 계단을 빈틈없이 메운 사람들을 배경으로 한만수의 사진을 몇장 찍었다. 한만수는 핸드폰을 도로 넘겨받아 사진을 확인하더니 종이컵에 꽂은 촛불을 마이크처럼 턱 밑에 들고 있는 사진을 골라 오클랜드 친구들에게 발송했다"(36쪽).

화장터 제사에서 그곳에 이미 유골이 없음을 잊지 않았듯, 한세진은 이들 유사-제의에 대해서도 의혹의 눈길을 거두지 않는다. 마치 왕이 하사하듯 한만수가 이순일에게 선물을 전할 때 한세진은 모욕감과 비슷한 감정을 느낀다. 이순일을 칭송하는 한만수의 태도는 "처가 쪽 산소엔 벌초도 하지 않는 법"(27쪽)이라는 남편/아버지 '한중언'과는 정반대의 것처럼 보이지만, 그것이 폄훼든 칭송이든 가족관계의 중심에 가부장을 두고 아내/어머니의 역할을 가족을 위한 헌신으로 전제한다는 점은 다르지 않다. 의도치 않았다 하더라도 한만수가 주관한 제의는 어머니의 노동을 영광으로 둔갑시켜 그녀에게 계속해서 '영광(스러운 노동)'을 요구한다. 또, 광장에서 한만수는 LPG 가스통을 들고 거리로 나오는 노인들을 힐난하는 한세진이 "정치적으로 좀 편향되었"(38쪽)다고 지적한다. 집에서 '제의의 주관자'였던 그는 광장에서 '공정한 판관'을 자임한다. 그러나 어머니의 노고를 치하하고, 누구에게나 정치적 의사 표현의 기회가 주어져야 한다는 한만수의 태도는 그 스스로가 공동체 밖에서 머물기 위한/공동체 밖에서 머물 수 있도록 해주는 일종의 알리바이로서의 관용적 포즈일 뿐이다. 나아가 이 포즈는 그가 이 구조 속에서 무엇을 취하고 있고, 무엇으로부터 착취되고 있는지 망각하게 한다. 바로 이 지점에서 이들 제의는 유골 없는 허공에 올린 할아버지 제사와 닮아 있다.

남은 것들

먼길을 돌아왔지만, 결국 두 번의 파묘―영화〈파묘〉와 소설「파묘」―는 각자 다른 방식으로 우리의 발밑에 여전히 무언가 남아 있음을 암시한다. 그러나 첫번째 파묘가 잔존하고 있는 무엇을 은폐하는 방식으로 서사를 봉합하고 만다면, 두번째 파묘는 애도의 제의가 벌어지는 한가운데에서 애도의 대상이 누락되어 있음을 놓치지 않는다. 그 누락된 것은 두 가지 방향에서 찾을 수 있을 것이다. 하나는 발아래 묻혀 있는 '험한 것'을 끝까지 캐내는 일일 테고, 다른 하나는 이미 잃어버린/잃어가고 있는 것들을 살피는 일이다. 아무래도「파묘」는 후자의 쪽으로 더욱 기울어 있는 듯하다. 이순일은 한세진에게 자신의 살림을 물려받으라고 하지만, 한세진은 전혀 그럴 마음이 없다. 한세진은 가족을 친정과 시댁으로 나누는 규범을 거부할 테지만, 그럼에도 친정 삼아 할아버지 무덤을 찾는 이순일의 마음을 이해하려 한다. 이순일은 이순일의 삶의 역사가 있을 것이며, 그 시간 동안 체득한 삶의 방식이 있을 테다. 이순일의 가치관과 삶의 방식을 온전히 이해할 수도 동의할 수도 없을 때, 이순일의 삶을 배제하지도 부정하지도 않는 '다른' 삶에 대한 상상은 어떻게 가능할까. 한세진은 자신의 동행을 '효'라는 말로 설명하기를 거절했다. "그것은 아니라고 한세진은 생각했다. 할아버지한테 이제 인사하라고, 마지막으로 인사하라고 권하는 엄마의 웃는 얼굴을 보았다면 누구라도 마음이 아팠을 거라고. 언제나 다만 그거였다고 말하지는 않았다."(44쪽) 두 번의 파묘 후에 남은 것들, 그 가운데 오직 문학의 언어로만 발굴될 수 있는 것이 있다면 그것은 한세진이 '말하지 않고' 마음속에 묻어둔 그것, 타자의 얼굴 앞에서 '누구라도' 기꺼이 동행할 것이라는 존재론적 윤리, 그런 것일 테다.

| 발표 지면 |

광장廣場과 책-장冊-場─황정은의 'dd' 연작과 2010년대의 아카이빙 『문학의 오늘』 2020년 봄호

착한 당신에게 말을 건넵니다. ─최근 소설들의 '선한' 물음에 답하며 『작가들』 2016년 봄호

고유명사가 대명사가 되는 순간─김숨의 『L의 운동화』와 백남기 웹진 문화다 2016년 9월호(발표 당시 제목은 'L과 백남기, 그리고 우리의 선언')

음모론의 품격─김희선의 『라면의 황제』 『자음과모음』 2015년 여름호

청년 서사의 모색과 한계─장강명, 장류진, 김유원의 장편소설을 중심으로 『학산문학』 2021년 가을호

'지방-여성'의 장소는 어디인가─김세희의 「현기증」과 이주란의 「넌 쉽게 말했지만」을 중심으로 『실천문학』 2019년 가을호(발표 당시 제목은 "지방-여성'의 장소')

구직-해직의 사이클cycle과 연작소설short story cycle─이기호의 『눈감지 마라』와 비정규직 장편소설의 불가능성 『문학인』 2022년 겨울호

코그니타리아트cognitariat의 블로그─김세희의 「가만한 나날」 『2018년 제9회 젊은작가상 수상작품집』(박민정 외, 문학동네, 2018)

남편과 사파리 파크와 '산 자들'—장강명의 「대기 발령」「음악의 가격 (~2019)」「알바생 자르기」 문장웹진 2019년 7월호

재생산노동력의 상품화와 여성 연대의 곤경—장류진의 「도움의 손 길」에 부치는 주석 『문학동네』 2019년 겨울호

감염병의 사회적 형식과 돌봄의 탈가족주의 —최은미의 「여기 우리 마주」와 『마주』『창작과비평』 2023년 겨울호

그녀의 '진정한' 이름은 무엇인가 —나나 『자음과모음』 2020년 가을호

The Vampire Writes Back —강화길의 「카밀라」와 천희란의 「카밀라 수녀원의 유산」을 중심으로 『문학들』 2020년 겨울호

여성 재현의 '몫'을 묻다—최은영, 조해진, 김숨의 근작을 돌아보며 『크 릿터』 2호(민음사, 2020)

역사적 존재의 탈역사화, 그 '불공정'함에 대하여—'램지어 사태'와 『파친코』 열풍에 대한 비판적 고찰 『문학의 오늘』 2022년 가을호

에일리언 캠프alien camp의 지구인들—최정화의 『메모리 익스체인지』 최 정화 경장편소설 『메모리 익스체인지』(현대문학, 2020)

슬픔의 '이곳'에서 —최은미의 「그곳」『2023 김승옥문학상 수상작품집』(권여선 외, 문학동네, 2023)

다른 세계로—이현석의 「다른 세계에서도」『2020년 제10회 젊은작가상 수상작품 집』(강화길 외, 문학동네, 2020)

문학동네 평론집

소셜 클럽
ⓒ이지은 2024

초판 인쇄 2024년 5월 22일
초판 발행 2024년 6월 3일

지은이 이지은
책임편집 김봉곤 | 편집 이민희
디자인 김문비 유현아 | 저작권 박지영 형소진 최은진 서연주 오서영
마케팅 정민호 서지화 한민아 이민경 안남영 왕지경 정경주 김수인 김혜원 김하연 김예진
브랜딩 함유지 함근아 고보미 박민재 김희숙 박다솔 조다현 정승민 배진성
제작 강신은 김동욱 이순호 | 제작처 천광인쇄사

펴낸곳 (주)문학동네 | 펴낸이 김소영
출판등록 1993년 10월 22일 제2003-000045호
주소 10881 경기도 파주시 회동길 210
전자우편 editor@munhak.com | 대표전화 031)955-8888 | 팩스 031)955-8855
문의전화 031)955-2696(마케팅) 031)955-2660(편집)
문학동네카페 http://cafe.naver.com/mhdn
인스타그램 @munhakdongne | 트위터 @munhakdongne
북클럽문학동네 http://bookclubmunhak.com

ISBN 978-89-546-3623-0 03810

www.munhak.com